第一章
書寫溫暖字跡的男人

1

實相浩二郎望向窗外，才發現事務所的招牌燈沒關，他離開電腦，逃也似起身關上。浮現在白底壓克力板上的「回憶偵探社」幾個字頓時失去色彩。

他抬頭看時鐘，現在是凌晨五點。距離和委託人約好九點領取報告書，還有四個小時的緩衝時間。三小時完成報告，再把校正工作交給八點起床的妻子，接下來整理完照片等資料，說不定還能悠閒喝上一杯咖啡。當然，前提是須將三十分鐘前入侵的瞌睡蟲一掃而空。

浩二郎不擅敲鍵盤。五年前辭去京都府警的刑警一職，除非必要，他盡量不碰電腦。他愛用粗字鋼筆，字跡不算漂亮，但清楚好讀，風評不錯。自從踏入這行，他漸漸地學會獨自完成報告書編輯，但他也到這時才認識數位資訊的簡便性。考慮到效率，浩二郎深深體悟，堅持用自豪的鋼筆字寫原稿只會拖累進度，於是逐漸改用鍵盤。

浩二郎起身關燈，走到外面呼吸新鮮空氣。清晨的薄霧繚繞在眼前的京都御苑四周，路邊還有一對散步的老夫婦。時序邁入七月，但拂在臉龐的微風並未帶著令人煩躁的熱氣。

無論寫過幾次「回憶偵探報告書」，浩二郎仍覺得這門差事勞心費神。委託人尋找回憶，而非人或物品。調查內容是否獲得認可，報告書寫得好不好是關鍵，委託人的主觀判斷決定一切。

偵探委託備忘錄上明載，若報告書不得認可，委託人只需繳付成本開銷。利用別人的回憶換成金錢一事，常讓浩二郎感到愧疚。浩二郎最初並未打算將搜尋回憶當成工作，更別提一門生意。獨子逝世後，浩二郎將所有精力放在辦案，忽略耽溺酒精的妻子，家庭步步崩壞。

畢竟，失去一個讀高一的兒子，打擊非同小可。他的兒子在冬天的琵琶湖溺死。滋賀縣警的搜查課在他兒子用暑假打工買來的全新電腦中，發現一篇疑似遺書的詩，研判他自殺。雖然平時幾乎不在家，但浩二郎篤定兒子不會自我了斷；更別說身為母親的三千代，她完全無法接受兒子自殺的事實。浩二郎不相信滋賀縣警提出的結論，獨自進行調查。然而，警方不允許他恣意妄為，與上司發生過無數衝突後，浩二郎提出辭呈。現在他有空了。查明兒子的眞相，或陪妻子治療，他都可以自由進行，再也不必受到任何制約。

三千代的病情若繼續惡化，可能會從酒精性肝炎變成肝硬化，接著也許會迎來死亡——浩二郎憐惜不已出現幻視、幻聽，人格也開始崩壞的妻子。妻子總盯著與兒子相關的事物，比如媽媽手冊、相本、小學時期的聯絡簿與教科書，整天反覆聽兒子喜歡的CD。無法接受浩志死去的心情，將她囚禁在過去。

她一頭栽進回憶，否定當下生活。

過了一陣子，她沉溺酒精，說服自己打從一開始就沒有這個孩子，釘死浩志的房門。她不斷與回憶對抗，最後遍體鱗傷。

浩二郎盡可能一直陪在她身邊。

爲了解決浩志的事件，支持妻子，浩二郎下定決心，接下來要爲她空出大把時間。

2

某日，浩二郎遭遇一件事，了解回憶對人生的意義。

一如往常，他帶著妻子到K大醫院。在看診結束前，他想晒晒初秋陽光。醫院的玄關到大路間，設置大片奢侈的廣場空間。他找張長椅坐下，既可享受日光浴，又看得到妻子出來，十分合適。

他找張長椅，正要坐下時，忽然聽見一道叫聲：「喂，你給我站住。」

他轉頭看，空無一人。

三十公尺遠處，一頭棕髮，穿寬鬆T恤的年輕人朝這裡跑來。一位初老婦人則蹲在年輕人後面。

他猜是街頭行搶。浩二郎的身體自然反射，他不朝年輕人的正面，而衝向偏左側的位置，撞擊對方的肩膀。年輕人閃避不及，失去平衡跌倒。

年輕人的臉險些撞到地面，但浩二郎抓住他的手臂，轉身用自己的身體保護對方的頭部。逮捕術的原則就是極力避免對方受傷。雖然數個月前已辭去刑警，但體技深深烙印在浩二郎的身體中。唯一讓他覺得不習慣之處，就是即使擒住對方手臂，確保人身安全，卻沒有逮捕他的權力。

「可惡！我還她就是了嘛。放開我啦，大叔。」聽到年輕人大吼，實相的腦中掠過送交警察的麻煩手續，不自覺鬆開力道。

年輕人甩開手臂，嘖了幾聲就當場逃跑。

浩二郎苦笑著，拾起被搶匪丟在地上的提包，親手交給步履蹣跚的婦人。

「太太，妳沒受傷吧？」

「眞不好意思，謝謝，多虧幫忙。要是弄丟這東西，我……」婦人不停點頭道謝。接著，她從提包中掏出看起來很有歷史的皮革製錢包。她愛惜地摩娑幾下，又收進提包。

「我猜他大概來不及抽走裡面的東西，不過保險起見還是確認一下比較好。」

老練的匪徒通常會迅速抽走鈔票。這些老手不會像那名年輕人，緊抓著包包逃跑。

「錢不要緊，我出門沒帶太多錢。錢包還在就行了。」

「這東西對妳來說一定很重要。」浩二郎脫口時，發現自己多嘴了。這句話隱含著另一個意思：如此破舊、斑駁的錢包有什麼價值？

「這是我兒子用他第一份薪水買給我的。修修補補，用了二十年了。」老婦人似乎看穿浩二郎的心思。

「用慣的東西最好了。」

「是啊，得好好謝謝你。」

「不用，這份心意就夠了。」

「不，要是弄丟錢包，我會失去活著的動力。眞的很謝謝你，感激不盡。」

不管浩二郎怎麼拒絕，婦人絲毫不退讓。不得已，浩二郎提議請她在院內的西雅圖咖啡店喝杯飲料，才得到婦人首肯。

3

浩二郎前往妻子的診間，告訴認識的女護理師自己的去向，再度回到咖啡店。他和婦人沒有共同的話題。既然在醫院相遇，很自然地就聊到關於生病的事情。

「看我的樣子就知道，我身體健壯得很，主要是太太身體不好。妳呢？」浩二郎問婦人。

「腰痛和腱鞘炎，還有類風濕性關節炎。不過，我現在可不能倒下。」

婦人散發出想吐露心事的氛圍。浩二郎想，離妻子結束問診、批價還有一個小時，相逢有緣，他決定聽婦人吐苦水。

「眞是辛苦妳了。」

「哪裡。剛才我提到的那個兒子，他長年臥病不起，已經二十年了。」

「二十年？」浩二郎忍不住覆誦。

聽說就算是慢性疾病，至少半年就會被迫轉院或出院。姑且不論高齡者的療養狀況，從婦人外觀年齡推算，她兒子應該是壯年。那名青年若不是非常嚴重的疑難雜症，就是罹患身體無法自由活動的重病。

「他發生事故時撞到頭，無法恢復意識。」

她兒子因爲事故的後遺症，現在只能眨眼和活動右手的手指。

「原來如此。」

「爲了居家照顧兒子，我們改建房子，但我丈夫改建完沒多久，就驟逝了。前陣子才辦了十二周年忌日的法會。」

由於醫院互踢皮球，她兒子轉了好幾家醫院，最後他們選擇居家照護，重新翻修家中。婦人的腰痛和腱鞘炎應該來自於長年照護累積的傷害。她人生不順遂，始於一樁意外。家裡打造成適合居家照護的環境後，丈夫卻因爲蛛網膜下腔出血去世。當年年僅四十八歲。

這是兒子用第一份薪水買的錢包，再怎麼破舊，她依舊珍惜。浩二郎完全可以體會她的心情。

「這個錢包……」婦人雙手伸進提包捧出錢包，接著繼續說。「他用第一份薪水買給我的。他那時在印刷工廠實習的薪水大概只有七萬圓左右，扣掉滋賀租屋吃飯的費用，手頭僅有四萬圓。」

兒子從剩下的薪水購買要價兩萬圓的錢包送給母親。她至今無法忘懷許久未回家的兒子驕傲地將錢包遞給她的表情。婦人從未看過如此高級的皮革錢包，她非常在意價錢，循著包裝紙的印刷字往該店探查。一周後，兒子遭逢事故。他騎著速克達從滋賀回老家京都，在國道遭到砂石車追撞。

「警察說沒死已經是奇蹟。幸好，他活下來了。」

浩二郎不是沒看過意外事故後從瀕死狀態起死回生的案例，但他並未遇過有人埋首二十年照護病人，還笑瞇瞇地說，幸好他活下來了。

「不過……我兒子的病情最近不樂觀。」婦人喃喃細語。

「這麼辛苦的時候還遇到這麼不幸的事。」實相嘆息。

「一看到錢包，我就會想起他念小學時受過傷，升上中學後離家出走，讀高中時和我先生大吵一架。好的回憶不多，盡是操心事。我心想，雖然辛苦，但也都熬過來了。要是弄丟錢包，兒子好像會離我越來越遠……我一直很珍惜它。」

婦人回憶兒子生病前的點滴，撐過辛苦的照護時期。老舊的錢包象徵健康時期的兒子，也是祈禱兒子康復的寄託。不難想像婦人歷經多艱苦的操勞。但看到兒子的錢包，她就能得到慰藉，努力活下去。

——回憶。

浩二郎回顧過去四十五年的人生，幾件回憶至今深深烙印腦海。每當他站在人生的分歧點，都會想起這些，反省，然後得到療癒。他辭去刑警一職後，這股心情特別強烈。當時他坐困愁城，掠過腦中竟是九年前病死、生前也是刑警的父親。

浩二郎的老家在京都北郊外，現由哥哥建一居住。哥哥改建老家庭院，開一間叫「無心館」的劍道館。這處稱爲洛北地區，浩二郎小時候一家人住在此。家緊鄰山腳，若走入深山，可見小溪潺流，是捕撈香魚或山女魚的絕佳遊憩場所。

七歲的浩二郎冒險精神旺盛，與人比試膽量，闖入告誡傍晚時分不准進入的山林。不懂得黑暗恐怖，少年浩二郎失去方向，在森林裡迷路。兩天後，他被當地的消防隊救出。這兩天，他肚子餓就喝溪水，雖然疲累，但健康無礙。他擔心父親大發雷霆。當父親趕去醫院時，浩二郎躲在棉被裡，痛哭流涕地道歉。

平安無事就好。

父親隔著棉被緊抱浩二郎。此後，浩二郎不曾夜晚入山。

浩二郎還有另一個同等重要的往事。某日，父親逮捕過的殺人犯來到家中。那人出獄後最想見到的人是浩二郎父親。父親還特地迎接他回家。中學生的浩二郎認爲父親把殺人犯帶回家，對家人的生活造成威脅，這是非常魯莽的行爲。老實說，他覺得殺人魔很可怕，而且瞧不起有前科的人。這份心情反應在他的行爲。五十歲左右的男性禮貌地打招呼，但浩二郎視若無睹。

瞬間，父親揪住浩二郎的胸口，甩他一個巴掌。一下而已，但他至今記得那份疼痛。諒解犯錯者的心，給我變成那樣的人！父親說完話，緩緩鬆開緊揪胸口的手。

浩二郎聽母親說，因爲臥病在床的母親受不了病痛的折磨，苦苦哀求他殺死自己，那人才吞淚用枕頭悶死母親。男人害怕而選擇逃亡，躲避追捕。父親抓到他那天，一回到家，就直說工作很累，不停地揮舞竹刀到深夜。然而，僅管了解事情原委，浩二郎仍無法理解自己被打的原因，憎恨著父親。

臉頰的痛與隔著棉被的溫暖擁抱，反覆出現在他腦海。某刻，他豁然開朗。

那是對弱者的慈悲。

一邊是反省自己失敗而哭泣的兒子，一邊是親手殺死不希望她死的母親並在監獄服完刑的犯人，兩者共通點是精神軟弱。原來父親教導自己，這種人需要關懷。

若父親還活著，看到由於浩志之死而身心俱病的妻子，會說什麼呢？看到懷疑兒子死因不單純，爲了調查眞相，不惜脫離組織的刑警，又會說什麼呢？思及至此，浩二郎腦中掠過父親的擁抱。

一起受苦，不也是慈悲嗎？

浩二郎提出辭呈後，心境反而海闊天空。

婦人道別時不停點頭道謝。

人們認爲藏在物品背後的的回憶，重要性遠大於本身價值。有時，活過的足跡就是生存的意義。浩二郎從婦人身上體悟這個道理。

浩二郎做爲刑警，成天看到人心黑暗面，如今心靈彷彿被洗滌一番。婦人極度珍惜色澤斑駁的錢包，以及回憶兒子健康時受到鼓舞的模樣，讓浩二郎開始覺得幫忙別人尋找與回憶相關的人、事、物，是很有意義的事。

他與妻子兩人將時間花在幫助有困難的人，並且經思考後行動。當志工也無妨，只要幫到別人，這對無法將浩志之死視爲回憶的妻子是很好的精神復健。他抱著這樣的心情，從事回憶偵探這份工作。

他在自家掛上看板，立刻引來當地媒體採訪，委託量大增。主要案件大多是幫忙戰後世代尋找遺失物。然而，免費調查反而讓人起疑——媒體上開始出現這樣的意見；另一方面，委託人有願意支付一筆遠高於必要開銷的偵探費。因此，浩二郎決定將收費標準訂爲必要開銷加上報告製作費，成爲眞正的「回憶偵探」。

因爲續住在原本的家會阻礙妻子復原，他們買下一棟屋子正式開業，當作住家和事務所。前屋主是稅務代理士。

浩二郎深切體悟，回憶是一把雙面刃。可以使人禁錮在內心世界，就像自己的妻子；

也可以成為人活下去的動力，就像珍惜錢包的婦人。

人生無非就是回憶的累積。不管好或不好，都是活過的證明。喜怒哀樂全藏在回憶中，充滿人性，而深入挖掘就是回憶偵探的工作。

若真心想與他人的回憶打交道，就須以慈悲待人。他彷彿聽到死去的父親這麼說。

透過回憶偵探這份工作，浩二郎相信，總有一天自己與妻子都能接受浩志之死，並一起取出存放在事務所三樓的兒子遺物，將之化為回憶。

4

自己對咖啡的接受度越來越高了。剛才喝過長時間保溫的黑咖啡，卻無法趕走睡意。現磨現煮的咖啡香味更能有效驅趕瞌睡蟲。浩二郎心裡如此想著，眼睛盯著咖啡機時，玄關傳來摩托車的引擎及熄火聲。

得救了。

那是行政兼調查員一之瀨由美。三十四歲，離過一次婚，九歲女孩的母親。她是騎著750cc的重機騎士。

由美原是護理師，浩二郎與她在妻子看病的醫院中認識。她善於照顧人，據說在院內當到護理長。然而，她後來與利用職權騷擾女護理師的醫師衝突不斷，最後辭去醫院職務。事務所成立之初，浩二郎只是請她來幫忙，但委託量快速增加，由美逐漸變成事務所不可或缺的存在。

「你又熬夜了，我就知道。」

腋下夾著安全帽走進事務所，由美操著溫言軟語的京都腔。從外表完全看不出是她位750cc的重機騎士。

「老樣子，思緒一片模糊，沒由美的咖啡就是提不起勁。」

「好的好的，我來泡。」由美回話，把安全帽放在自己座位下面，走進更衣室，準備把一身紅白相間的騎士裝換下。她換上鮭魚粉的襯衫，配上棕色裙子，看起來緊實挺拔，宛如高䠷的模特兒。

「不可以老是熬夜啦。要不要去做一次健康檢查。」

「不用了，身體強健是我的賣點，若去健康檢查，不就壞了我的招牌了嗎？」

「我看你是不敢吧。」

由美在廚房清洗餐具，熟練地把咖啡豆放進磨豆機，按下開關。

當咖啡香飄散在事務所中，浩二郎又提起勁繼續與報告奮鬥。

「還要再花點心思。」浩二郎看著電腦螢幕低喃。

報告書已經寫完了，但爲了琢磨貼近委託人心情的字眼，須一字一句推敲。雖然按照報告書的體裁來說，照著時間軸把調查過程寫下即可。但浩二郎偏好推測委託人的心情，思考對方對回憶的期待，盡量寫出符合期待的內容。

比如說，好不容易找到想見的人，對方卻已去世；或對方想不起委託人是誰，這些狀況都很常見。無法重逢的失落感，須用別的幸福感來塡補。例如，強調對方的人生過得很好，一生都過得很幸福。

浩二郎不說謊，但有時光事實就夠令人傷心。如何不捏造事實而讓眞相自然浮現，這考驗偵探的本事。回憶偵探和調查殺人命案或外遇事件的徵信業者，本質上完全不同。

「由眞誰顧？」浩二郎盯著指著六點的時鐘，問端來泡好咖啡的由美。由眞是由美的獨生女。

「現在放暑假啦，送去我媽那了。」

「暑假啊，沒有小孩都忘記還有這東西。」

「小時候都希望早點放長假，身爲母親反而希望學校趕快開學。」

每年暑假，由美都將女兒寄放娘家。她老家在京都市郊外大原的山中，自然環境豐富，氣溫較低，對小孩來說極爲舒適。

「三千代姐應該還沒那麼快下來，我幫你校正。」

由美稱浩二郎妻子三千代姐，她在醫院時就如此喚她。

「也好，這樣早點做完。她八點後才會下來，雄高大概也拍完戲才來，佳菜的上班時間也還沒到。」

本鄉雄高三十二歲，他是透過浩二郎哥哥介紹來的打工青年，立志當演員。他也是浩二郎哥哥劍道館門下的弟子。最大願望是當上時代劇演員，進來工作前已經和浩二郎說好，只要太秦（註）那邊有工作，以拍戲爲優先。他最大的煩惱就是年紀不輕了。聽他描述，鹿兒島鄉下的雙親嘮叨不停，不是快點成家，就是回老家幫忙務農。

註：時代劇片場的所在地。

話說回來，假設雄高現在回老家，最傷腦筋的人應該是浩二郎。他不在的話，跑外務的人就剩浩二郎，他到時勢必推掉三成以上的委託。最好的狀況是雄高繼續當臨時演員，同時幫忙回憶偵探社。

另一位員工橘佳菜子是個二十七歲，個子嬌小的女性，身材纖細，外表給人柔弱的印象。體弱多病的她高中畢業後，每份工作都待不久，有些甚至沒幾天就辭職。她很願意工作，也很努力，但身體不配合。浩二郎知道，她的身體這麼差，是因爲她在十七歲時遭遇的事件。十年前，浩二郎負責辦一起殺人命案，佳菜子正好是被害者。

佳菜子遭一名陌生男子糾纏，她的雙親向當地伏見警察局報案。然而雖然那名男子會打電話、寫信給佳菜子，甚至曾戴棒球帽加太陽眼鏡尾隨，但沒具體犯行，警方沒採取行動——不，應該說該轄區負責人並未主動採取行動。

但橘家接到莫名電話與沒貼郵票的信次數卻增加，顯見那名男人的情緒越來越激動，一家人都相當害怕。之後，雙親數次登門警察局，每次都提出證據，希望警察至少查出男子身分。但雙親期望落空，悲劇突然降臨。

從大型商店街轉進狹小巷弄後，眼前是處造酒廠林立的住宅區，佳菜子的家就在這裡。

當時是星期六早上，佳菜子參加完書法社從學校回家，準備好下午要到補習班。那時她正等著上同間補習班的朋友來。自從怪人纏上，她都先和朋友約在自己家碰面，再一起搭公車。

已經過了約定時間，朋友還沒現身，擔心不已的佳菜子決定到商店街的派出所看狀況。她不經意地往派出所瞄一眼，朋友正和警察說話。一問之下，原來朋友在商店街時被可疑的男子抓住手臂，事後急忙跑到派出所報案。

男子戴著棒球帽和太陽眼鏡，和糾纏佳菜子的男子特徵一致。沒想到那人不只針對自己，連朋友也不放過。佳菜子大受影響，打消上課念頭。請假後，兩人回家，見到難以置信的景象。

當浩二郎匆忙趕到現場時，佳菜子的父親倒在玄關，背部插了一把菜刀。母親在客廳被人筆直一刀劃過頸項，倒在血海中。

佳菜子描述狀況時，口吻彷彿在說別人家的事，浩二郎見狀便明白她創傷極深。他聽哥哥說，假使用日本刀等銳利刀器快速給予對方致命一擊，當事者可能會在什麼也沒察覺的狀況下死去。佳菜子的情況類似，一瞬間目睹雙親慘死的衝擊過大，情感不及反應。

浩二郎推測正確。之後，佳菜子因爲過度呼吸症，接受精神科治療，住院一年半。佳菜子出院，起因於某名男子跳樓自殺。那人在遺書中細述殺害她雙親的始末。

浩二郎向上司反應，光憑一紙電腦打的文章，實在很難讓人信服。但遺書甚至描述未公開的現場情報，這視爲關鍵的證據。

佳菜子今年年初突然說她想來「回憶偵探社」上班。再次相會時，她已經變成成熟的大人。她在那件事後過著什麼樣的人生？浩二郎除了在面試詢問她部分經歷外，一無所知。

「你這份報告是佳菜第一次接手的案件吧。」由美探頭看電腦一眼。

「嗯，但線索只有一個——看起來很溫暖的字跡。佳菜學過書法，第一眼就注意到字跡特徵。她這次表現很好。」

佳菜子是否已經走出過去的創傷？表面無法得知，但透過參與案件，浩二郎從她的眼神中看見一股力量。佳菜子非常認眞地體會委託人的心情。因此，這次名爲「書寫溫暖字跡的男人」的案件才能圓滿解決。再也沒有比體會他人心情更勞神費心，浩二郎這麼認爲。至少佳菜子的內心已有多餘空間讓別人進駐。正因如此，浩二郎希望寫出讓委託人滿意的報告書，增添佳菜子的自信。

5

事務所處理這宗案件時，並未勞師動眾。

梅雨結束時，當時的委託人來到回憶偵探社。那是五十歲前後的女性，撐著半透明塑膠傘，望著在玄關附近的雄高打招呼。但她聲音太小，雄高並未察覺，反而是佳菜子注意到婦人而起身接待。

「聽說你們專門幫人調查回憶？」

這次坐在深處的浩二郎也聽到婦人說話了。他吩咐佳菜子帶客人到會客區。

他先讓婦人坐下，而在佳菜子端咖啡來時，他也要她一同入座。佳菜子進公司半年來，浩二郎確實不放心讓她接手委託，但這次是讓佳菜子積極參與的好機會。

「和回憶有關，什麼案件我們都可以受理。我是負責人實相浩二郎。」遞過名片後，浩二郎坐在沙發上。「這位是我們的調查員，橘。」浩二郎這麼一介紹，佳菜子有些慌張，急忙起身點頭。

「我叫ㄩㄝˋ ㄓˋ ㄐㄧㄥ ˙ㄗ。越過的越，智慧的智，越智；京都的京，孩子的子，京子……只要和回憶相關就行嗎？」越智側頭低喃。

她大概快五十歲。五官工整，臉頰還有彈性。但灰色洋裝配上黑色針織衫，單調的色系讓她顯老三四歲。

「請問是調查人、事、物，其中哪一種呢？」浩二郎問。

「人。我想找一位素未謀面的人。我想見他，向他致謝。」

「沒問題，越智女士，請妳放心，這正是我們的工作。」

越智似乎稍微放鬆下來，不再緊張。她對佳菜子露出微笑。佳菜子也替她高興似地面露笑意。

浩二郎開始說明，費用包含成本開銷，加上調查員一天一萬五千圓的津貼。此外，依委託不同而定，估價將以五萬圓起跳。假使委託人不滿意報告書，偵探社僅收取成本費用。每當浩二郎說明收費標準，總不自覺地豎直背脊。

「我明白了。」越智感受到浩二郎認眞的態度，正色回答。

浩二郎仔細觀察對方的反應，摸索委託人性格。基本上，他須分辨是不是惡作劇或來暗詢價格，至少別成爲犯罪的幫凶；一方面，也當作報告書的參考。

「請您告訴我詳細的情形。」

浩二郎將桌面的小型錄音筆開關調到ＯＮ。

6

越智獨居在岡崎公園附近，今年四十七歲。她與在建設公司上班的丈夫因故離婚，兩個兒子也各自獨立。離婚時，她分到一間透天厝，平時在超市當計時人員，自力更生。兩個兒子每月補貼她一些生活費，生活不算富裕，但不餘匱乏。但一個人生活實在太寂寞，兩年前，她養了一隻小貓。她說，當時她看到超市「尋找．轉讓」留言板上貼著一張貓咪照片，第一眼就被深深吸引。

「這是我們家的Sujata。」越智把照片放在桌上。

這隻貓咪身體大部分黑色，只有鼻子旁圓圓一撮白毛，眼珠睜得又圓又大。顏色看起來就像將奶精倒入咖啡，所以取名爲Sujata。（註）

「好可愛噢。」佳菜子發出高中生般的驚嘆。

「很可愛吧。牠眞的給了我很多撫慰。」

「牠走丟了嗎？」

浩二郎注意到越智哀神的眼神以及過去式的口吻。

「牠來我家的時候才六個月大。我最初只想把牠養在家裡，但一歲大時，我想說牠晒晒太陽也好，將牠帶到院子。這眞是錯誤決定。」

嘗過外面空氣的Sujata，常耍賴要在院子玩，不願在家中玩耍。半年後，貓不小心從院子穿過緣廊，直接衝到大馬路上，被車撞死。

「都是我的錯。」越智低頭，眼淚滴在照片上。

越智泣不成聲，用毛巾按住眼角。浩二郎不難想像她有多麼疼惜Sujata。他突地想起喪子的失落，不禁胸口一悶。

越智輕按著眼角，拿出一條墜飾。墜子是只小玻璃瓶，模樣如早期流行裝星沙的瓶子。浩二郎接過墜飾，窺看瓶身。瓶內裝著略髒的小鳥羽毛，及半透明、類似稻殼的碎片，實在稱不上美觀。

「這是？」

「你一定覺得這東西不好看。老實說，我也覺得不好看。正因如此，我才想向判斷它很重要的人道謝。」小瓶子原來裝著Sujata一歲五個月時在院子抓麻雀失敗，僅勉強抓到的鳥羽，以及牠死後脫落的小貓爪。

她不經意將這條掛著瓶子的墜飾弄丟在嵯峨的名勝——清涼寺境內。

「我從少女時期就很迷《源氏物語》。到這把年紀，我還是很崇拜光源氏。我通常選人潮稀少的梅雨季節到清涼寺，在他的墳前弔唁，然後靜靜望著那裡的正殿或庭院，悠閒度過整天。回家前，還一定要去清涼寺境內的店家吃烤麻糬。」

註：由名古屋製乳公司名酪出產的奶精產品名稱。品名的由來是傳說釋迦牟尼苦行時，有一位牧羊女獻上牛奶粥供養，牧羊女的名字就叫Sujata。

寺廟的前身是《源氏物語》主人公光源氏原型源融的山莊「棲霞觀」。越智補充著，裡面有一座寶篋印塔，蓋在清幽靜謐之處，那就是融的墳墓；此外，烤麻糬是把小塊麻糬串在竹籤上，撒上黃豆粉，經過火烤，沾著甜白味噌醬吃的京都名產。越智會佇立在印塔前片刻，遙想歷史上眞實存在，作爲光源氏原型的融究竟過著什麼生活。

「但我連最重要的墜飾弄丟都沒發覺。」越智回想起當時的心情，悔恨地說。

「越智女士，妳從家出發後，搭什麼交通工具到清涼寺？」

「公車和嵐電。」

嵐電正式名稱是京福電鐵嵐山本線。路程連結京都市市中心的四条大宮到嵯峨野的嵐山，整趟車程約二十多分鐘。

「公車二十分鐘，嵐電二十分鐘，總共大概四十分鐘通勤時間。」

她推測撿到墜飾的人不曾見過她，也不認識她。那人似乎和委託人完全沒交集。

浩二郎接下來詢問越智，關於墜飾最後物歸原主的來龍去脈。

「我一回到家，立刻發現脖子的墜飾不見了，我以爲掉在公車裡，趕緊聯絡京都市交通局，報告搭乘時間和公車，請他們幫我查一查，但依然沒下落，我又聯絡京福電鐵，但……我一聽到他們的回答，立刻昏了過去。」

根據越智對Sujata的愛，浩二郎相信，她說「昏過去」絕不誇張。

她將愛貓之死歸咎於自身，下定決心不讓牠離開自己身邊，所以才將貓咪當作玩具的鳥羽及脫落的爪子一起裝進墜飾，隨時帶在身邊。對越智來說，失去這條墜飾等同經歷第二次的喪失寵物症候群。

「既然沒有掉在交通工具上，或許掉在寺廟境內。」

越智回想走到融墳前的行動，一路邊走邊找。若小玻璃瓶不小心被人踩到，必定粉碎無疑，羽毛和爪子大概再也找不回來了。六、七月雖非櫻花或楓葉季，但是學生畢業旅行的旺季。天龍寺、二尊院、大覺寺及落柿舍等一帶古寺名勝林立，往來人潮絡繹不絕。而且，今年的梅雨量不幸偏多。

「平時走過這帶會覺得雨水打在竹林間，別有一番雅致。但那天聽雨水打在雨衣上，眞奇怪，我怎麼聽都像是Sujata的腳步聲。」

越智走火入魔似地沿路回溯著關於Sujata的回憶。

「但最後沒找到。」

「我拚命找了整整四天，幾乎趴在地上找，但我放棄了。不，其實我內心一直沒放棄，不過找不到就是找不到，無可奈何。」

越智精疲力盡，她步履蹣跚地走往嵐山車站，溼淋淋的身體因爲梅雨低溫，不禁微微顫抖。她抬頭看到車站前咖啡店的燈光，不知怎麼地特別溫暖。

「我很少進咖啡店。我討厭菸味，而且有些過敏。」

「完全禁菸的咖啡店眞的不多。」佳菜子低語。

「即使如此，越智女士仍走進咖啡店嗎？」浩二郎追問。

「我想喝點熱咖啡。」

當時，她看到咖啡店留言板「遺失物品」處寫著「小玻璃瓶墜飾」。於清涼寺境內撿到。應該很重要，特地送來此處——留言板還貼著一張紙條。

越智連咖啡都忘了點，直接問老闆。

「我當時根本失去理智，一直指著墜子，說那是我的東西、那是我的東西。老闆不斷安撫我，倒水給我喝，要我深呼吸。」

越智很珍惜地把墜飾拿在手上。墜飾完全無法刺激人的物慾，想必咖啡店的主人絕不會以為有人假冒失主。

「老闆應該二話不說就還給妳了。」

「是的。」好不容易找回，越智高興到快流下眼淚。這份心情自然而然變成感謝幫忙送來的熱心人士。

「妳想找出這位熱心人士，當面向他道謝。」浩二郎為求慎重地確認。調查目的須明確，寫報告書時才不至於偏離主軸。越智不只委託找人，還要見到當事人致謝，否則無法滿足她。

「我詢問過咖啡店老闆，還有附近鄰居……」咖啡店老闆說他是新客人。那人戴著布質帽，帽沿壓地低低。此外，大熱天還帶著棉質手套，令人印象很深刻。老闆告訴越智，他向老闆要了貼留言板用的紙條，還花很久時間寫好，久到老闆懷疑他是不是身體不適。

「這就是貼在留言板上的紙條。」越智從錢包中取出紙條，小心翼翼攤開。紙條約一本文庫本大小。

「好厲害！」佳菜子讚嘆。

「無可挑剔的好字。」連浩二郎也不住讚嘆。

大概是用鋼筆寫下，那是字跡極粗又工整的楷書。不算高手，但運筆間有獨特韻味。

分開看每一個字，欠缺平衡，線條不勻稱。但整體來看，又具穩若磐石的安定性，給人一種安心感。十分不可思議的文字。紙條幾乎沒留白，字跡把紙面塡滿。

「自成一派，很美。」佳菜子盯著紙條的字。

「佳菜有學書法，妳覺得他自成一派嗎？」

「書法中也有創意派，不能一概而論。」

「他花了很久才完成，這點妳怎麼看？」

浩二郎心想，說不定對方出於幼稚的動機，故意用創意書法的方式留言。

「花很久時間應該是因爲他運筆速度非常慢。你看他的字，『收』和『挑』的部分有同等墨水量。」佳菜子補充，即使用原子筆寫字，運筆速度也會影響墨水量，其中最明顯的地方就是收和挑。

「經妳這麼一說，『收』的部分比較肥厚可以理解，可是連挑的地方也一樣。」

「這表示他每一筆劃都力道過多。運筆過程還有些顫抖。剛學書法的人大多會這樣。」

「原來如此，所以應該不是創意書法。」

「眞不愧是偵探們呢。」聽到兩人的對話，越智輕輕搖頭表示佩服。

「這條墜飾太寶貴了，我須先還您，不過請讓我們用數位相機拍下來。另外，這張紙條可否借我們影印一下呢？」

「當然，還要請你們多費心。不當面道謝，我就渾身不對勁。」

「越智女士，我們會盡全力，盡速爲您解決。」

浩二郎遞過估價表，並且送越智到玄關。

「線索是……文字。」浩二郎低語著，想像寫出如此文字的男人究竟什麼模樣，期待新的邂逅到來。

7

——翌日。

照慣例，浩二郎應先決定主要負責的調查員，之後他會視情況支援。但這次他決定和佳菜子共同調查。佳菜子說自己還沒自信獨自在街上走動。

兩人一起結伴，立刻動身前往設置留言板的咖啡店。

考慮盡可能重現委託人當時的行程，浩二郎決定搭京福電鐵前往嵐山車站。由於市區內停車場少，除非交通不方便、行李太多或爲了載人等情況，浩二郎非必要不會選擇開車。找停車位很浪費時間，更別提這次目的地是觀光地區。

搭乘嵐電行走在市區街道，感受和早期的「市電」相仿。浩二郎讀中學時，在京都主幹道上都可看見路面電車。他覺得嵐電穩定的震動聲和市電很像，不同的是市電行走車道，嵐電行走鐵軌，風景相異。

沿路見到住宅、店家、寺院的後院，電車彷彿將兩邊景色縫起般前進，往窗外伸手便能碰到樹籬。不一會，電車就抵達嵐山車站。這裡擁有大量觀光客前來造訪，但車站小巧，格外充滿魅力。來訪的年輕女性不禁發出「好可愛哦」的讚美。

不巧，雨從清晨起一直下不停。

佳菜子跟在浩二郎後頭，她穿著深藍套裝，不知情的旁人或許會誤認爲她是錯過徵才活動的學生。很快地，他們找到越智說的咖啡店，它位於從車站往北走沒幾步路的位置。以觀光地區的餐飲店來說，座落位置無可挑剔。浩二郎選在早上十點拜訪，因爲他算準這時間早餐供應剛好告一個段落，又還不到準備午餐時刻。

浩二郎走進店裡，心想自己猜測得不錯。四張桌子，只有三名客人，八個吧檯座位空無一人。他們兩人坐在吧檯旁，點了熱咖啡。浩二郎判斷，與老闆隔著吧檯前並列的虹吸壺，並趁泡咖啡時交談是最好的搭話距離。

「老闆，我聽我朋友說，有人撿到一條墜飾送到你這裡來吧？」浩二郎望著剛磨好咖啡粉，正要倒進虹吸壺的男性。對方並未否認老闆的稱呼，浩二郎想自己沒認錯人。

「是啊，嚇了我一大跳。」老闆回溯著記憶，很快回答。「他下午四點多突然走進店裡。就像我跟幾個常客說的，這世界還是很有希望。」

「那一定是很昂貴的物品。」浩二郎佯裝不知詳情。面對從事服務業的人，浩二郎盡量不顯露偵探身分。特別是和委託人接觸過的對象，偵探更要小心謹愼。

「我看倒不至於昂貴，只是一條繫著小玻璃瓶的項鍊。」

「不過後來失主有現身嗎？」

「我還眞沒想到有人來認領。畢竟不是掉在我們店裡，一般來說應該會送到寺廟或派出所。瓶子裡裝著鳥羽毛和像屑屑一樣的東西。」

寄放至第五日時，老闆本打算將墜飾送去派出所或清涼寺的寺務所。沒想到越智那天剛好走進這家咖啡店。

「為什麼那個人覺得這條墜飾很寶貴啊？」

「你說撿到的人？呃，不好意思，當時我壓根不覺得有人來認領。」

「說也奇怪，那人居然特地送來這。他是什麼人？老闆有看到他的長相嗎？」

「這我不太清楚。他沒脫帽，又戴著有色眼鏡。」

那人一進店就坐在窗邊的位置，拿起立在凸窗旁的書翻閱。

「《都名所圖會》是一本古書，有點類似江戶時期的觀光手冊，我拿來擺在窗邊營造氣氛用的。不過，我端水過去，準備點餐時，他很快放下書，隨口點杯熱牛奶。我們家是靠賣好喝咖啡起家的，他或許覺得沒點咖啡有些不好意思，所以立刻說出墜飾的事。」

沸騰的熱水發出聲響。穿過杯上壺的細管製出褐色液體，香濃香氣傳到浩二郎的嗅覺內。老闆算好時間移開酒精燈，讓火苗離開燒杯。這時，咖啡緩緩流下。

「大概是惜物世代的人吧。」浩二郎用老闆聽得到的音量喃喃自語。

「他說話含糊不清，很難懂。外表六十多歲，但說話像七十歲。」

那人儀態還算不錯，但步步留心。老闆描述著拾主的身體特徵。浩二郎對佳菜子使眼色，看還有沒有要問別的。佳菜子開口：「請問，那位先生寫了張紙條貼在留言板對吧？」浩二郎明白她想試著從書法角度切入。

「他一個字一個字慢慢寫，像把筆藏在手掌心似，我還以為他身體不舒服。」

「一個字一個字地寫嗎？」

「沒錯。啊，還有，他用自己帶的筆寫。」老闆將溫好的咖啡杯置於托盤，慢慢地把咖啡倒杯中，再端到兩人面前。浩二郎覺得這裡的咖啡味道比事務所淡，但很好喝，讓他對咖啡有新的認識——原來咖啡不只用來提神。

浩二郎喜歡喝黑咖啡，而佳菜子喜歡牛奶較多、加糖的拿鐵。

兩人各自享用完喜歡的咖啡口味後離開店。

雨勢越來越大。兩人走在單行道上，穿過濕漉黑亮的馬路，終於看見清涼寺大門。煙雨朦朧的寺院已經很有情調，加上拍打在雨傘上的雨滴聲，氣氛格外浪漫。

「實相大哥，我還是覺得那些字不像鋼筆寫的，太粗了。」佳菜子難得提高聲量，她跟在浩二郎身後，面對著他溼透的夾克。

「妳說紙條上的字？但也不像用原子筆寫的。」

「所以我才說那些字不管勁道或運筆都很有特色。」

「若自成一派，寫成那樣已經很厲害了。我對書法外行，不過總覺得他的字有一股難以言喻的魅力。大概是辛勤練習的成果。好想知道他是什麼樣的人。」

清涼寺位於京都西邊，屬於淨土宗，素有嵯峨的釋迦堂之稱，是當地民眾熟悉的寺廟。穿過高聳的仁王門，視野變得遼闊，一眼望盡遠處的本堂，而且境內寬闊，和一路走來的小徑各異其趣。

廣場上塑膠傘朵朵開。仔細看，原來是畢業旅行的學生們。天空陰暗，但學生身影對浩二郎來說依舊刺眼，他總忍不住將他們看作浩志。

浩二郎快步穿過學生人群，不朝本殿正面，左轉朝多寶塔前進。

據越智描述，融的墳墓位於多寶塔西邊盡頭。

穿過嵯峨天皇、皇后陵墓旁的鳥居，即可看見被雨淋溼的印塔。對《源氏物語》沒特別感受的浩二郎，進到這裡並未引發他的思古之情；但越智認為這裡的氛圍讓她一頭栽進物語的世界。

浩二郎付了兩人份的門票，進入本殿。

參拜釋迦如來立像以及十大弟子並非此行目的，但當浩二郎看到安置正面的佛龕，窺見裡頭據說是摹擬釋迦牟尼三十七歲時的立像時，不由得倒吸一口氣。苦行過後，佛陀的臉頰和手指枯瘦，不如常見的佛像那般豐腴，表情依然給人急欲救濟眾生的渴望。

浩二郎的三十七歲又過得如何？兒子和妻子皆安康，心中沒有任何恐懼。他當時渾身傲氣，認為只要靠自己的力量，人生沒有辦不到的事。浩二郎甩甩頭，穿過本殿後的渡廊朝方丈房走。方丈房中的庭院是枯山水樣式。他回想年輕時曾和妻子在這裡約會。兩人相偕到龍安寺的庭園，印象中那段時間很無聊，眞是少年不識愁滋味。

「實相大哥，你還好吧，剛才就怪怪的。」

「沒事，我被這片景色迷住了。還有這場雨，下得眞美。」

浩二郎指著被雨滴拍打、微微搖曳的群木，像要掩飾自己沉浸空想的窘樣似地說：「假使這裡辦茶會，應該會留下芳名錄，但不是每個人都會簽名就是了。」

「如果這裡有像直指庵《回憶錄》之類的東西就好了。」佳菜子凝視著濕漉漉的樹林，突然想起什麼似地說。

「回憶錄？」浩二郎反問。

佳菜子說，同樣位於嵯峨野的直指庵中，有一本名爲回憶錄的小冊子，每個人都可以在裡面寫下人生煩惱，非常受到女性歡迎。媒體報導後更是眾所皆知。

「就是這個、佳菜，很可能有。走，我們去看看。」

兩人從迴廊走進方丈房，看到一張面對庭院的長几案。

几案上有一本重複被翻閱，書頁膨膨的小冊子。

「啊、實相大哥！你看這個。」

浩二郎注視佳菜子攤開給他看的小冊子。「這是……」浩二郎噤住。上面的字跡散發一股暖意。

「微微歪斜的粗字體，看起來認眞眞摯，而且溫暖。能寫出這種字的人，世界上大概找不到第二個。」

他趕緊翻閱小冊子，希望找到住址和姓名。他在不同日期的頁面上又看見他的字跡。

「從其他人的日期推斷，他應該連續兩天到這裡。」

——第一天。『旅途中病倒，isaru之人也消沉。生命可貴。』

——第二天。『omiya滿載。熱淚盈眶。除了感謝，還是感謝。』

佳菜子將這兩行字記在記事本。

「好，總算獲得新線索了。」浩二郎露出笑容，接下來就是回憶偵探發揮本領了。

8

浩二郎與佳菜子下午一點後離開清涼寺。

「住在京都那麼久，還不知道清涼寺有庭園，而且那麼寬闊。」

爲了調查周邊寺院，他們走小路。

「要把這麼多寺廟全看過一遍，一定很累人。」

浩二郎說話時，同時將佳菜子抄寫下來，書寫溫暖字跡男人的字句輸入手機。輸入完後，浩二郎傳給所有職員，請他們有線索隨時回報。浩二郎體驗過警察上而下的領導模式，他不是很喜歡，所以鼓勵職員不要只顧自己案子，要積極交換情報。大家互相關心別人的案子，就不會把它當作個人案件，而是當成偵探社全體的工作。因此，浩二郎養成習慣，不管多小情報都分享給大家。比起單打獨鬥，不如集結連同妻子等五名員工，傾團隊之力調查每個案件。

「他爲什麼將墜飾寄放在咖啡店呢？」浩二郎收起手機自語。

「他不知道寺務所在哪？」

「或沒趕上關門時間。清涼寺四點就關了。」

「越智女士說很冷的時候，剛好見到咖啡店燈光，或許那個人當時也覺得冷。」

「他隨口點了熱牛奶，他也許不愛喝咖啡。」

趁雨勢減緩，兩人很快抵達下一個調查點，落柿舍。

落柿舍是江戶時代俳人松尾芭蕉弟子向井去來的別館。去來在這間草庵開設俳句道場。想學俳句的人，不問身分都能來學習。為了保留這份精神，管理單位針對觀光客設置寫有「請投下您的精心傑作」的竹製投句箱，獲選佳作就會印在落柿舍的導覽手冊。

浩二郎聯絡事務局，告知正在尋人，並詢問最近這周是否出現類似該字跡的投稿。但這段時間的投稿大多是畢業旅行學生，沒有年長者。

兩人快步訪查落柿舍、祇王寺、瀧口寺、天龍寺，結果一無所獲。兩人無計可施地踏上歸途。他們沿著馬路往南到車站前的咖啡店時，嵐山車站的左前方座落著一棟醫院。

「大概四百公尺。」浩二郎在同時看見車站和醫院處駐足。

「什麼意思？」佳菜子也停下腳步，將傘靠向浩二郎。

「他不是寫自己在旅途中病倒嗎？」

浩二郎在腦中刻劃戴著帽子、眼鏡，棉質手套的六、七十歲男人走路的畫面。

「小冊子上面這麼寫沒錯。」

「也就是說，他從某處到京都，卻在這裡生病了。以此為前提，就不難理解為何他連續兩天到清涼寺散步。不然就是他很喜歡這座寺廟。」

「還是說，就地理位置而言，清涼寺比較容易參訪。」

「假使他住進醫院呢？」浩二郎盯著醫院大樓的標誌。

「那間醫院到清涼寺來回大概三公里，雖然有點遠，但還是可以散步。」

「好。」浩二郎拿起手機打給由美，問她有沒有認識醫院的員工。

「有一個叫中井志保的專任護理師，我和她同期進醫院。我私下幫你問。」由美開朗地回答。

「妳問她最近有沒有一個六七十歲，從其他縣市來的男性。特徵是聲音混濁，這個季節卻戴棉質手套，外出戴帽子，有色眼鏡。還有，他的字跡很特別。我桌上有印一張他寫過的留言，請妳看著那張紙跟中井小姐描述特徵。我現在就在醫院附近，要是妳能替我牽線，我可以直接見面。涉及個人資料可能有些困難，不過還是拜託妳了。」

「了解，我待會回覆。」

浩二郎掛斷電話十分鐘左右，由美回電。浩二郎推測得不錯。

「名字和住址因爲保密義務問不出來，不過確實有個特徵跟你描述很像的人三周前被救護車送進醫院。他是腦梗塞，幸好處理迅速，沒有大礙。」

這名男子第二次發生腦梗塞，所以右半身還有些許麻痺沒退，延長住院五天。

「現在他人呢？」

「前天出院了。」

「慢一步啊。不過問到這麼詳細的情報已經很不簡單了，謝啦。」

「哪裡。還有一個情報，不知可否幫上忙。」由美頓了頓說。「他的行李幾乎都是書。」

「愛書人？」

「都線裝書，中井說，好像是江戶時代的學堂課本。」

「線裝古書啊。」

浩二郎掛上電話，原路掉頭折返，駐足咖啡店前。

「實相大哥，怎麼了？」天空再次飄雨，佳菜子皺起眉頭，從後頭追上。

「原來如此，他會走進咖啡店是因爲這個。」

浩二郎指著擺在店內凸窗的書。雖然大白天，但陰雨綿綿，天色昏暗，店內燈光打在線裝古書更增添質感。那人經過時已是傍晚，凸窗流瀉的燈光必然突顯出書的存在。

「佳菜，讓我看他在小冊子留下的內容。」

『omiya滿載。熱淚盈眶。除了感謝，還是感謝。』

浩二郎覺得『omiya』這個字不單純。這裡的omiya應該是指土產（omiyage），但放在這句子裡，感覺有另一種特殊意義。警察會用omiyairi（お宮入り）形容案情陷入五里霧，但和感謝完全無關。他猜想，omiya應該是這名男子平時常用的字。說不定和職業有關。

「會不會這是從事書籍相關工作，或是研究者之間的專門術語？」

「我查查業界術語。」

「也好。那麼，佳菜，妳現在到圖書館。」

「好。」

「還有『isaru之人也消沉』麻煩也查查，說不定找得出他是哪裡人。」

「是。」

「一個人沒問題嗎？」

「沒問題。」佳菜子爽朗回答。

9

幾日後的下午，浩二郎和佳菜子走出停在金澤車站的雷鳥號列車。

這裡的天氣和京都截然不同，晴空萬里。怕熱的浩二郎走出車站東口，馬上汗流浹背。他脫掉西裝外套，白襯衫溼黏在背上。

佳菜子在圖書館查閱業界術語字典等資料，發現「omiya」似乎是流傳在二手書店業者間的用語。二手書店業者在二手書拍賣市場收書時，舉辦書市的當地業者會給外地來的業者特別禮遇。假使雙方同額標到一本書，當地業者通常會把那本書禮讓給外地業者，當作土產，也就是omiya。另外，「isaru之人」在金澤是「狂妄之人」的意思。

接著，她調查京都六月時舉辦的二手書市場，發現嵯峨野剛好舉辦書市，也確定有金澤業者參加。其中有人在拍賣途中昏倒，被救護車送去醫院。佳菜子詢問二手書公會的負責人，得到一個名字——金澤百萬文庫的立石潤造。

載著兩人的計程車沿著犀川行駛，停在一間環繞蓊鬱樹林的神社前。司機說這裡就是犀川神社。

站在神社前往外看，一眼就見到金澤百萬文庫。那位書寫溫暖字跡的主人，將任誰看到都以爲是垃圾，裝著貓爪和麻雀羽毛的小玻璃瓶墜飾送到咖啡店。那名男人就叫立石潤造。終於和他見面了，浩二郎有些興奮。這種興奮感，和當刑警發現凶手潛伏地點時，即將攻入的前一刻相似，但類型不同。

浩二郎以前不管接手什麼案件，原動力只有一個，那就是對凶手的憤怒。他憤怒得發抖，一心一意替被害者雪恨、出一口氣，那是一種復仇，恨不得立刻抓到凶手。

但當回憶偵探不同。他內心沒有絲毫憤怒，而是一味地對人性感興趣。有點像與睽違已久的友人重逢般雀躍，時而心跳加速。不管體驗幾次都不會膩。這份工作鼓舞著他一而再，再而三地追求這種感覺。

每朝二手書店走近一步，浩二郎的殷切期待就多一分。佳菜子也是如此，看起來很緊張。店面的招牌很老舊，但店鋪印象嶄新。落地鋁門落輕輕滑開。書架塞滿書本，一股像進到倉庫的獨特霉味撲鼻而來。店家整體散發出懷舊氛圍。

「立石先生，請問立石潤造先生在嗎？」浩二郎走到被左右書架包夾的店中央，朝店內大喊。

「哪位？我就是立石。」裡面傳出一道含糊不清的聲音，手持眼鏡的白髮男性走出。他的體態不甚美觀，身軀微胖，右腳微微拖行。

「你好，我是從京都來的。」浩二郎遞出名片。

「回憶偵探社？」立石戴上眼鏡反覆審視名片，對浩二郎以及一旁的佳菜子露出戒備。大多數人一聽到偵探的稱號都會露出狐疑表情。（註）浩二郎想，趁機讓佳菜子體驗一下也好。接下來，浩二郎簡單對立石說明，自家的偵探社和一般調查客戶公司的信用或

註：日本人聽到「偵探社」的印象近似於在台灣聽到「徵信社」。

外遇事件徵信業者性質完全不同。

「京都還真是什麼千奇百怪的工作都有。」立石仍半信半疑地盯著浩二郎。他的眼神非常銳利，不是在看對方的職業，而是人品。

「容我須先從造訪立石先生的理由說明。」浩二郎拿出留言版的紙條影本遞給立石。

「這、這是……」立石瞪大眼鏡後的雙眼。

「寫這張紙條的人，應該就是立石先生？」

「當然是我寫的，有什麼問題嗎？」

「立石先生的善意深深感動了我的委託人。」

浩二郎確定寫這段字的人是立石後，說出委託人的姓名及原委。

「真不敢相信，你們居然靠著這點線索就找到這來？」

「這樣的字並非是每個人都寫得出來。我、越智女士，甚至是醫院的護理師都覺得你的字有特別的魅力。就這層意義來說，這條線索非同小可。」

「不過是隨意塗塗寫寫而已。」

「這是人品。」

「聽到你這麼讚美，我就覺得我的努力沒有白費。到裡頭說吧。」

浩二郎被立石帶進書店。深處有一間辦公室，堆滿無數紙箱。紙箱側面寫著全集、古地圖等文字，裡面全是書。

其一個正在拆箱的年輕人向浩二郎一行人點頭。

「這是我的孫子。」

立石和妻子、兒子、媳婦一起經營這間店。再往後面走就是立石住家。他對著裡面喊：有客人。一句話交代後，長年待在身邊的妻子就將附扶手的椅子和茶送來。

「我三年前因爲腦梗塞昏倒過一次。命撿回來，但右半身麻痺了。」

經過持續復健，現在總算恢復到勉強行走的地步。

「不過，寫字功力一直無法恢復。」

立石爲了閱讀江戶時期的書物，學習讀古文，也愛上可以隨意揮灑，自成一派的書法風格。對他來說，無法隨心所欲的寫字是莫大痛苦。他以前會把宣傳珍本的廣告文，或印在赤本的宣傳標語寫在紙上，貼在店裡，營造出賣新書的書店所沒有的氛圍。赤本如同江戶時期的繪草紙等，都是給小孩看的廉價書，內容大概是「桃太郎」這類家喻戶曉的童話。

「不過，您現在居然寫出這麼好的字。」

「這和我過去寫法完全不同。我現在手指無法伸直，只能使用筆桿改良過的鋼筆，用手指夾著寫。寫一個字比平常人多花三倍——不，甚至四倍的時間。」

浩二郎回想起咖啡店老闆說他花很多時間寫留言。

「可是立石先生，正因爲你花那麼多時間，這些字跡才透露出立石先生誠實和善解人意的本性。該怎麼說，我覺得這些字反映出您終於再提筆寫字的喜悅。」

「我病倒前性情非常頑固，很少聽別人說話。如今總算能設身處地多爲人著想。」立石說自己大病初癒後，深刻了解家人和朋友多麼可貴。他回想自己在京都病倒時，深深感受到當地同業幫的熱心，不禁淚灑病床。

「幸好沒有大礙。」佳菜子說。她聽由美說過，腦梗塞很容易奪人性命。

「眞的謝天謝地。不過身體稍微康復，我的工作癮又犯了。素有文化財寶庫之稱的清涼寺、源融之墓就在醫院附近，我一想到便坐立難安。」

「爲什麼您覺得那條墜飾很重要呢？」

「因爲裡面的東西太寒酸了。」

「寒酸？」

「凡夫如我，第一個反應就是如此。但反過來想，正因爲擁有無法用金錢衡量的價值，才有人特地裝進墜飾的瓶子裡。當一個東西無法用金錢計算價值，它就可以用人的心靈去衡量。這世上沒有比人心更重要的東西了。有時，甚至比性命還重要。」

「這世界上沒有比人心更重要的東西……甚至是性命。」浩二郎不由得覆誦。

浩二郎很感佩。正因爲立石在鬼門關前走一遭，因此說得出這麼有份量的話。珍惜有金錢價值的東西沒什麼了不起。但若寒酸的物品就不同。正因爲寒酸，表示對物主來說，精神價值越大。裝著貓爪和鳥羽的墜飾沒有任何金錢價值，但有別種價值。浩二郎現在能體會爲什麼立石會想歸還物主。但若是如此，爲什麼他要送到咖啡店，不如直接送到寺務所，物歸原主的機率不是更高？

「您爲什麼將墜飾寄放在那間咖啡店？」

「我的腿不行，沒把握在寺廟關門前走到寺務所，當時離關門時間又快到了，我想乾脆先回醫院，明天再送去派出所。」

沒想到，他經過咖啡店前面時，從窗戶看到那本《都名所圖會》。

「那時剛參觀過文化財。《都名所圖會》裡面也有介紹嵯峨釋迦堂，就是現在的清涼寺。我心想說不定是珍本就立刻衝進去。」

結果是到處都有的通行本。這時，他看到店內有留言板。心想這條墜飾不是什麼貴重物品，交給派出所也不一定歸還物主。

「這倒是，派出所會替你保管物品，但物主主動詢問才有機會物歸原主。」

「物主若認爲這東西很重要，一定會再來清涼寺周邊搜尋，而我明天就要出院了，最後決定把這個任務交給留言板和咖啡店老闆。」

「聽咖啡店的老闆說，假使五天內沒人認領，他打算送去清涼寺或派出所。」

「我想他會這麼做的。」立石露出滿足的笑容。

「原來如此，這樣整件事就說得通了。對了，越智女士希望當面和立石先生致謝。您覺得如何？」

「這只是小事一樁，不足掛齒。」立石果決拒絕了。

這是浩二郎預料中的答案。他很清楚，這件事對立石而言並非特別舉動，沒理由接受道謝，而且不管別人怎麼勸說，他大概都不會改變心意。

10

「校正完成囉，要幫你印出來嗎？」聽到由美沉穩的聲音，浩二郎睜開眼睛。

「我睡著了？」

「我看你睡得熟，沒叫醒你。」

「現在幾點？」浩二郎盯著手表，快九點了。原來我趴在桌上睡了快三小時，雖說哪裡都能吃、能睡是身爲一個刑警不可或缺的資質——

「趕快印出來、裝訂！」

浩二郎現在知道，咖啡對他已經沒有提神的作用了。環顧事務所，雄高和佳菜子已經來上班。浩二郎額頭上還印有表帶的印痕，引得眾人大笑。

他的妻子三千代還沒下樓。難道是安眠藥藥效太強了嗎？

浩二郎到洗臉台盥洗時，越智來到事務所。

「你好，今天是不是能拿到報告書？」

「是的，沒錯，請稍坐。」佳菜子端出咖啡，和越智閒聊來爭取時間。沒多久，報告書裝訂完成了。浩二郎來到會客區，輕輕點頭：「這就是報告書，請您過目。」他將報告書遞給老婦人。

「無法見上對方一面吧。」讀完報告書，越智抬起頭。

「他的個性應該是這樣。不過，每年中元節，下鴨神社會舉辦『納涼古書祭』。」

「我知道，在糺之森舉行。」

「是的，立石先生會到那裡拜訪擺攤的同業，報告病情復原的狀況。」

「我去那裡就能遇見他？不過，我不認得他的長相。」

由於立石先生拒絕拍照，所以沒有照片提供她認人。

「不用擔心。古書祭設置求書區，二手書公會的會員會輪流排班，協助顧客找書。我們跟公會的人說好了，您只要在十四號中午以前，跟那裡的人說你想找描繪嵯峨野、清涼寺的《都名所圖會》，他們就會請立足先生過來介紹。」

「就是咖啡店那本《都名所圖會》吧？」

「沒錯。請問，我們的報告書您還滿意嗎？」

「謝謝你們，Sujata一定也會很高興。」越智亮了亮胸前的墜飾，微笑道。

「下個月十四號，就請您去見那位書寫溫暖字跡的男子。」

浩二郎想像著立石用手指夾筆，全神貫注地一筆一劃寫字的模樣，同時回味他的話：有時，人心甚至比性命還重要。

越智離開後，全體員工一同舉杯無酒精啤酒乾杯。浩二郎的事務所有一個慣例，不管多小的案件，只要向委託人提交完報告書，所有員工就要一同乾杯。但事務所內部規定員工滴酒不沾，這是爲了讓三千代脫離酒精成癮症，全體員工也願意配合。

「三千代姐，身體是不是不舒服？」由美盯著時鐘。

過十點半了。不管什麼理由，她也太散漫了，浩二郎心想，從後門旁的樓梯爬上二樓。二樓的樓梯平台有一扇門，門後有一間客廳，再往深處有一間和室。夫婦倆就睡在那間和室。浩二郎隔著和室拉門叫她，但沒回應。安眠藥的藥效應該不致持續到早上。浩二郎心中一陣不安，打開拉門，三坪大房間地上攤著兩套沒有收好的被褥，不見三千代人影。

浩二郎快步至三樓置放兒子遺物的四坪房間，也不見三千代。他思考，唯一可能就是三千代從後門出去了。浩二郎想起昨晚非常悶熱，當他決定熬夜工作時，三千代曾對他說好想消消暑。

消暑這個字很容易讓人聯想到啤酒。

糟。只要她想要，隨便找一台販賣機，酒要喝多少有多少。

浩二郎趕緊下樓，從後門走出去。東側是京都御所，沒有酒館，也沒有酒類的販賣機，往西走就是過去浩二郎工作地——京都府警本部。他推測三千代應會避開府警，選擇往南或往北。

南邊丸太町通附近的便利商店有賣酒，但從那裡看得到府警本部的建築。剩下的可能性就是學生時常逗留，充滿自由氣氛金出川一帶了。沿著室町通持續往北，可抵達橫貫市區東西的大路——今出川通。

抵達大路前，他看見幾台自動販賣機，但全都賣清涼飲料。

「老公。」再越過一個十字路口就要抵達今出川通時，他聽到背後傳來呼喚。實相一回頭，原來是身形瘦削的妻子。

「三千代，妳跑去哪兒了？」

「我想買這個給大家吃。」三千代舉起和菓子老舖的手提紙袋。

「羊羹？」

「夏季的和菓子。我剛買了高級一點的茶，出店時剛好看見你經過。」

「……」

「不是要乾杯嗎。這是佳菜子第一次經手的案子，我想買些點心鼓勵她，但種類太多，考慮好久。」

「沒事，只是我去房間看妳不在。」

「別這樣，我早就不喝酒了。現在有吃藥，完全沒想喝的欲望。」

醫院開的藥讓她一喝到酒，即使只有微量，也會引起類似宿醉的頭痛和嘔吐感。過去她有段時間不吃藥也沒發酒癮，但四月學校新學期開始時，她看到一群穿著全新制服的高中生，登時想起浩志，心慌意亂的三千代忍不住開了一罐啤酒喝。

她喝得不多，但碰到一滴酒，成癮症又會復發。就這樣，五年以上的忍耐全化爲烏有。過去的同事目睹她在超商拿著超商的罐裝啤酒哭泣。浩二郎得到消息，趕緊到現場，妻子將只喝了一口的啤酒倒在路上。他了解她的痛苦多深。三千代不是眞的想喝酒，僅想找個東西塡補她的空虛。之後，她主動向醫生提出要求，希望醫生再開一次戒酒藥。浩二郎很小心謹愼，注意妻子有無再犯，但還是有像這次去金澤出差時，不小心疏漏的時候。

「妳眞的沒喝？」

「你以爲你還在當刑警啊，別懷疑，相信我。」三千代將紙袋提得更高，露出微笑。

「而且啊，哪有人吃和菓子配酒的。」

浩二郎總算放心，他幫三千代提紙袋：「大家一定會很開心。」轉身往回走。

全社員嗜甜如命。由美和雄高喜歡吃巧克力配日本酒。浩二郎原本只愛喝蘇格蘭威士忌，三千代生病之後，他藉這個機會把酒給戒了。

11

煎茶及和菓子讓大家開心極了。加入大量吉野葛的葛饅頭最受歡迎。清涼感與微甜的味道和高級宇治茶的風味很搭。睡眠不足而緊繃的腦神經彷彿一條條鬆開。正享受放鬆感，浩二郎忽然看到玄關有人影游移。

「請進。」浩二郎大聲喊，並走到櫃檯。

門打開了，一位七十多歲身材矮小的女性站在外面。

「不好意思，請問一下，你們這裡會幫忙尋找以前見過面的人嗎？」她靦腆問道。

「請進，先進來再說。」浩二郎引導她到會客區，吩咐準備茶水。剩一個的葛饅頭剛好可以拿來招待。

由美端著茶水，行走姿態端莊優雅。浩二郎感受到由美沉默的視線，邀她一同入席。他聽雄高說由美曾跟他抱怨，這陣子浩二郎幾乎只和佳菜子說話。過去長時間在男性職場打滾的浩二郎不熟悉與女性相處。雄高提醒他，不要引起女人的嫉妒心，很可怕的。

委託人叫島崎智代，七十五歲，來自三重縣鳥羽市。

「您特地從三重縣跑來。」

由於媒體報導，不時出現遠道而來的委託人。但七十五歲高齡的女性長途跋涉過來，浩二郎還是第一次碰到。

「我以前在報紙看過一則報導，知道這麼一個地方。我當時心裡有一些念頭，想說把它剪下來放著。」

「應該是三年前吧，報紙刊登過我們的消息。」

那是一則刊登在三重縣縣民版的小消息。浩二郎想，她居然留到現在，眞是有心。

「是這樣的，我先生今年春天去世了，我也很希望自己盡快回到他身邊……」女子眼角下垂，表情柔和，說這句話時沒有沉重的感覺，不過聲音有氣無力。

「婆婆，請您振作。」

「活到這把年紀，還能從年輕人口中聽到這麼貼心的話。」智代低頭，泫然欲泣。

她似乎很容易被觸動。與丈夫的離別，一定讓她很難受。

「島崎女士，請問您有小孩嗎？」

「一個獨生子，可是他和我先生不合……說來眞丟臉。」

昭和二十七年，二十歲的智代與經營伊勢烏龍麵店、大她十歲的先生結婚。隔年他們生了一個男孩。約莫二十年前，她先生與三十五歲的兒子斷絕關係。

「說來眞丟人，當年我兒子和有夫之婦私奔。」

她丈夫最討厭行事不光明磊落的人，非常不滿兒子逃跑、隱匿行蹤的態度。他照著兒子寄信的地址，寫下一封斷絕父子關係的書信寄回，自此兒子音訊全無。

「我先生去世的時候，我發信給他，可是……他完全沒有回應。」

「您想找的人，是您的兒子嗎？」

「不，我放棄他了。」智代閉上眼，搖搖頭。「別提這事了。我啊，因爲長期照顧先生，自己身體也是每況愈下。」

「哪裡，您的氣色很好，硬朗得很。」浩二郎鼓勵她。

「人家說夫妻相處久了會越來越像，我和我先生一樣，都有心肌梗塞的老毛病，隨時可能回到佛祖身邊。我死之前，無論如何都想和那個人道謝，不然我會心有罣礙，沒辦法開開心心渡過三途河。」

她身子微微前傾，不自覺地護著自己的心臟。

「您想找一個人。」浩二郎和平常一樣，按下錄音筆的開關。

「是的，我想找人。但那是很久遠的事了。」

「以前的事也無妨。這是我們回憶偵探最擅長的事，請您不用顧慮，儘管說。」

「從現在回算，大概是六十二年前的事情了。」

「六十二年前，正是戰後最動盪不安的時刻。」

「我當時十四歲。大阪遭大規模空襲，眼見所及一片焦黑。要是真的燒個精光就算了，偏偏一眼看去都是破破爛爛的建築殘骸，沒人敢靠近一步。」

智代的眼睛來回看著浩二郎和由美，但映在她眼珠裡的影像，似乎不是他們二人，而是六十二年前大阪的光景。

12

昭和七年，智代出生大阪府泉大津市松之濱，她是一金屬工匠的長女。當時，滿州事變（註）已爆發，一連串的動盪隨之展開，她兒時約十三年在戰爭中度過。說她日夜與戰爭爲伍也不爲過。

她念國民學校初等科時，從未有盡情玩樂的經驗。她總背著弟弟佇立在空地上，羨慕地望著一群小男生玩戰爭遊戲。當時學校多一項教學指導，稱爲「正常步」，嚴格訓練走路方式。從手臂擺動、手肘位置，到走路的精神與情緒都嚴格規定。

簡單地說，智代從未體驗自由。

她唯一樂趣就是，運用幫忙帶小孩三天的酬勞買糖果並且聽「看圖說故事」（紙芝居）。當時看圖說故事的收費就是小朋友們各自在攤子買一份自己喜歡的小零嘴。最便宜的就是糖球，有錢人家的小孩才會買夾糖漿的仙貝或膨糖。買糖球的小孩只能站在後面，買膨糖的小孩則可坐在最前排大快朵頤。儘管，其實根本沒有座位，大家都是抱膝屈坐在空地上。

她常不服輸地想，最後一排也好，反正背上弟弟不知何時會哭。然後，盡情放任自己沉醉在故事裡。

「我最喜歡《少女椿》，但沒一次從頭到尾聽完。」

看圖說故事幾乎都會在同一個時間、地點表演，但演出內容不一定。一旦男孩子大喊「我要聽鬼故事」、「我要聽戰爭故事」、「怪盜故事」，氣燄高張地向說書人提出要求，原本智代期待的《少女椿》的續集便落空，改成上演別的故事了。智代總聽不到續集。更別提她顧小孩的報酬要存上三天才能看一次看圖說故事。然而，她還是會等，因爲

註：即九一八事件。

這是她第一次嘗到沉浸在浪漫故事的喜悅。

她相信，無論眼下多辛苦，一定有人在某處等著她。她當時就是靠著如此幻夢，忍耐熬過現狀。她會將學校配給的牛奶糖分給弟弟，自己舔著便宜的糖球，聽說書人說故事，滋養心靈。

「我當時覺得，世界上沒有比牛奶糖更好吃的東西了。記得那時老師還會特別吩咐我們不准邊走邊吃，那是非常珍貴的東西。當時的人，對甜食有很大的渴望。」智代盯著眼前的葛饅頭。由美委婉地請她享用，智代很享受地把葛饅頭送進嘴中。

她活在一個父母和學校都教導女人走路時須跟在男人後三步的時代。她須聽大人的話，成為一名溫順的女性，除此之外沒有別的生存方式。

昭和十六年，智代九歲那年的十二月八日，她在早上七點聽到大本營陸海軍部發布消息。

「日本和美軍英軍在西太平洋開戰了。」浩二郎常聽死去的父親提到開戰時的事情。他的父親比智代小五歲，當時還是四歲的小孩子，但已經感受得到大人們異常興奮的心情。而九歲的智代親耳聽到這則消息的發布。浩二郎有些激動，他沒想到可以近距離聽到經歷日本踏出敗戰第一步的人描述當日。

「戰爭結束時，我人在老家。前一年，我念完國民學校的初等科，進女子高中就讀。但我們家裡經濟狀況不好，我放棄就學，跑去堺的縫紉工場上班。後來那裡也被燒毀。我們家在泉大津周邊還剩下幾塊田地，我此後的任務就是在田地種番薯，再拿去梅田的黑市交換米和鹽。父親和哥哥都戰死了，母親說，我須保護這個家的田地和剛滿七歲的弟弟。」

智代拉著手推車，走上大半天到梅田。她身穿國民服，把短髮往後盤，塞進毛線帽裡。因爲傳聞若被人認出是女性，她會遭到粗暴對待，再被賣去當妓女。

「不僅如此，還要注意在街上閒晃的美兵。當時我們身上都會帶著一瓶藥，被吩咐若遭人侮辱，要立刻吞下。」

她攜帶的藥物是氰化物。

實際上，浩二郎曾經負責過戰爭時期女性攜帶氰化物的相關案件。那名女性的孫子偷走氰化物，暗示他要自殺並離家出走。幸好藥物保存狀態不良，與空氣中的二氧化碳結合後失去毒性。那個孫子最後撿回一條命。浩二郎記得，自己盯著那瓶裝著無毒氰化鉀的瓶子沉思許久，難以置信戰爭的影響居然透過一個小瓶子殘留至今。

「對一個十四歲的女孩子來說，這工作實在太粗重，我現在的小孩一定做不來。」

聽到由美的感想，浩二郎深感同意。雖說是時代的無奈，但這些人飽嚐了自己也難以忍受的辛酸，努力存活下來。思及至此，浩二郎不禁肅然起敬。

「八紘一宇、勝前無欲，當時這些標語確實鼓舞了我。勝前無欲這句標語，是在我十歲的時候，由一個大我兩歲，年僅十二歲的女孩想出來的。一想到同世代女孩都這麼努力，我即便不是軍國少女，還是感到熱血沸騰。」

連小孩都咬緊牙關撐過來，那些口口聲聲說敗戰後，要以死向天皇陛下謝罪的大人們，有多少人眞的切腹自殺？至少智代並未聽說身邊有人這麼做。

13

昭和二十一年春。

智代拉著手推車走在安治川的河堤。她穿著兄長的國民服，頭戴毛線帽，遠遠看就像一名個子嬌小的少年。她褲擺穿著綁腿，又套上軍靴，但太大雙鞋子磨著腳，每踏出一步就疼。

車上載著運往梅田的貨物。六個大麻布袋裝著番薯和青蔥。回程就會換成少許的米和調味料。去程回程的重量都不讓她感到辛苦，痛苦的是單程要走七小時以上。早上四點出發，中午前抵達梅田附近。若不休息直接回家，可以在日落前回到泉大津。

那天，智代一如往常地在市場交換物品，結束後買了一塊廉價西式點心——薄薄一層麵粉烤過後，在上面塗醬料——她大口吃下肚後，趕緊趕回家。由於空襲，河邊不見遮陽樹木。歷經太陽無情照射，氣溫異常酷熱，絲毫沒有春天氣息。

河堤乾涸，塵埃揚起。她看見遠處卡其色的塊狀物如煙靄般搖晃而來。形體逐漸越來越清晰，智代認出是載著美軍的吉普車。

那是進駐軍。

智代非常害怕。她修正手推車軌道，想拉到路旁的草叢，並且躲起來。但一瞬間，她踩在草堆上的腳步一滑。她趕緊使勁站穩，鞋子磨腳處傳來劇烈疼痛。

美兵正大吼著什麼，還露出獰笑。

吉普車與手推車交會那一刻起，智代喪失了記憶。

她聞到河水的味道與青草蒸騰的氣味，自己張開眼睛時，一對藍眼珠就在眼前。智代撇過臉，雙腳亂踢，但體格壯碩的美兵動也不動。她知道自己正仰躺在草叢上，像岩石一般的美兵騎坐在自己身上，她毫無抵抗的可能。

她的衣服釦子彈開，露出胸部的瞬間，一股不想被人瞧見的羞恥油然而生，但遠不及被美兵侮辱的恐懼感。「救命！」平常軍訓課練習木刀時，一向羞於大喊的智代發出尖叫。下一刻，她激烈咳嗽，河水味從口腔傳到鼻腔。

「死洋鬼子！」她彷彿聽到日文。

「搞什麼。」原本騎坐在智代身上的美兵忽然離開。他按著自己的頭和肩膀。與美兵對峙的，是一名穿著開領上衣與短褲的少年。少年手上握著一根長型棒狀物。

智代因爲強烈的恐懼與緊張感而意識模糊，她再度定神一看，眼前出現日本少年面露擔心的精悍臉龐。他個子雖小，但比最初看到的印象還來得成熟，臉上沒有黑市中大人常有的疲憊神情。

「沒事了，那些傢伙逃走了。」

「……」智代喉嚨發不出聲音。她的身體不停地顫抖，一方因爲剛才的受辱而羞恥，一方面又因眼前男子目睹整個過程而無地自容。她急忙摸索胸口，想從口袋中拿出裝著氰化物的小瓶，但手上卻傳來熟悉的麻布觸感。原來裝番薯的麻布袋正蓋在她胸前。

她衣物溼透，春天的陽光不至於讓她感到寒冷，但嘴唇不斷顫抖。

「別擔心，妳沒受傷。妳很厲害，面對紅毛碧眼的洋鬼子還毫不畏懼地拼命反抗。」

「我、我有反抗？」終於發得出聲音了，但她口中仍殘留苦澀滋味。壓抑著噁心想吐的感覺，智代說話聲沙啞得像個老太婆，連自己都認不出來。

「對啊，妳不要有奇怪的想法，不然就枉費我拔刀相助了。」他的眼睛帶著笑意。

「來，慢慢起身，喝口水。」

少年的手放到自己背後的瞬間，智代的心臟劇烈跳動，一度以爲對方會聽見。她坐草叢旁，從對方手上接過水壺。這時，智代總算聽到安治川的水聲，周遭風景也逐漸清晰。

少年找到兩顆從智代國民服掉落的鈕扣，然後遞給她。智代面向河川，用麻布袋蓋住身體，迅速拿出隨身攜帶的針線修補。而少年快步走上河堤，把傾倒斜坡中間的手推車扶正，拉回路上。

智代初次感受到父親以外的男性體貼。她父親是一位擅長修復的工匠，不寵小孩，平時也不會把關心表現出來。但從早到晚工作的他，晚上喝燒酒時嘴中哼著民謠、泉州音頭的聲音，流露出他性格中的體貼和溫柔。他父親認爲爲兒子做竹馬、竹蜻蜓是愛的表現。但他不給智代玩具，而用唱歌表現對她的疼愛。

「妳要去哪裡？」少年問。

「回泉大津的家。」智代起身回答。

她發現腳下有紅色斑點，一路延伸到長著雜草的堤邊。

「是美兵的血，我本來想打他的肩膀，結果好像打到頭了。」

「他受傷了嗎？」

「恐怕是。」他望著另一個美兵過來扶著傷者上吉普車。

「那不就糟了，都是我害的。」日本人打傷進駐軍，MP（憲兵）絕不會坐視不管。

「不關妳的事，是我技術不好。趁MP還沒來前妳趕快離開，否則妳得天黑才到得了家，天色昏暗趕路更危險。」

智代被催促，走到手推車旁。

「不知道該怎麼謝你。」她腦中只浮現這句戲劇般的台詞。

「我是日本男兒，這是應該做的事，妳跟我道謝，我反而覺得傷腦筋。」

他露出白色牙齒，並遞過剛撿起的毛線帽給她。

這時，智代看見他右手手背到手腕浮腫一大片，似乎很痛。

「我還要到河原辦事，妳快走吧。」

他忽地在手推車後面推了一把，讓智代順利前進。

14

「我活到現在，都是託那人的福。」智代拿出裝著氰化物的小瓶子，放在桌上。

瓶子看起來與裝著貓爪、羽毛的瓶子完全不同，帶著冰冷感。僅是內容物不同，就予人這麼大差異，人的感覺眞不可思議。浩二郎想，或許這就是人性。

「島崎女士，妳有什麼線索嗎？」

六十二年歲月足以風化一切。記憶也會越來越薄弱。再加上談論當時狀況的人越來越少，自然格外仰賴線索。

「我拉著車往前走沒多久，身後傳來載著MP的摩托車和吉普車聲。我忐忑不安，把拉車扔在原地，把米藏在草叢，拚命往回跑。」

她回到事發現場時，一個人也沒有，美兵的血跡已經變成黑色。

「我在現場撿到沾滿塵土的東西。」智代手上拿著一只護身符袋。

這只比群青色還深的深藍護身符袋綁著紅線，到處都破破爛爛，正中央似乎繡著某種花紋，但無法辨識。如今現在這只護身符已無塵土，但似乎仍飄著戰後時期的泥土味。

「這是救您一命的少年留下的東西？」

「不確定，但我瞄到他脖子掛著紅線。」智代說。戰後民間一片單調，突然出現顯眼的赤紅，她應該不會看錯。

「線索就是右手手背到手腕的傷痕，還有這只護身符袋。」

「是的，只有這兩條線索。我剩下的日子不多了，臨終前希望親口向救命恩人道謝，只要能了這樁心願……請你們多多費心了。」

浩二郎獲得智代同意後，翻看護身符袋裡面。若找到神社名稱，就能鎖定地點。但裡面僅放著一張紙條，寫著撕掉半邊的直式文字。要找出神社的名稱，須先解讀這段文字的意義。

「我會仔細調查。」

不知道第幾次，智代對著浩二郎又深深一鞠躬。

「另外就是報告書，希望趁我還活著時收到。」

她現在還在住院，無法親自來京都領取，希望浩二郎等人拿去醫院給她。

「您的病情這麼嚴重？」

「我抱著必死的覺悟，將來這裡當作我這輩子最後一次旅行。」

她外表不似抱重病，但聽說醫生宣告她只剩半年。她除了心肌梗塞，還有其他病沒說出口。

「我知道了，我會一邊調查一邊逐一向您報告進展。請您別輸給醫生宣告的餘命時間，島崎女士。」

「我還擔心你們會不會接受我的請託。」

「我們一定盡全力調查，做出完整的報告，請別擔心。」

島崎女士住在鳥羽市，浩二郎答應她將報告書送到隔壁伊勢市H醫院六樓的六零七號房。簽完合約書，辦妥手續後，智代了無牽掛似地攤倒沙發。由美看到她這副模樣，趕緊扶住她的身子，緩緩讓她橫躺沙發，檢查她的血壓、體溫和脈搏。

因爲浩二郎妻子的關係，由美在事務所常備血壓計等檢測機器。

「情況怎麼樣？」

「血壓降得很低，她現在應該不適合走路。我請認識的醫生替她看診再看情況，或許直接住進京都的醫院比較好。」

「我這是老毛病了，稍微躺一下就能走路了。」智代痛苦地說。

「島崎女士，您有所不知，我以前是護理師，還是請我認識的醫生替您看一下比較安心。」

「可是……」智代的氣息越來越粗重。

「由美，就這麼辦。」浩二郎對由美說，但視線沒離開智代。「島崎女士，至少在跟救命恩人道謝前，先照顧好自己的身體才行。我們還沒開始調查，您這時倒下的話，可就傷腦筋了。」

浩二郎盯著智代想，島崎智代可說賭上人生一切，才有辦法前來敲開「回憶偵探社」的大門，光靠一只護身符袋就要找出救命恩人確實難如登天，但我想完成她的心願。

第一章

折紙鶴的女人

1

實相浩二郎扶著虛弱的島崎智代坐上本鄉雄高的廂型車，送她到離事務所最近的醫院「飯津家診所」。由美的友人飯津家儘管突然接到通知，仍願爲智代保留病床。

「身子這麼虛弱，居然還從三重一路坐電車搖搖晃晃過來。」飯津家醫師一邊替病床上的智代把脈一邊說。

「醫生，我這是老毛病了。」智代低聲道，堅稱自己沒事。

「島崎女士，您現在心臟不能承受太大刺激，還是多休息一下。」飯津家醫師唰地拉上隔簾，掀起智代上衣，用聽診器按住胸口。對方雖然是高齡者，但醫師不忘對女性病患該有的細心。

飯津家醫師據說已過花甲之年。身形消瘦，但仙風道骨的體型和白袍下的牛仔褲十分搭配。若將他的白衣換成晚禮服，梳油頭，配上鵝蛋臉，會讓人聯想到德古拉伯爵。

「我知道自己心臟不好，不過已經習慣了，休息一天就好了。」

「不行不行，還是暫時住院。」飯津家不等智代說完，直接結論。

「這、這怎麼可以。」

「您若就這麼走出去，我這醫生可脫不了責任。放心，我不會把妳給吃了。先住個三、四天看看狀況，島崎女士。」

「是啊，島崎女士，若您想通知誰一聲，儘管說，交給我們來就好。」浩二郎站在隔簾外，插進飯津家和智代間的對話。

「我沒有可以通知的人。」智代的聲音越來越細。

她腦中恐怕浮現她那不可靠的兒子。浩二郎想，但沒說出口。

「島崎女士，住院的物品都交給我準備吧，畢竟我當過護理師。」陪在智代身邊，由美說道。

交給由美的話，或許她能逐漸軟化智代的態度，讓她願意接受治療。浩二郎有時會從由美身上感受到慈愛的本質。他沒有問她離婚的原因，但在浩二郎眼中，由美無論作爲妻子或母親，都是無可挑剔的女性。

浩二郎決定暫時先將智代交給由美後，轉身離開病房。

「我兒子正在使用問診室。」飯津家沒多久從病房走出來，他領著在走廊翻看行事曆、思考往後行程的浩二郎，一起前往會客區。診所問診室後就是住家，一打開門，就看得到會客區。

往沙發一坐，浩二郎看見房間正面柱上掛著木製時鐘，再過幾分鐘就兩點了。

「早上的門診還沒結束？」

「我兒子卯足全力學習啊，不止看病，還包括學著認識街坊鄰居。」

飯津家和同樣身爲醫師的兒子一同經營診所。他兒子是位內科醫生，在外面學習到最新醫療知識後回家幫忙。飯津家打算慢慢將這間診所交給他，雖然一些老病人還是習慣讓飯津家看病。

「原來如此，不是看病，而是看病人。」

「沒錯，不是看患部，而是看患者。」飯津家正色道。

「醫生，島崎女士的病情如何？」

「要等照完X光才能確定，不過她有奇脈。所謂的奇脈，就是吸氣時脈膊反而減弱。我聽她的胸音有明顯的心包摩擦音，可能罹患心包膜炎。」

「心包膜炎很難治療嗎？」

「病人自稱心肌梗塞，從這點來判斷，大概是心肌梗塞後症候群之一。至於引發病症的原因，究竟是以前急性心肌梗塞引起的發炎，還是類風濕性關節炎或結核菌引起的感染，目前無法判斷。不過，她心律不整，血壓過低的情況很嚴重，需要進一步的精密檢查。」

「大概要住院多久？」

「這個嘛，最快也要兩周，現在她最需要安靜休養。」

「兩周嗎？」

兩周內完成智代的委託幾乎是不可能的任務。因爲橫亙在浩二郎面前的是六十二年歲月這道巨大的牆。

「可以確定她心肌受損很嚴重，我們這裡的治療程度也有限。」飯津家撥了撥頭髮，閉上眼睛，神情不甚樂觀。

「島崎女士拜訪我們偵探社，請我們幫忙找一位她無論如何都想當面道謝的人。她唯一的遺憾，就是沒能好好向對方致謝。」

「看來她抱著相當大的覺悟。眞是有情有義。最近的電視、報紙上已經看不到這種人了，讓人敬佩。不過，正因爲她心願未了，所以才有辦法努力撐到現在，你說是吧，實相先生。」

浩二郎完全理解飯津家的意思。有時人若沒有遺憾，就會失去活著的目標。特別像智代這樣的情況。烙印在她記憶、內心深處的遺憾，很可能是她靈魂的安居之處，也是她抵抗病魔的武器。

浩二郎亟欲解決問題，又猶豫到底該不該找出智代的恩人，兩種情緒不停交錯。

「醫生，要是島崎女士一了心願，她的健康會出現變化嗎？」

「不知道，千萬不要高估醫學的力量。跟你說一個祕密。很多人都不知道，電視劇常出現的餘命宣告，不過是種統計學。容我用一種方式比喻，那只是一種鑄模。」

「鑄模？」

「醫生宣告病人還有三年可活，他的家人就會開始在腦中倒數吧？如此一來，就算家人不告知病人病情，日復一日，大家以心傳心，病人也會慢慢知道自己來日不多。病人躺在床上，滿腦子思考的一定是自己會變得如何，所以輕易從別人的神情或周遭氣氛察覺這些訊息，這時他的感受會變得非常敏銳。」

「您的意思是，病人無意識配合醫生的餘命宣告？」

「我是這麼認爲。醫生、護理師、家人、前來醫院探望的好友，大家都在腦中打造同一把餘命量尺。不過我這話要是被醫學會的人聽到，一定會被當傻子。」飯津家笑了笑，但眼神依舊銳利。

「你是說，祈禱反而造成反效果？」

浩二郎想，家人祈求病人痊癒是人之常情，但腦中若時常意識到餘命量尺，或許祈禱會改成：至少讓他活完這段餘命吧……

「這些話假如造成你的困擾，實在很抱歉，不要放在心上。畢竟我算是醫學界的異端。總之，對島崎女士而言，心願未了到底是她活下去的動力，或是純粹因爲她掛念太深，引發壓力，很難說得準。」

飯津家特地說出這番話，似乎別有用意。

浩二郎想，最好牢記他的話，尤其這次的委託對象是高齡者。這個觀念一定會影響製作報告書的人看事情的角度。我們不能捏造事實，但事實可以同時有很多觀點。隨著角度不同，必定產生不同的盲點。既然從事回憶相關的工作，就須克服這種二律背反的困境，否則無法前進。

「浩二郎大哥。」由美來到會客區。

「安置下來了嗎？」浩二郎輕輕一瞥智代的病房方向。

「睡著了。她剛才把這東西交給我，我不知道怎麼處理。」

浩二郎從由美手上接過類似薪水袋的寬口信封。

信封上印著三重銀行的商標，裡面放著存摺和印章。

「可以看她的存摺嗎？」

「已經得到她的允許了。」

聽到由美這麼說，浩二郎緩緩翻開存摺。「餘額八百三十萬啊。」

「她說這是她所有的財產。」由美低語。

「這就是她覺悟，不是嗎？拖著那樣的病體，還帶著財產的存摺，實相先生，島崎女士是認眞的。」飯津家又撥了撥頭髮。

「浩二郎大哥，請讓我負責這個案子。」由美的眼神透露出平時少見的堅定。

「這個案子相當難處理。」

「我可以立刻看著護身符嗎？」

「好，看可以挖掘什麼情報。我這邊找找看有沒有人熟悉梅田這帶的黑市。對了，案子的名稱由妳命名。」

「眞的嗎。好，我知道了。」

浩二郎和由美拜託飯津家，若智代發生變化，隨時聯絡他們，接著趕回事務所。

2

在事務所，一位體態優雅的紳士坐在會客區的沙發上，雄高正在接待他。

「我們的負責人，實相先生回來了。」雄高迅速起身，向紳士介紹浩二郎。

浩二郎向紳士打招呼，互相遞完名片後，他坐在雄高旁邊。紳士的名片上寫著「田村工務店　田村尚」，住址在東京都足立區。

「哎，勞煩您大老遠跑這麼一趟。」

「哪裡，現在到哪都近。我東北出身的，對於新幹線縮短各地距離的感受特別深。」

田村露出微笑說。「我來前應該先打通電話。我這次來京都觀光，想說順道來看看。我這人總想到哪做到哪，我太太老抱怨我思慮不周。」

田村肌肉發達，脖子到肩線的厚實線條，讓浩二郎回想起一位前同事，那人是柔道高手。田村體態優雅的氣質來自於他厚實胸膛，而且腹部並不凸出。仔細一看，他的身體非常緊實。

「您也是愛妻一族的吧？」

「我們是老夫老妻了。我提早兩年退休，五十八歲就退隱了。自從把公司交給兒子，空出不少時間，我老伴成天吵著要我帶她出去玩。」

田村訴說著自己的心境。他大可留在工地現場幫忙，不過爲了讓三十歲的兒子獨當一面，他判斷自己完全抽身是最好的選擇。

「我兒子在大學學建築工程，不過他的實戰經驗不夠，技術和長年跟在我身邊的專務或老師傅們相比還差得遠。還沒補足這段技術落差前，他不夠格勝任老闆。我若繼續留在現場，只會妨礙那些專務鍛練他，不是嗎？」

想讓專務毫無顧忌地鍛鍊兒子，父母永遠是最大的阻礙。

兒子——若浩志還活著，我也會成爲如此嚴格的父親嗎？浩二郎忍不住想。他印象中的浩志仍停留在高中生。

「我也經歷過學徒時期，很苦，很嚴格，但也因此才有現在的我。我要委託的事情也和這段經歷有關。」

「當時吃過不少苦吧。」浩二郎邊點頭邊說。

「沒錯，不過已經很久遠以前了。那是東京奧運隔年，昭和四十年的事情，你們肯替我調查嗎？」

「那是西元一九六五年，所以是四十三年前的事。我們剛接下一個六十二年前的案子，田村先生的案子還晚了二十年，不算久遠，請不用擔心。」

浩二郎腦中還徘徊著智代的事情，不禁說話浮躁。其實搜索回憶的人事物，困難度並非以年數論斷。

「每個案子的狀況不同，有可能無法滿足您的期待，不過我們全力以赴。請先讓我們聽聽您的故事吧。」浩二郎一本正經地說。

「昭和二十五年二月，我出生在岩手縣一個叫石鳥谷的小鎮。我們家三男四女，我排行三男。石鳥谷這個地方自古以來就是有名的酒鎮，您聽過南部杜氏嗎？」

「我在京都伏見的酒館聽過，聽說杜氏從南部地方來。」

「大部分杜氏都經營農業。我們家也有田地，不是很大。長男繼承後，次男和三男就外出打拚，其實骨子裡是要我們分擔家計。」

「四十三年前的小孩還要分擔家計啊……」

四十三年確實相當漫長。那時，浩二郎已經出生，當時三歲。但在他模糊的記憶中，從沒有捱餓過的印象。但在那個時代，確實有家庭為了確保小孩的伙食費，不得不逼年紀較大的孩子工作。如田村所述，他為了分擔家計上東京打拚的前一年，東京舉辦奧運。不只是浩二郎深感世代隔閡，坐在一旁的雄高也驚嘆不已。

「之後將近十年，大批年輕人從鄉村湧入東京。大我三歲的哥哥很早就坐上集體就職的夜間列車。當時我想，自己中學一畢業，理所當然地也要坐那班列車去東京。」大概回憶起當時的情景，田村咬緊牙根，表情宛如少年。

「我的知識告訴我，集體就職實施於昭和三十年到五十年，但我不知道背後還隱含著農家生計的問題。」

「集體就職不是大家想得那麼簡單。以我同學來說，他們根本不管工作內容，有得吃有得住就行了。」

終戰二十年後的日本，進入高度經濟成長的時代，各種體現新時代的建設與活動如新幹線、奧運等如雨後春筍般冒出來。拜新建設需求之賜，都市的勞動資源供應不足，因此企業須尋求更多便宜的勞工。這和現代社會如出一轍。

不，就城鄉差距來看，當時的落差或許遠比現在更爲劇烈。

「求職條件呢，通常都可以達標嗎？」雄高開口道。

「怎麼可能。這些勞動力多半撐不到半年，最多一年就逃之夭夭，對企業來說，最好雇用多點人力，越多越好，就好像一次買成堆蘋果，不可能一一回應每顆蘋果的要求。」田村說，工作環境越惡劣的工廠，留下來的人越少，所以企業一開始都會超額錄取。

「你們都很年輕，或許沒聽過。昭和三十九年，一位叫井澤八郎的歌手唱了一首歌叫〈啊，上野車站〉。當時我在收音機聽到這首歌，馬上就哭了，畢竟當時才十五歲啊。」

3

作詞＝關口義明
作曲＝荒井英一

望著月台時鐘　想起媽媽笑容
上野是我們靈魂之站　店裡工作艱苦
胸懷遠大夢想

田村最喜歡第三句歌詞。

他說，上野車站月台昏暗，圓形時鐘怎麼看也不像母親的臉，但一聽到首歌，聽到媽媽兩個字，內心總湧起無限眷戀，不住哽咽。想甩開這樣的情緒，唯有跟著大聲唱出「胸懷遠大夢想」。

中學一畢業，田村就進入號稱宿舍完備、能就讀高中夜校的木材加工公司。

他抵達上野車站時，已經是早上八點多。長時間坐在硬梆梆的椅子上搖來搖去，屁股和腰都痛得要命。接著，他片刻不得休息，立刻排隊朝人力仲介指的方向前進。月台擠滿和自己同世代的少男少女，大家一個挨一個地魚貫穿過驗票口。車站內擠滿了各個公司員工以及公務員，他們高舉寫著公司或機構名稱的紙板。很快地，田村找到「ＰＫ木材工業」看板，那是他將要去工作的公司。

那張看板前面已經聚集了約莫五十人。

田村看到人數，自離開石鳥谷後刻意遺忘的擔憂再度湧現。他的擔憂來自於，可就讀高中夜校這件事會不會只是幌子？根據人力仲介的說明，他們的學費將由公司負擔。他實在很難想像哪間公司肯負擔這麼多人的學費？

待田村被帶到宿舍，將簡單的行囊放在房間後，他終於確定自己的預感正確。

兩個人住二點多坪的房間，鋪上被褥後，根本沒讀書空間，門內側貼著一張紙寫道：「無論任何理由，嚴守八點門禁，九點熄燈。」他聽國中老師說，高中夜校下午五點半開始上課，每堂課四十五分鐘，共四堂。換言之，再加上下課時間，最快也要九點才能離開學校。

田村不至於不經世事到期待門限的「無論任何理由」之中，不包含去高中夜校上課。他早已從出社會工作的哥哥聽說過關於都市生活的現實與無情。

「我鼓起勇氣直接找他們談判，說：『這和當初說的不一樣。』我這人最大的毛病就是想到什麼就說什麼。」田村面露苦笑。

「這並不是什麼壞事，但常帶來一些麻煩。」浩二郎感觸很深。

鄉下來的年輕人被他們稱作「金蛋」。因爲他們是聽話的勞動力，對雇主來說是非常寶貴的資源。但這也代表說出「這和當初說的不一樣」這句話的少年田村，一定會被當成麻煩人物。

「用現在的話說，他們根本不鳥你。我們工作內容是製作新建材和合板，不但很耗費體力，接著劑的味道又很臭，而且還有被熱壓機夾到的風險。」

工作流程是先將薄板經過熱處理軟化，接著塗上接著劑，放上熱壓機。但飽含水分的薄板很重，必須兩個人一組，左右同時抬上機器。如果默契配合不好，不僅薄板的四個角無法對齊，一不小心失手，手指還可能被熱壓機夾到。

「跟我搭擋的是長我一歲的學長，根本不聽我的指揮，毫無默契可言，時常做出不良品，最後由我承擔責任。」

田村月薪六千圓，扣除林林總總的開銷，每個月手頭還剩三千圓。為了家裡的妹妹們，他會寄其中一千五百圓回家，剩下一千五百圓才是自己的。

「但每個月都要被扣五百塊，當作不良品的罰金。」

除此之外，帶給田村很大打擊的還有氣喘。

「這是宿疾嗎？」浩二郎問，因爲田村的體格很難讓人聯想到體弱多病的少年。

「岩手每個村子都綠意豐富，空氣新鮮。相對地，東京車子越來越多，整座城市都被廢氣籠罩。加上合板工廠裡充滿細小木屑，工作時木屑揚起，頭上臉上因爲流汗黏的到處都是。那段時間我應該吸了不少。」

爲了不讓氣喘發作，他只好用毛巾代替口罩，纏在口鼻上繼續工作。田村說毛巾能抵擋一定程度的塵埃，但不方便說話，孤立感變得更嚴重。

「學校去不成，工廠裡又交不到知心好友。即使如此，我仍默默忍耐一個半月。某天傍晚，發生了那件事。那天，我燒到三十九度多，但仍勉強在工廠工作，好不容易忍耐一天就要結束時，一位學長命令我把合板搬到起重機上。壓過之後的合板比薄板更重，我當時全身無力，一個人怎麼可能搬得了。」

即使如此，他仍搬了十幾片。但一個人容易拿不穩，加上發燒平衡感失調，搬到一半，他不小心把合板掉到地上。

「大家看到我這樣，全都在嘲笑我。」田村眼睛充血，緊咬下唇。

「眞是太過分了。」雄高語帶憤怒，感同身受地說。

浩二郎聽雄高提起，他小時候在九州曾遭到霸凌。他聽過許多受霸凌者都會立志習武，而且通常會學得比一般人更好。他心想雄高學劍道，應該也是基於這個原因。

「我沒有流淚，但在心裡偷哭，那時只覺得，我眞是受夠了。」

「之後呢，發生什麼事了？」浩二郎不自覺握緊拳頭。

4

田村緊揪住學長的胸口，把他撂倒在地上，騎坐在他身上。正當自己舉起拳頭時，田村的上司從背後抓住他手臂。對自己臂力頗有自信的田村，面對年近四十的上司毫不畏懼。但那位上司以前是名軍人，輕輕鬆鬆地把田村扔到遠遠的地上。

田村屁股著地，四面八方又傳來嘲笑聲，滿面羞愧的他飛奔出工廠。穿著工作褲跑步的田村，爲了躲避路人目光，往南邊跑。他跑累就用走的，當四周霓虹燈初亮，他走到盡頭，發現眼前風景似曾相識。

眼前是上野車站附近。

現在不是暑假，穿著一件汗衫的少年在街頭徘徊，他說不定會被抓去做少年輔導。田村彎著腰走，想找一個藏身之處。總之，他現在不想回宿舍，也不想再看到公司的人。既然和上司撕破臉，回去一定得受罰。田村有些自暴自棄，不願再想後果。

他躲避穿西裝通勤的上班族，鑽進小巷弄。綿延不絕的巷弄擁有不可思議的魅力，每往內踏入一步，感覺日常生活、常識、自己的立場都被一一甩開。

——頹廢。

他想起過去中學老師總是嚴格遏止頹廢的風紀。或許這就是頹廢，讓充滿好奇心的少年想踮起腳尖一窺究竟。他被土裡土氣的鄉下城鎮所缺乏的魅惑氣氛吸引，在一間掛著稱不上好看的木製看板店前停下腳步。

「爵士樂咖啡店　Journey Guitar」（註）

一塊用深綠色油漆隨意塗過的實木上，這幾個深紅色文字被一道白框圈起。假如電燈泡的光沒打在上面，它應該會完全淹沒在黑暗之中。

白框格子門的玻璃處，掛著一張塑膠板，上面寫咖啡六十圓。對日薪兩百四十圓的田村來說，六十圓是一筆不小的花費。但店內流洩出的音樂，使他心情高昂。

他把手伸進作業褲的口袋，只摸到一個五塊錢銅板。這是他原來打算買明信片寄給故鄉母親的錢。只有五塊錢什麼也做不了。即使如此，對店內情況好奇不已的田村遲遲無法

註：爵士樂咖啡店（ジャズ喫茶），以鑑賞爵士樂為主的咖啡店。

離開店門口。

「嗳，你對爵士樂有興趣？」

他嚇一跳回頭，一名穿著淡桃紅色洋裝的女性站在稍遠處。猛一看深紅口紅和她的年紀很不搭，但仔細觀察似乎也還好，只是她臉上還帶著稚氣。

「爵士樂？這就叫爵士樂啊？」田村帶著故鄉口音呢喃。

「你也是東北人？」女性瞪大眼睛跑到他身邊。

「『你也』的意思是，大姊姊也是？」

「啊……不、不是，不是。」她急忙否定，拉著田村的手臂，打開咖啡店的門。

「裡面菸味瀰漫，我這才想起脖子掛著毛巾，趕緊摀住口鼻。那家店面寬不大，但縱深倒很長。」

田村形容他當時的感受。大姊姊肌膚的柔軟觸感、初次聽到的爵士樂、咖啡和菸臭味全部雜揉在一塊，形成一種獨特的氛圍。

「再加上五點過後，店裡的咖啡時間結束。」

「於是就變身成酒館，對吧？」說到爵士樂，浩二郎覺得波本威士忌可能比咖啡搭。

「五點前，點一杯六十圓的咖啡可以泡上一個小時。但變成酒館的時候，價錢就是咖啡十倍起跳。店內昏暗，我們坐在最裡面一桌，稍微讓我放鬆一些，但接著我開始擔心錢的問題。」

田村老實對她吐露，自己身上沒帶錢。但她毫不在意，恣意點了咖啡和赤玉紅酒。

「強勢。」

「對，這種強勢的感覺讓我漸漸感到害怕。從她稚嫩、清爽的外表，看不出她會這麼做。當時我還小，不懂女人，我甚至幻想她會不會敲我竹槓，讓我欠下大筆債務，連最後我們家那點田地都被她搶走。」

「您的委託就是與她有關。」

「沒錯。我雖然對我太太說，她是我的恩人，但或許算是我的初戀吧？雖然是只見過一次面的女性。」

「你和她之後再也沒見過面了嗎？」

「半小時，我們只同桌半小時，這或許有點誇張，但那半小時徹底改變我的人生。」

「一點也不誇張，田村先生。」

浩二郎認為，與影響自己人生觀的貴人見面，完全靠「緣分」。而且那樣的邂逅與見面時間長短或次數完全無關。只要能產生共鳴，那怕只有一剎那，就已足夠。人生就是會發生這樣的事情。

田村同意浩二郎的觀點，他點點頭，享用浩二郎妻子三千代端來的煎茶。接著，他繼續說：「當我逐漸習慣菸味、音樂後，總算敢正眼看她。店內光線昏暗，她的白皙臉龐逐漸浮現，很漂亮，看得我小鹿亂撞。」

田村害臊地說，現在回想起來，他終於了解原因。因為她顯現出一種在他的故鄉或職場的女性所沒有的美豔。

「面對年紀比我大的女性，我根本不知道該說什麼，只好和其他客人一樣，聽著爵士樂。」田村說，過了三首歌，她才開口，聲音非常清脆。

「她坦承，自己也是四年前從仙台搭就職列車來到東京。她很喜歡讀書，很想去學校上課，所以在一間肯讓她去高中夜校上課的料亭當服務生。那間料亭除了比較忙的日子，都允許她去學校上課。」

此後三年，她認眞到學校上課，就在剩一年就要畢業的春天，仙台的父親因爲腦溢血倒下。性命保住了，但從此躺在床上，治療和照護的費用、人手都需要她幫忙。

即使她退學，從早到晚都在工作，以料亭服務生的薪水來說，頂多只能寄五千塊回去，她必須轉往薪水更高的行業。在料亭客人介紹下，她決定在銀座的酒店工作。下定決心的當天，她碰巧遇到田村。

「她說，她因爲江利智惠美的歌喜歡上爵士樂。而且那天是她第一次喝紅酒。她當時十九歲，那晚或許是她下定決心與自己青春歲月告別的日子，她心裡應該相當不安。」

田村猜想她當時或許想藉由喜愛的爵士樂，舒緩自己寂寞又不安的心情。

「她說，她看到我穿著白汗衫呆立在爵士樂咖啡店前的樣子，讓她想起故鄉的弟弟。」除此之外，她再也沒有提到關於自己的事。

「連名字也沒說嗎？」情報太少了，浩二郎心想。

「關於她自身的事情，就只說了這麼多。」

「這樣啊。田村先生覺得她有恩於您，爲什麼呢？」浩二郎把按下錄音鍵的錄音筆挪到田村旁邊。

「你讀哪間學校？」她轉向田村。只喝一口紅酒，她卻滿臉通紅。白皙的皮膚更襯托出她的紅顏。

「照約定，應該要讓我去上高中夜校的……」

「被騙了吧，很常有的事。」

「而且，我已經不能回公司——」

「因為你和裡面的人吵架，跑出來了？」

「妳怎麼知道？」

「你的背上沾著泥土，而且沒有人穿著汗衫來爵士樂咖啡店喝咖啡的，又不是戰爭剛結束。你的褲子都是木屑，應該是木工的學徒，不是什麼公司，你想說的應該是沒辦法回去見木工師傅了吧。」

「大姊姊頭腦真好。」田村告訴她，他自四月起在木材加工公司工作，因為向公司爭取去高中夜校上課，結果遭到孤立。

「把工資存下來，靠自己的力量念高中。先進去念再說，門禁的事再想辦法不就得了。我想學校老師一定可以通融。所以，你現在立刻回去，然後跪在地上道歉。」

「跪在地上道歉？我才不要！」

「聽我說，你回去這麼做，留在公司繼續工作，然後把高中讀完，一定可以找到你想做的工作，我保證，相信我。」她的眼神十分認真。

她的表情嚴肅到田村無法反駁。

「好、好啦，我知道了，大姊姊。」他喝了人生第一口咖啡，覺得好苦。

緊張的情緒稍微放鬆，田村起身小便。回到座位時，她已經不見了。桌上只留下一隻他從未見過的紙鶴。

「這就是當時的紙鶴。」田村放在浩二郎等人前的紙鶴，形狀確實長得和一般不同。喙、尾巴、羽毛和一般的紙鶴一樣，但背部成四角形凹槽，可以放小東西。

「以超過四十年的東西而言，這紙鶴保存得眞好。」

「是的，我很小心保管。她當時把一張折成小張的百塊鈔票放進凹槽。」她已經付完自己的紅酒錢，並替田村留下咖啡錢。

「我聽她的話，回到公司後立刻下跪，求他們不要解雇我。薪水扣掉寄回家的部分，剩下的我全拿去繳一個月一千三百圓的學費。高中夜校畢業後，我換到建設公司工作。二十歲的時候，我正式成爲木工學徒，一步步朝建築師邁進。」

將公司交給兒子，事業告一段落，他回首自己的人生，發現「爵士樂咖啡店Journey Guitar」的邂逅是他人生的分歧點。

「扣掉咖啡錢六十圓，我還欠她四十圓。我最大的心願就是能當面向她道謝，並歸還這四十圓。」田村深深點頭。

「我了解，這個案子我們接下了。」

「謝謝你，太好了。」

看到田村鬆了一口氣，浩二郎覺得，她對那名女性的感情是眞的。

「根據徵信業法規，待會要請你簽合約。對了，這隻紙鶴可以打開嗎？」

「請。爲了找出線索，我也曾打開過，裡頭有一段手寫的詩。還有，這種紙以當時來說品質不差。」

浩二郎緩緩展開紙鶴，將它還原成邊長十五公分的正方形紙，並看看上面的文章。

「原來如此，這是一首詩。」

5

「案名就取作『折紙鶴的女人』。不過昭和四十年，怎麼感覺好像不是很久以前的事。」浩二郎在傍晚的案例報告會議中，對所有工作人員說出自己的感想。

「因爲那個時候浩二郎大哥已經出生了，對我們這些還沒出生的人來說，還是覺得年代久遠。」由美像是替所有人發言似地說。

「原來如此，或許。」浩二郎苦笑。

「我覺得很有眞實感。」聲音渾厚的雄高，表情認眞地發言。

「眞實感？」浩二郎撫著下巴問道。

「嗯，像職場霸凌也是啊，現在還是有。還有比如說不上進的人可以去念大學但顧著玩，眞正想唸書的人卻爲了家人的生計放棄升學。我覺得這種不合理的事一直都存在，和年代無關。」

「很像雄高的解讀方式。」雖然浩二郎不了解演員、演藝界的生態，但一想到雄高直腸子的性格，多少也能想像雄高有多難生存。喜愛時代劇的浩二郎衷心希望雄高保持這樣的個性，然後在演藝界大放異彩，繼續把時代劇的精神傳承下去。

「線索是昭和四十年五月二十五日星期二，一名女性來到上野車站附近的『爵士樂咖啡店 Journey Guitar』折了一隻紙鶴。」

「誰知道這隻紙鶴的折法？」雄高將浩二郎展開的紙鶴復原，並伸出長長的手臂，把紙鶴放在桌子正中間。由美拿起紙鶴端詳一會，傳給一旁的橘佳菜子。

「可能折紙教本上面會有，感覺好難。」從佳菜子手上接過紙鶴的三千代說。

「我試著攤開還原好幾次，步驟確實很麻煩。用一般的折法沒辦法那麼漂亮。」雄高回應三千代。

「而且她是在田村先生去上廁所這段時間內折好的。把店內擁擠的情況考慮進去，田村先生上完廁所回到座位大概也要五、六分鐘吧。」

女性在這段時間折好紙鶴，放入百元鈔票，接著到櫃台付完紅酒錢，離開店內。

「算一算，她大概只花三分鐘就折好了？」雄高皺著粗眉，彷彿在說這怎麼可能。

「說不定她折習慣了。」

「就跟無聊時轉筆一樣。她可能只是順手折一折而已。只是一個癖好。」由美試著轉筆，但轉不好，便停下。

「還有這首詩。」浩二郎把紙鶴展開，還原成一張紙，再傳給大家看。

□□川的　清流映顏
青年之聲　朗朗高昂

放眼世界　胸懷大志
啊啊　星雲之光在此

「看起來後面還有，不過被裁掉了。開頭的兩字無法判讀，若能知道，就可以推斷出這首詩在吟詠何方。」

如由美所說，若能知道詩人指涉的風景，就能作爲調查的線索。

「會不會是抄寫自誰的詩作？」雄高開口。

「她的寫法不太像用抄的。抄的話，應該會把原來的詩句擺在旁邊對照吧。」

鉛筆字跡由女性執筆，寫得很整齊。

「那個。」佳菜子仍跟往常一樣，說話很小聲。

「提到文字，還是要請教佳菜。妳發現什麼了嗎？」浩二郎詢問佳菜子。

「太硬了。」

「太硬？很有趣的意見。」

「就詩而言，感覺不到情感的起伏，雖然可以讀懂她的文意。」

「還稱不上是詩人。」由美開玩笑地說。

「不是寫得不好，只是不太能打動人心。而且——」

「而且什麼，妳儘管說。」

「感覺不像女生寫的。」

浩二郎心想，這首詩的確感覺不出田村先生形容的豔麗感。

「確實比較像男生寫的。」

「所以我在想，這會不會是校歌。」佳菜子眼神閃亮地說。

「對呢！『啊啊星雲之光』，聽起來就是校歌才有的句子。聽佳菜子這麼一說，除了校歌之外還眞想不到其他可能。」由美點頭。

由美的反應有些誇張，她大概故意找機會稱讚佳菜子。浩二郎認爲由美正用自己的方式，幫佳菜子增加她的成就感，肯定她存在的意義，緩和她的精神創傷，幫助復健。

「只要調查校歌，就可以找出學校。」雄高興奮地說。「不過爲什麼要用鉛筆寫下校歌呢？看起來不像振筆疾書，也不像抄錄。再說，特地寫下學校的校歌也太……」

「這種紙的觸感，和我上次買回來的和菓子店包裝紙很像。」三千代緩緩開口。

「我看看……表面光滑，裡面粗糙，眞的有點像。」

「對吧，一定是某家店的包裝紙。」三千代露出開心的微笑。

她的表情比過去豐富許多。順利的話，或許今年就可以不用定期回診了。

「我去找人仔細分析一下吧，雖然過了四十年，但一直維持在折成紙鶴的狀態，說不定能找出什麼線索。」

浩二郎委託京都科學搜查研究所的前研究人員，茶川大助。茶川現在擔任大阪某工業大學的講師，教授指紋辨識的安全系統等課程。浩二郎相信憑他以前在第一線辦案所培養的鑑定力，至今應該寶刀未老。

「雄高負責調查校歌。目前也只有這條線索了。」

「我知道了，我先從校歌歌詞中有東京的某條河川做開頭找起。」

「開頭是什麼川，京都來說就是加茂川之類的。」

「不過，這位女性讀夜校。如果鎖定昭和四十年的東京都，以及在她可能通勤範圍內的高中夜校，數量說不定比想像少。」

「由美眞聰明。還有，她在一家可以讓服務生包吃包住的料亭工作，而且下午五點多來到上野周邊，只要尋找這個範圍內的高中夜校，會比找整個東京快。以上野車站爲中心，慢慢擴大調查範圍是最有效率的找法。」

6

隔日，雄高一進事務所，立刻打電話給東京都的教育委員會，詢問昭和四十年的高中夜校。對方調閱資料似乎花費不少時間，最後雄高總算拿到一張一百二十一間學校的一覽表。據說目前這些學校少了將近一半，後來轉型爲日間學校。雄高以上野車站爲中心點，由近到遠，一間一間打電話給學校，念出那段詩句，詢問是否爲該校校歌。即使對方回答不是，他也會詢問對方對這段歌詞有沒有印象，盡可能挖掘線索。

中途，佳菜子和三千代也來幫忙。但中午後，他們仍然沒找到符合的學校。

浩二郎一邊關心大伙的進度，一邊聯絡茶川，向他提出分析紙張的要求。根據保密義務，浩二郎無法提供委託人的詳細情況，但給了他最低限度的情報：可能是昭和四十年，某家店使用的包裝紙。茶川一開始聽到紙張年代久遠，似乎意願不高，不過最後仍答應傍晚和浩二郎約在他常去的居酒屋見面。

浩二郎想像一名少女搭著集體就職列車來到都會區的心情。她爲了幫忙父母分擔家計外出賺錢，又因爲父親生病，放棄把高中夜校念完，這三年她究竟怎麼度過——

江利智惠美的歌似乎帶給她勇氣，使她奮發向上。

江利智惠美好像也是爲了家計，從小學就在美軍基地唱歌。或許她在聽〈田納西圓舞曲〉時，想像自己的身世就和江利智惠美一樣。但是爵士樂和古典音樂不一樣。古典音樂是上流文化，而爵士樂是大眾文化，不，甚至被劃分在小眾音樂。年輕女性應該會對進出爵士樂咖啡店感到排斥。才離鄉三年，她已經學會怎麼抗拒社會貼給她的標籤。即使如此，換跑道做陪酒小姐的她，內心想必十分不安。

硬喝不會喝的紅酒、折紙鶴、手寫的校歌、退學。

浩二郎感受到她的覺悟。心想，那份覺悟到底是當一個夜街女郎活下去的覺悟，抑或逃離宿命的覺悟？

她是爲了家人？或是爲了自己？若是前者，她就會踏入酒店一途，若是後者，她大概會拋下一切，流浪到其他城市——這樣的思考會不會太跳躍了？她教導少年田村學習的重要性後便不告而別，這個舉動似乎不太自然。

搞不懂。浩二郎想請人泡杯濃烈黑咖啡。他看向由美的桌子，但她不在座位。

「由美去西陣的『K縫製』了。她那邊似乎也還沒有好消息。」

「K縫製」專門生產神社護身符，從圖案設計到縫製一手包辦，據說市占率高達九成。爲了請他們鑑定島崎智代交付的那名少年護身符，由美一大早就出發了。

牆的時鐘顯示再過幾分鐘就是下午一點。

「大家先去吃午飯。」浩二郎催促眾人午休。

回憶偵探社的員工常常熱衷工作到忘記午休，忘我地埋頭苦幹。

下午四點，關於高中夜校的調查結束，最後還是沒有找到與紙鶴上詩句相符的校歌。由美那邊也揮棒落空。對方核對早期的樣本，但不管從材質或縫製來看，他們確定這只護身符不是由「K縫製」製造。對方推測，這很可能出自於極少數區域限定的手工製作護身符。更別提塞在裡面那張紙上的文字，他們也沒見過。

穿過高槻車站的複合式商業設施，人煙逐漸稀少。浩二郎腳步沉重地走在狹小的巷弄中。時間一點一滴流逝，雖然他已有心理準備線索不好找，可是沒想到連蛛絲馬跡也沒有。

現在只能依靠茶川的鑑定力了。茶川常去的那家店，浩二郎去過兩次。那家居酒屋只賣關東煮，章魚堪稱一絕。浩二郎心想，吃了好吃的章魚，腦中說不定會浮現什麼好點子。他打起精神，穿過門簾，推開拉門。

「喔，浩二郎。」茶川舉手示意，他面前擺了幾乎飲盡的大啤酒杯。

吧檯座位的盡頭有一個日式包廂，茶川正盤腿坐在矮桌前。茶川喝到連自豪的光頭都潮紅，看來心情大好。他六十二歲，每次見面都精神抖擻。

「好久不見，有三個月了吧。」浩二郎脫鞋，走進包廂的矮桌前坐下。

「上次見面是科搜研校友會的時候。」

「上次校友會的時候，多謝你的幫忙。」

京都科搜研的校友會每兩年召開一次。上一次，茶川初次以校友身分出席，順便邀請浩二郎一同參加，趁機幫忙他宣傳回憶偵探社。

「你謝過很多次了啦，不用客氣。」茶川又點了兩大杯啤酒。兩人舉起酒杯乾杯。

「如我在電話中所說，有一張保存超過四十年的包裝紙，不知道可不可以從中找出一些線索。」

「來，先吃章魚嘛，那個晚點說。」茶川勸菜。

「開動了。」浩二郎盤腿坐，把盤中的章魚串送入口中。

「超過四十年的話，不太容易。」

「還是請你先幫我看看，保存狀態非常好。」浩二郎從提包拿出裝在透明塑膠袋中的紙鶴，遞給茶川。

「原來如此，這隻紙鶴確實長得特別，背上還眞的可以放小東西。長方形的紙張裁成正方形，再折成這隻紙鶴，這人手工很細。」

茶川拿起塑膠袋透過日光燈觀察紙鶴，確實很像現任科搜研的人員正在鑑定鑑識官從案發現場採集回來的證據。

「這個人很可能兩三分鐘內折完這隻紙鶴。」

「沒有重折的痕跡，折痕精準，若非平常熟練，不可能辦得到。」

「茶川先生，它並非命案現場留下的證物，可以拿出來看沒關係。」

「是啊是啊，哈哈，我還當你是刑警呢。」茶川搔搔頭，大聲笑開。

他把紙鶴完全攤開後，笑容消失，取出隨身攜帶的放大鏡。

「浩二郎，你看這張被裁切過後的紙，纖維的部分已經看不太清楚了，不過這裡面藏了一條大線索。這是某個圖案的一部份。」茶川為了掩飾興奮，特別壓低音量。

7

「圖案？」浩二郎探出身子問。

「雖然這圖案變得和我的頭髮一樣稀疏。」每次醉意一來，就變得口齒伶俐的茶川開玩笑道。但以茶川的情況來說，已經不是稀疏，應該是光滑吧。浩二郎把這句話吞下，露出苦笑。

「這張被裁切下來的紙上印著某個主圖。圖案下面有一串彎彎曲曲延伸下來的東西，我猜應該是藤蔓之類的吧？你看。」

浩二郎接過放大鏡和將紙鶴展開來的紙片，注視茶川指出的部分。顏色褪掉很多，但確實很像藤蔓類的植物，上面還有類似藤蔓葉子的圖形。「大概是圖案逐漸模糊，再加上折痕的關係，所以你們才沒注意到。當然，可能因為你們太在意上面的文字了。」

浩二郎為了掩飾難為情，把手伸向啤酒杯，但伸到一半停下來。他已經好幾年滴酒不沾，連應酬也不例外，從未帶著酒臭味回家過。

「對了，你太太還沒復原嗎。剛才乾杯的時候你也只抿了口泡沫。抱歉，給我吧。」

茶川把啤酒杯拉到自己面前。

「不好意思，我應該一開始就拒絕……」

「別在意，你愛老婆的形象在科搜研有名得很，特別受女性好評哦。話說回來，你太太不是好很多了嗎？」

「對，她復原比我想像中還要好。」說不定浩二郎比三千代更難壓抑想喝酒的欲望。他懷疑三千代偷喝，可能只是自己的投射。

「小朋友的事，還是沒有進展嗎？」

茶川親暱地稱浩志「小朋友」。浩二郎沒來由地很喜歡他說這個字的語調，充滿田園風。茶川出長於祇園的煙花柳巷，家中代代經營一間什貨老店，專門販售舞妓、藝妓的用品，現在由姊姊、姊夫兩人繼承。

出生於這種家庭，卻從事警察相關，而且是科搜研這種毫無風趣可言的工作，親戚們都不約而同地認爲，茶川實屬家族異類。茶川笑說，但大家並不因此討厭他，反而時常圍著他發問，好奇工作內容。茶川家的家風或許仍保存著古都的優雅以及包容的氣質。

「我現在沒辦法處理我兒子的案件。」

「我知道，生意太好了。別著急，等新的證物出現，我一定盡全力幫你。」

「謝謝你，我一定要替我兒子報仇。」

「畢竟，如果小朋友不是自殺，就代表嫌犯至今還逍遙法外。」茶川舉起浩二郎的啤酒杯，一飲而盡。

茶川答應浩二郎回去仔細調查這個圖案，大概兩三天就可以通知結果。浩二郎留下還沒喝夠的茶川，自個兒走出店內。濕漉漉的熱氣打在他臉頰上，已經九點多了，卻一點涼意都沒有。

小朋友嗎。他並沒忘記這件事。但茶川的這番話，讓他重新發覺，原來自己內心有一部份並不想繼續調查浩志的案件。

若浩二郎重新調查浩志的案件，一定會影響三千代的精神狀況，這是他最害怕的事。不管自殺或他殺，浩志都已經不在人世，這不會改變。浩志的肉身雖已不存在，但三千代在心中爲他留下一個位置，若這時再去攪動，說不定會動搖她逐漸安定的精神。

我需要堅強的心靈
遭遇困難，寧大勿小
遭遇艱難，寧深勿淺

浩志在電腦中留下這段老成的文章。

負責此案的警官解釋，這是他在吐露內心的脆弱。當時浩志就讀的高中，有一名學生遭到暴力霸凌。警官透露，浩志和那名受暴的學生是親交，他十分懊惱自己不能阻止這件事發生。

他正義感太強了。滋賀縣警的刑警對三千代這麼說。

遭受暴行的少年雖然退學了，但現在還活著。假使那名少年因爲遭受暴行而死亡，浩志或許或會認爲自己該負此責任，但不至於賠上性命。可是，浩志一個人來到琵琶湖畔卻是事實，而且沒有任何強制被壓入水中的跡象。浩志就這樣在一片沒有急深的水域溺死了。兒子的游泳技巧好不好，浩二郎一無所知。但他應該具備普通高中生的游泳能力，至少可以輕鬆橫越五十公尺的游泳池。因爲他曾聽三千代描述過，浩志在游泳比賽中的英姿。

首先，浩志被發現時的模樣就很可疑。他上半身脫光，下半身穿著褲子。警方認爲，在寒冬時節投身入湖本身與自殺無異。

我兒子絕不會自殺。浩二郎強調。

但浩志身上沒有外傷，也沒有第三者的目擊證言。他一個人在天寒地凍的時候來到湖邊，有何目的？面對警官的質問，浩二郎啞口無言。

回想起當時的不甘心，浩二郎的胃又犯疼。總之，現在必須集中精神在田村的委託上，只要鎖定目標，之後交給雄高處理就可以了。後面還有島崎智代的案件等著呢。他快步衝上高槻車站的階梯，站在月台上，全身冒汗。浩二郎找一台自動販賣機，買一罐茶，接著一口氣喝光。

8

兩天後下午，一名前高中夜校的老師，對於折紙鶴的女性在紙上寫下的歌詞有了回應。考慮到接電話以外的職員也可能知道相關線索，雄高把歌詞傳眞給每一間學校。而且教員常有人事異動，所以未必限定上野車站周邊的學校。

不巧雄高不在事務所，浩二郎接起電話，電話中傳來一位婦人的沉穩嗓音。

「這首歌眞令人懷念。」簡單打過招呼後，對方自稱是前教員，叫做麻野利江，她感慨萬千地說出對這首歌詞的感想。

「所以眞是校歌沒錯？」浩二郎有些興奮。

「這是押上高中夜校的校歌，不過那間學校已經廢校了。」

「押上高中夜校離上野車站很近嗎？」浩二郎坦承自己對東京的地理不熟，問道。

「歌詞開頭有一條漏了兩個字的河川，那是隅田川。穿過隅田川上的言問橋可以到淺草，再往前直走就能抵達上野。」麻野說，這勉強算是步行可達範圍。

原來是「隅田川」啊。浩二郎在心中補齊歌詞開頭的兩個字。

「麻野女士，您過去曾在押上高中夜校教課嗎？」

「沒錯。那是我第一間任教的學校，共教三年。第二年就是昭和四十年時，學校決定要創作校歌。」

「校歌是在昭和四十年創作的？」

與田村遇到那位女性的時間點相符。

「對全時制高中來說，有校歌是很理所當然的事，但夜校就不一樣了，不是每間學校都有校歌。當時學校決定我們也來做一首校歌，歌詞就向全校學生徵文，招募對象不限學年，每個學生都可以投稿。」

學校原本拜託教國文的麻野寫歌詞，但她提議讓學生投稿。

「因爲學生大多沒自信，我希望透過詩作，激發他們對自己的期望及榮譽感。」

四月開始徵文，五月底截稿，共募集到三十二首詩。麻野回憶，當時全校學生不過七十人，感覺得出學生們十分重視這件事。

「大家平時工作很忙，能來上課已經十分難得了。我覺得大家都好認眞。」

麻野說，她現在仍保存那三十二首詩。這三十二首詩象徵她參與創作校歌，見證學校歷史的喜悅，以及學生們投注的熱情，她說什麼也不會丟棄。

「最後，我們採用了某位女學生的詩。」

「就是我們傳眞過去的那首詩吧。」

「是的。很遺憾，那位學生五月就退學了，我們還來不及告訴她獲選的事情。」

「您說她五月退學，」浩二郎有些激動。「您知道她的名字嗎？」

「知道，她叫石橋笙子。」

「她當時在哪裡工作？」

「我記得是隅田川邊的一家紙箱工廠。」

「紙箱工廠嗎？不是在餐飲業，料亭之類的地方上班？」

「不是，笙子長得像橡皮球一樣圓滾滾，她自我介紹的時候說：『我在紙箱工廠工作，但不要把我看做橡皮球。』（註）逗得大家哄堂大笑，她是在南國長大的開朗女孩。」

「南國？」

「她是小倉出身，現在住在北九州市。」

麻野至今仍會和她互寄賀年卡。

「如果可以的話，請告訴我她退學的原因？」

對方是折紙鶴女性的機率越來越渺茫。即使如此，浩二郎仍不放棄地尋找連結。

「她母親生病了。她是單親家庭，媽媽復健，沒辦法下田工作，她還得照顧妹妹。」

浩二郎佩服地說：您還記得眞清楚。原來她在每首詩的後面寫下每個學生特徵。自己掀開謎底的麻野在電話那頭高雅地笑著。

「還有其他也在五月退學的學生嗎？」

「這個嘛，其實五月共二十多位學生退學，他們大部分都沒有投稿……」

「沒有投稿就表示您沒有記下他們的特徵。」

「印象很模糊，畢竟已經是四十三年前的事了。不看記錄還能記得的學生，大概只有像笙子這些還有在連絡的而已。有讀到畢業的學生，就會在畢業紀念冊或文集留下資料。」

浩二郎在不違反保密義務的程度內，告知委託人他正在找一名女性，麻煩麻野代爲聯繫石橋笙子，或者由回憶偵探社直接打給她也可以。

折紙鶴的女性可能沒對田村說實話，直接確認是最好的方式。

「我知道了，我會替你們問笙子，然後再連絡你們。」

浩二郎再三道謝，放下話筒。

約莫一個小時過去，雄高結束拍戲，進公司上班。會操竹竿撐船的雄高常被調派到伏見港遺跡，拍攝擺渡船的場景。當然，他飾演無名船夫，也沒有台詞。但只要接到通知，

註：紙箱（段ボール）和橡皮球（ゴムボール）發音近似。

他總是毫無怨言，抓起竹竿。

「感覺離線索又更靠近了一步。」雄高聽完浩二郎描述麻野在電話提供的情報後，說出他的感想。

「至少追蹤到四十三年前創作校歌歌詞的女生。歌詞抄在紙上，再折成紙鶴，她和那張紙之間應該有某個連結點，我們算是往前邁出一步了。」

說到這裡，電話響了。是茶川打來的。

「發現一件有趣的事情了。」

「什麼事？」浩二郎按捺激動的心情詢問。

「為了讓圖案浮現地更明顯，我拿去掃描影印，結果發現這張紙對熱有反應。」茶川說話總沒頭沒腦，浩二郎回想起以前茶川在搜查會議上，常劈頭就說出莫名其妙的話。

「什麼意思？」

「我就拿去分析，結果檢驗出氯化鈷和阿拉伯膠。」

「可以說白話一點嗎。」

「火烤字啦。」

「火烤字，你是說用橘子汁寫在紙上，然後用火將字烤出來？」

「小學生程度用橘子汁就夠了，這張紙還蘊含其他巧思，雖然經過四十三年，劣化很嚴重，不過我還是判讀出上面的文字，厲害吧。」

「看你要吃章魚還是雞蛋都沒問題，我請客！」（註一）

「去啤酒花園好了，啤酒喝到飽。」

「好，那你判讀的文字內容是什麼？」

「我立刻傳眞過去，收到再打給我，打大學那支，直撥的。」

浩二郎掛斷電話，走到傳眞機前等。沒多久，傳眞送過來了。浩二郎回電給茶川，

「山邊落灑北時雨，山邊落灑北時雨。前途茫茫猶未定。」他先把傳眞內容念一次，接著繼續說：「這是什麼，好像也不是短歌。」

「我也不知道，所以我跑去問大姊。」

他指的是自己大姊，繼承祇園店鋪的女性。她比茶川長四歲，年屆六十六，是教長唄三味線的老師，聽說對俳句、和歌、能、狂言都有涉獵。另外，茶川還有一位大他一歲的二姊，家中共三位兄弟姐妹。

「有什麼發現嗎？」

「大姊眞厲害，浩二郎你不覺得嗎？」一向很敬重大姊的茶川自豪地說。

「當然當然，可是你還沒回答我。」

「歹勢歹勢，這是謠曲（註二），聽說是某部能樂的開頭。」

「原來是能樂。」

「浩二郎不也是京都人嗎？偶爾也得接觸這些高尚的古典藝術才行。」

「你說的是。」

註一：章魚（タコ）和雞蛋（タマゴ）發音近似。

註二：能樂的劇本。

「多少也會有幫助。我以前去過能樂堂。不過很遺憾沒看過能樂，也不是很懂。」

茶川擔任科搜研分析官的時候，曾經大展身手破解一樁現任能樂師在能樂堂舞台上僞裝自殺的案件。他時常在酒席中提起這件事。

「那段文字的出處是？」

「大姊說，這是出自謠曲《定家》的開頭片段。」

「你說的『定家』是人名，鎌倉時代的歌人，藤原定家嗎？」

「哦，你懂得不少嘛。這齣劇開頭是幾個正在行腳的僧侶，在京都的千本遇到時雨（註一）。」茶川慢慢道出大姊告訴他的故事概要。

僧侶躲雨時，一位鄉下姑娘出現，告訴他們這裡是藤原定家建造的涼亭，並帶領僧侶們參觀與定家相戀的式子內親王的墳墓。姑娘告訴僧侶們，定家和內親王的戀愛故事，並說內親王死後仍思念定家，她對定家的執著化爲葛藤，纏繞在墳墓上，語畢便消失無蹤。

「其實那個姑娘就是內親王，她對僧侶發出求救，又回到墳墓，很悲慘。再來就是能樂常有的橋段，僧侶爲她誦經禱念，內親王的幽靈從墳墓中出現，訴說自己過去回憶，接著又回到原來的歸處。整齣劇的故事大概是這樣，和這次紙鶴的案件最有關聯的地方就是劇中出現的葛藤。如此一來，藤蔓類圖案的謎題就解開了，那是定家葛，眞有這種植物哦。」

「眞的？」

「我沒說謊也沒綁過光頭的頭髮（註二）。話說回來，我本來就沒有綁過頭髮。那張紙右上角有一個圖案。」

「右上角。」浩二郎想，右邊並不是裁切。若有圖案，自己應該會發現才對。

「哎呀，沒發現就算了，用不著沮喪，不是你們眼睛有問題。」

浩二郎早已習慣茶川的毒舌，他更在意紙上的圖案。

「那是月亮，但畫得太大了，不特別注意反而認不出來。我也看不出來，只覺得那塊地方髒髒的，用X光照之後才發現它的圓邊。」

「在葛藤和月亮的圖案上，烤出謠曲《定家》的文字，眞的很講究。結果那張紙到底原來做什麼用的？」

「目前還不知道。不過既然原理是利用熱源烤字，我猜會不會是蓋在熱菜上的東西，就好像吃高級法國料理時，上菜時不都會用一個圓頂型的金屬蓋覆在料理上嗎？」

「喔，你說保溫蓋。」

「什麼嘛，原來你是美食家啊，這樣你應該懂吧。這張紙蓋在料理上，一來防塵，二來遇熱時還會慢慢浮現文字，然後逐漸消失。這是餐廳的巧思。而且還用葛藤和月亮的圖案。」茶川停下來喘口氣。「在謠曲《定家》這齣劇中，葛藤是很重要的道具。劇中有句話這麼說：『昔日，松風蘿月長促膝，翠帳紅閨共枕眠。』」

「不太懂。」

註一：秋冬之際的陣雨，也有落淚的意思。

註二：「嘘と坊主の髪はゆうたことない」，日本諺語，指從未說過謊。「說」謊和「綁」頭髮的發音相同。

「蘿月就是透過葛藤看到的月亮，是詩歌用語。」

「和葛藤、月亮的圖案相符。」

「既然設計圖案的人講究到這個地步，我猜會不會和他們的店號有關。」

「你的意思是，那家店的店號可能是松風或蘿月？」

「剩下就交給你們幾個大偵探了。啤酒喝到飽，麻煩囉。」

茶川還沒聽完浩二郎說「包在我身上」，就掛斷電話。浩二郎一想起已過花甲之年依舊心浮氣躁的茶川的臉，不由得露出微笑。

9

雄高在上野車站下車，第一個前往的地方，就是浩二郎說立於車站前的〈啊，上野車站〉歌碑。

歌碑的後面有一個紀念浮雕吸引了他的目光。那座浮雕刻著集體就職的一行人剛到站的模樣。帶頭的人拿著一支不知是旗還是幡的東西，後面跟著一群少年少女，臉上不見徬徨。甚至還帶點期待。歌碑下有一張作爲紀念雕刻範本的原始照片。看到這張照片，雄高更能確定他們內心中充滿激昂。

因爲各種理由離開故鄉、年約十五歲的這群人，看起來比現在的少年更成熟。大概因爲即將成爲一家經濟支柱伴隨而來的驕傲吧。不，他們不得不這麼相信，否則無法斬斷對故鄉的思念。

雄高二十二歲離開九州，懷抱著成為時代劇演員的夢想來到京都車站。當時，他的心境與這些人不同。兩者若要說共同點，大概就是「夢想」。但雄高的夢想是追求自我，沒有為家庭、兄弟姊妹攢錢的制約，也沒有那種壓力。

這些少年少女必須面對的現實狀況比雄高嚴苛多了。照片中這些人，多少人有幸能追夢，並順利完成夢想呢？田村因為折紙鶴女性的一番話，沒有走錯路。但這些集體職者或許就沒那麼幸運，不是每個人能遇到那樣的貴人。

雄高思及至此，完全理解田村為何即使經過四十三年的歲月，從未放棄想對那名女性致謝的念頭。

片場的工作人員曾當面嘲笑甘於當臨演的雄高，說他演藝生涯早就完蛋了。雄高半夜想起這件事，還會氣得咬牙切齒。他劍道本領高超，打架也有自信不會輸，但他仍咬緊牙根，擠出笑容爭取工作，即使他討厭這樣的自己。這是雄高人生最低潮的時候。不過，自從他在浩二郎底下工作，慢慢了解連偵探社這些人生的大前輩們也有一言難盡的苦惱，而且大家都默默把苦往肚裡吞。從他們身上，他學習到寶貴一課，那就是忍耐。

一定有某些角色，需要超過三十歲的人來演。一定有某些角色，需要經年累月的磨練才揣摩得來。這類的角色演久了，終究能演出自己的味道。所以，不管是演配角也好，船夫也好，浮屍也好，他都會樂意接受。

雄高取出手機。浩二郎交代他，找到歌碑就打電話回來。

「我現在就在歌碑前面。」雄高告訴浩二郎他看到紀念雕刻的感想。

「這樣啊，果然還是要現場看，在網路上根本看不出他們的表情。現在最要緊的就是先找到Journey Guitar，不過可以的話順便找一下附近的老牌酒館、香菸店、樂器行，說不定他們和Journey Guitar有生意上的往來。」

「我知道了。」

「還有，找看看有沒有店名包含松風、蘿月的料亭。上野周邊找不到的話，就去查昭和四十年代、一九五零年代的電話簿。當地圖書館沒有收藏的話，直接去國會圖書館應該找得到。等一下我就要去小倉了。」

「去和石橋笙子見面吧？」

「嗯，對方爽快答應了。如果從她身上問出新的線索，我會立刻聯絡你。」

「拜託你了。」雄高掛斷電話後，決定照著田村的描述，尋找Journey Guitar的位置。不過，田村說過，他自己也試著找過很多次，無奈附近的街景早已滄海桑田，總無功而返。浩二郎並非要雄高找出那間店，而是希望他能感受上野周邊的距離感以及街道的氛圍。

雄高從上野車站，與上野公園反方向的出口離開，走在櫛比鱗次的百貨公司側面。大白天，在冷清的巷弄中，可看見幾間酒館的招牌。雄高鑽進每一條巷弄，走進營業中的店裡探聽，但幾乎所有酒館都歷經更迭，甚至找不到一家從昭和時期營業至今的店。他心想，難道眞的沒有像浩二郎說的老店嗎？正當他走進不知第幾條巷弄時，一間酒館出現在他眼前。

「不好意思，有一件事想請教您。」他站在店門口喊，一位五十歲前後的女性現身。他遞名片給她，同時問道：「我在找一間很久以前開這附近的爵士樂咖啡店。」

「你是偵探啊，好酷。」女性盯著名片。

「表面上說是偵探，但不是調查事件的那種，而是幫忙客人尋找記憶中的人事物。」

她似乎對雄高的說明充耳不聞，用像凝望著冷硬派推理小說主角的眼神看著他。

「爵士樂咖啡店啊，十年前還有幾間。」

「貴店在這裡開很久了嗎？」

「大概是這附近最老的店。」

「我在找一間叫Journey Guitar的店。」

「好像有聽過，不太確定。」她含糊地說。

「您有沒有認識誰熟悉這附近的老店，比方說您的父親或母親？」

雄高想既然對方開酒館，應該會對爵士樂咖啡店、料亭這些賣酒的店有印象，他不想輕易放棄。

「我父親也許知道。」

「請問他什麼時候回來？」

「他住院了，閃到腰。眞是的，也不想想自己都七十六歲了，身體那麼虛弱，還想搬箱子，這次傷得挺嚴重的。」

「斗膽請教，有人託我們打聽昭和四十年左右的事情，能否幫我問問令尊，我可以和他說幾句話嗎？」雄高彎折挺拔的身軀，拜託對方。

「幹偵探這行也不容易，我幫你問看看，怎麼聯絡？」

雄高在另一張名片後面寫上自己的手機號碼遞給她。「請打這支電話，明天傍晚之前我都會待在東京。必要時我可以直接去醫院拜訪他。」

「你長得這麼俊俏，挺適合當演員的不是嗎？」她笑呵呵地說。

雄高道謝，離開酒館，往國立國會圖書館的方向前進。

10

浩二郎從小倉車站轉乘鹿兒島本線，在九州工大站下車時，已經是下午三點半多。

他和對方約四點在車站前的咖啡店「P&L」碰面。浩二郎告訴對方，自己會拿一本京都旅遊書坐在咖啡店裡。快四點時，一名中年女性一面對著店內張望一面走進來，但體型不似麻野說的像顆橡皮球，正好相反，身形非常苗條。

大概不是她。浩二郎把視線移到咖啡杯上，翻開熟悉的旅遊書沒多久，察覺身邊有人的氣息。

「你是實相先生吧。」

果然是石橋笙子。「石橋小姐嗎？」浩二郎問。

「我現在姓山內。」

「這樣啊，石橋是你的舊姓。」

但麻野明明說這幾年他們還有互寄賀年卡。

「其實我離過一次婚又再婚，但這件事我並沒有特別告訴老師。那段期間我還跑回娘家住了一陣子。對了，我想起一件事，老師以前姓古園，明明是新到任的老師，大家卻給她取了一個『古老師』的綽號，我們反而比較習慣她這個姓哦。」

「原來如此，明明是新任，卻叫古老師。」

「很沒禮貌吧。」笙子噗哧一笑。

「麻野、不，古老師說她辦過徵校歌歌詞的活動，最後採用山內小姐的詩。」浩二郎這麼問，是爲了讓笙子回想起在夜校上課的那段記憶。

「聽說令堂抱病。」

「我回到九州後，隔年才從老師口中聽到這個消息，嚇了一跳。」

「我們家是單親家庭，生活全仰賴母親。不過她長年做復健，身體復原得不錯，今年八十歲了。」

「這眞是太好了。請妳看一下這個。」浩二郎將留下的詩句影本拿給笙子。

「這就是你電話中提到，寫在紙鶴上的詩句？」

「這上面的字，是妳寫的嗎？」

「這不是我的字。」笙子視線離開文字後，低頭否定。

看到笙子視線移動的方式，浩二郎直覺她有些話沒說盡。

「那麼，妳對這些文字有印象嗎？」

「……沒有。」

「山內小姐，我今天不是來做犯罪搜查。如同我之前跟妳說過，有一位從高中夜校畢業的男性，由衷地想對某位女性道謝，而這段文字很可能是出自她之手。這名委託人在社會經歷高度經濟成長期，生活絕非富足的環境下努力打拚過來，他一生的心願就是查出這名女性的下落。山內小姐，不，石橋笙子小姐，妳應該能體會才是。」

「我很了解，感同身受。」

「那可否請妳告訴我實情。」浩二郎盡量避免自己的語氣流於詰問，輕柔地說話。

低頭的笙子開口了：「……我猜，這應該是……」

「這應該是什麼呢？」浩二郎催促她往下說。

「我想應該是這首詩的原作者親手寫的。」笙子說完，一口氣把水杯的水喝光。

「原作者……」浩二郎低聲喃喃。

石橋笙子當時住在紙箱公司的宿舍，她從前輩室友的某位女性朋友那裡得到一批教科書。據說那位女性朋友將僅有的薪水都拿去買書，是位非常用功，愛讀書的人。笙子當時根本不曉得自己不久會因爲母親生病緊急還鄉。在那名女性退學後的五月中旬，她爽快地接收對方的書籍和筆記本。

「這首詩就收錄在她的筆記本中。我沒有惡意，只是抱著交作業的心情……」

「結果這首詩被採用了。」

「我壓根沒想到結果。我爲了母親的事已經一個頭兩個大，根本忘了這件事。」

笙子聽說，學姊的女性朋友是個身材苗條的漂亮女生，被挖進銀座的酒店。

就是她，折紙鶴的女性。當點和點連成線的瞬間，浩二郎的心情不禁振奮起來。

「那位女性的名字是？」浩二郎語氣冷靜地問。

「我不記得了。我擅自把這首詩用自己的名義提交出去，沒想到會被選爲校歌歌詞，心裡很內疚。」

「所以不自覺地想忘掉這件事吧？」年過五十的笙子像十五歲少女般低了一下頭。

「妳知道妳學姊的名字和住址嗎？」

「我要回家找一下才知道。」

「麻煩妳幫我聯絡那位學姊，問她知不知道她那位朋友的名字和住址好嗎？」

「我會幫你問看看。」笙子爽快答應。

浩二郎告訴笙子自己的手機號碼，結完帳後離開店內。走到外面，浩二郎抬頭仔細看這家店的招牌「P＆L」，當他知道是"Point and Line"的縮寫後，不禁露出微笑。點與線。松本清張紀念館剛好也在小倉城。（註）

下午六點，浩二郎在小倉車站買完當地的土產「雞飯」和茶之後，在月台上排隊等列車進站。正當前往東京的新幹線要抵達時，他的手機響了。

「實相先生，我是山內。」電話傳來笙子爽朗的聲音。

「我知道，請說。」

「好的，她叫田部井弘惠。田地的田，部分的部，井水的井，弓字旁一個ㄙ的弘，恩惠的惠，弘惠小姐。」

山內說，自從弘惠被挖掘到銀座後，學姐就再也沒有她的消息了。關於料亭的名字，

註：《點與線》為松本清張的作品。

學姊一時想不起來，過一會才又打來說好像叫「鶴屋」，所以才那麼晚回電，向浩二郎道歉。

「哪裡，我代替委託人向您道謝，謝謝妳。」浩二郎對著前端像隻鴨嘴獸的新幹線列車鞠躬，一旁的小孩不停竊笑。浩二郎走進列車，把便當放在座位上後，直接走去車廂間的通道。他要打電話告訴雄高，那位女性的名字叫田部井弘惠，她工作的料亭店號叫「鶴屋」。

11

「太好了，我去圖書館查那個年代的電話簿，找不到店名是松風或蘿月的店。原來是鶴屋啊，也對，既然和紙鶴有關，應該早點察覺。紙鶴上面的凹槽說不定也和那家店有關係。」雄高在上野的商務旅館與浩二郎通電話。

「對啊，兩分多鐘就能折出那樣的紙鶴，應該要經過大量練習吧。搞不好每份餐點都要附一隻。」

「我想她應該很熟練，才折那麼快。」

「田部井弘惠這個名字，還有鶴屋，麻煩你循著這兩個線索繼續找。」

「對了實相大哥，我搞不好有機會和一個很有意思的人物見面哦。」雄高告訴浩二郎有一位酒館老闆熟知上野車站一帶早期的變遷。

「他因爲腰扭傷正在住院，我請他女兒替我轉達我的來意，現在正等著他回覆。」

「以前的酒館和香菸店相當於鄰里的情報中心。既然對方是病人，你和對方應對時，要多顧慮到病人的心情。以後也是，你看我們委託人的年齡層就知道，往後你在調查回憶時，跑醫院大概是家常便飯，你可以趁機多學習學習。」

「我會努力。」雄高仔細回想自己跑醫院經驗，大抵都是因爲感冒、輕傷來看病，還沒有住過院。

病人的心情啊。雄高很難想像那是什麼樣的心情。但他認爲，不管未來繼續當回憶偵探，或靠演戲維生，學會替對方著想，總是百利而無一害。

他內心期盼，希望酒館老闆肯答應和自己見面。

雄高手機的來電答鈴響起。時鐘指著八點。他有跑步習慣，平時都六點起床。大概昨晚在不熟悉的地方跑步，太過疲累，所以今早睡過頭。

「偵探先生，早安啊。」急忙接起的雄高聽到酒館女性傳來精神抖擻的聲音。

「早、早安。」

「怎麼，剛睡醒啊。我爸說他答應幫忙。」

「太感謝了，請問是哪間醫院？」

「御徒町的S醫院，三樓的三一二病房，我父親叫砂原謙。和上原謙的謙同字，這點他很自豪呢。偵探先生那麼年輕大概不認識上原謙吧。我也是看到『熟年夫婦旅行』的廣告（註）才認識他。我爸說他下午還要做電療什麼的，早上比較有空。你見到他幫我跟他說，店裡忙得要死，快付不出住院費，叫他趕快回來，拜託囉，帥哥偵探。」

夢想成為演員的男人不可能不認識上原謙。正當雄高想插話說「他知道」的時候，回過神來對方早把電話掛斷了。

有時劇本的舞台提示會寫「說話像機關槍一樣」，雄高想，就是這種感覺吧。

沒想到砂原謙是位帥氣的老爺爺。稀疏白髮整齊地三七分，鼻樑挺拔，白皙的臉龐還真有幾分神似上原謙。他身材矮小，但手臂肌肉隆起，看不出七十六歲了。

「喔，你終於來啦。沒想到能見到真正的偵探，畢竟這種機會不多。」

「說是偵探，其實……」

「我知道，我不會說出去啦，不妨礙你進行祕密調查。」砂原走出四人病房，叫雄高一起去談話室。雄高聽從他的指示，來到日照良好且約十坪大的房間，往窗邊的兩人桌坐下。老爺爺屁股微抬高，但看起來腰已經沒那麼疼了。

「腰傷似乎好多了。」雄高道。

「是啊，現在能走來這已經很不簡單了，一開始連翻身都不行。好啦，你說，你要問昭和四十年代的事情吧？」砂原把臉湊近，低聲說。

「您聽過一間叫Journey Guitar的爵士樂咖啡店嗎？」

「當然知道，他是我的大主顧，跟我買了很多便宜的酒。昭和三十年代中期開始營業，四十二年左右收起來。」

田村記得沒錯。

「現在那裡……」

「在車站附近，變成住商混合大樓嘍。那附近原本還挺有情調的，沒拆掉該多好。改建成公寓、大樓後，風景都變調了。」

「有人想找一位只在Journey Guitar見過一次面的女性。」

「只見過一次面？」

「只有同桌二、三十分鐘而已。」

「眞是瀟灑的人。你看看現在的人講手機，廢話一堆。你看像〈請問芳名〉故事裡面的那種感覺多好。〈請問芳名〉，小兄弟大概不曉得吧。」

「菊田一夫老師的作品，在ＮＨＫ電台播放的廣播連續劇，劇中氏家眞知子和後宮春樹兩人不斷擦身而過，據說當時播放此劇的時段，澡堂內空無一人，人氣之高，至今仍爲人津津樂道……」

「小兄弟，你懂眞多，不愧是偵探。」

「我們的委託人不是爲了找尋悲戀的情人，而要尋找重要的回憶，那位女性對他來說很重要。」

「這是好事啊。」

「請問您知道這一帶有叫鶴屋的料亭嗎？」

「叫鶴屋的有好幾間啊。」

「好幾間？」

註：ＪＲ電車推出的特別企劃車票，年紀合計88歲以上的夫婦，可以在有效時間內無限次搭乘商務艙。

「對啊，據我所知就有三間，目前剩一間還在營業。」

三分之一的機率，越來越接近目標了。

「等一下，鶴屋後面好像還有其他的字，不光叫鶴屋而已。」

「像京都有一家和菓子老舖叫鶴屋吉信。」

「對對，就像這樣，叫鶴屋什麼的。」

「該不會是鶴屋松風，或是鶴屋蘿月？」

「喔，就是蘿月，鶴屋蘿月。我記得漢字很難寫，錯不了，就是它啦，偵探先生。」

「鶴屋蘿月。」雄高感慨萬千地覆誦。

「不過現在已經收起來了。」

「您知道它的位置嗎？」

「當然知道啊。」

雄高詢問地點，並記錄下來。

「對了，您女兒要我轉達，店裡忙翻了，叫您趕快回去，住院費快付不出來了。」

「這女人還是一樣口無遮攔，連這種事都跟偵探先生說。這根本是洩露個資嘛，你可不要對別人說。」砂原開心地笑道。

雄高覺得這對個性直爽、說話毫不隱諱的父女實在很討人喜歡。

12

鶴屋蘿月現在變成一家超市。雄高到法務局台東出張所調閱法人登記的資料，料亭的登記名稱寫著株式會社鶴屋蘿月，負責人的姓氏和超市的董事長同樣都姓深水。

雄高為了訪問深水，決定直接拜訪「Shoppy Hukami」超市。

他向櫃檯小姐提出想見老闆深水的要求，對方要他從後門進去。穿過後門一條通往後院的路，看得見一間疑似辦公室的房間。房間沒有門，大概是為了防止冷氣外漏，門口用透明塑膠布做隔間，裡面大約有五張辦公桌。

「抱歉打擾了。」雄高一面打招呼，鑽過透明塑膠布。

「哪位？我們沒引進新客戶的打算。」離入口最近的男性沒起身，只轉頭對他說。

雄高遞過名片，慎重說明自己並非推銷員，而是特地從京都前來拜訪董事長深水，並請他轉達，此時他們正在找一個人，須和深水見面，有事情請教他。

年輕男性是採購部門的負責人，他把雄高的請求轉達給坐在裡面的專務。專務年紀不大，在雄高眼中看來和浩二郎差不多，都四十五歲上下。

「特地從京都過來啊。」看到偵探兩個字的專務，說話時透露出狐疑眼神。

「請讓我見深水董事長一面。」雄高再度彎腰拜託。

「社長他很忙，你這麼冒冒失失地跑來，我也很傷腦筋啊。他現在在店裡和銀行的人談事情，我幫你問問吧。」

「謝謝你，拜託了。」雄高再次鞠躬。

沒多久專務回來傳話。社長說，可以給雄高五分鐘的時間。

四十分鐘後，深水社長在辦公室現身。他一看到雄高便說，進去裡面的會客室坐。

雄高打過招呼後，開始說明回憶偵探社的工作，並把委託概要說給深水聽。深水帶著黑框眼鏡，看起來八十歲上下，感覺是位和藹的老爺爺。

「昭和四十年前後，剛好是我從我父親那兒繼承鶴屋沒多久的事。那個時候的我啊，成天埋頭苦幹。」

「這個紙鶴，是你們店裡面使用的東西嗎？」

「這是用來放上等金平糖，給客人清除口氣用的。」

他說，來這裡當女服務生第一個要學的，就是折這種背部可當容器的紙鶴。店裡忙的時候，一個晚上宴會可能有超過八十名以上的客人，每位服務生都須學會在一兩分鐘內折好一隻漂亮的紙鶴。

「我們拿到的紙鶴是用一張印著葛藤和月亮的紙折成。那張紙遇熱會浮現謠曲《定家》裡的詩句。」

「沒想到你還知道那是《定家》的詩句。鶴屋這個屋號在日本全國各地就有好幾家，當時登錄商標時，我父親就決定在後面加上《定家》裡面出現的蘿月兩字。我父親平時喜歡聽謠曲，特別喜歡《定家》。他覺得一個人愛得太過執著、想不開的那種愚昧，實在太人性、太可愛了。」

雄高聽浩二郎說過，即使僧侶已經替式子內親王超渡，但她對定家的愛戀依然不減。社長應是在說她吧。

「不過，那張紙不是拿來折紙鶴用的，是用來蓋在燉煮料理的盤子上。」他們通常會送一道平時菜單沒有的料理，目的是爲給客人驚喜。而這張紙，就是用來蓋住料理用的。

「我父親覺得用料理的熱氣讓文字浮現的設計很有意思，他就是這麼一個童心未泯的人。不過到我這代，店就收起來了……」

「您記得有一位女服務生叫田部井弘惠嗎？」

「田部井弘惠，知道啊。」

「眞的嗎？」聽到深水毫不猶豫地回答，雄高反而嚇一跳。

他問這問題前，鐵定以爲社長不可能還記得一名小小的服務生。

「她在我們家工作時，我不認得她。她到銀座的酒店工作兩年左右，她主動聯絡我，叫我到銀座一家叫『朝霧』的店喝酒。」

「銀座的朝霧……」

「她在那邊應該相當受歡迎，好像還做到大班的職位。那時我才第一次和田部井，噢，她的花名叫小惠，跟小惠見面。之後，我也常找朋友一起去朝霧。」

「她現在人在哪？」

「醫院。」

雄高想起浩二郎說過，考量到顧客的年齡層，必定時常碰見住院的人。

「生什麼病？」

「好像是肝臟不好。她爲了開一家自己的店，很努力地打拚。我開這間超市十周年，也就是二十年前吧，她在有樂町開了一間酒吧叫『惠』。」

深水嘆氣，她酒量本來就不好，應該是硬撐過來。

「五、六年前，她把那家店頂讓給別人，不做了。去年她打給我，說住進K醫院，我去醫院看她，不過也就這麼一次。我看她時，她劈頭把我趕回去。我完全搞不清楚狀況，心想，既然如此，一開始就不要聯絡我了。」

「把您趕回去？」

「她的態度非常冷淡。我也嚇了一跳啊，從沒看過她這樣。」

很難想像長年做服務業的弘惠會對前來探病的客人擺出這種態度。到底發生什麼事情了？

「她該不會不想讓您看到她的病容？」

「她雖然沒化妝，可是天生麗質，我覺得她還是很漂亮。唉，女人心難捉摸。」

13

「請讓我多住一晚。」下午五點，雄高回到旅館向浩二郎致電報告調查內容。

「當然，無論如何都要見到弘惠女士。不，應該說，你就一直待在那，直到見到她爲止。雄高，做得好，就差最後一步了。」浩二郎措詞愼重，但語氣輕快。

「不過有一點我很在意，就是弘惠女士對深水先生的態度。她告知深水先生自己住院的消息，卻又趕他回去。」

「這種待客之道不合常理，應該有什麼隱情。你不用太勉強，一次不行，多去幾次就好了，經費的事不必擔心。你明後天都沒有拍戲的行程吧？」

「沒有。」在這種時候，浩二郎的關心特別讓雄高寬慰，他緊張的心情舒緩許多。

雄高早上六點睜開雙眼，出門跑步時順道繞去酒館露個面。

「哎呀，是偵探先生啊，有替我傳話給那閃到腰的老爸嗎？」

「我一字一句如實傳達了。」

「是哦，謝謝你。怎麼樣，有幫到忙嗎？」

「有，已經找到我們要找的人了。多虧砂原先生的幫忙，很想跟他說聲謝謝。」

「眞有禮貌。噯，當演員的事情，你考慮一下，我一定會成爲你的頭號粉絲。」

「到時再請您多多捧場。」

好想看看當她看到我出現在銀幕時的表情，我一定要讓她大吃一驚。雄高內心湧起一股鬥志。雄高想，順著這股氣勢，直接到田部井住的那家醫院吧。他沖了個澡，換衣服。最近醫院不太接受外來者打聽住院病患的消息，一方面基於保護個資，一方面爲了避免討債的人、家庭暴力的加害者找上門。

雄高決定直接先從深水告知的病房找起。名牌寫著田部井弘惠的病房是單人房。其他病房的門都開著，可以看見裡面淡粉紅色拉簾微微飄逸，但弘惠的病房門關得緊緊。看來她對訪客的態度和對深水一樣，謝絕會面。

雄高下定決心敲門。

「哪位？」裡頭傳來嘶啞的聲音。

雄高猶豫著該怎麼介紹自己。

「誰？是誰？」弘惠的聲音夾帶威脅的語氣。

「打擾了。」雄高決定推開門。

除了直接面對面，澄清自己並非可疑之人之外，他也別無他法。

14

在門的另一頭，淡粉紅色拉簾拉上，因此看不見弘惠。

雄高揪住拉簾一端，正要往旁邊拉動。

「等一下。」弘惠說。

雄高的手停住。「不好意思，突然造訪，深感抱歉。」他身體僵住，定格在拉簾前，像一隻受到驚嚇的貓咪，任布簾往身上嬉戲。*我眞是大笨蛋，要是她正在換衣服怎麼辦？*

雄高只好直接這樣對她說話了。「我是從京都來的。四十三年前田部井女士曾在上野的咖啡店遇到一位男性，當時他只是一個在木材加工公司做工的少年，我們受他的委託過來找妳。」

雄高盡可能展現最大誠意。

「我不知道你是誰，也不知道你在說什麼，請你回去。」

「您是田部井弘惠女士吧。」

「不，你弄錯了。我叫比奈野。」

「比奈野？」雄高把頭探出病房外，確認名牌。沒錯，確實是田部井弘惠。

「那應該是上一個病人的名字。」

「眞、眞抱歉。」雄高急忙道歉，趕緊退到走廊。

弘惠換病房了？還是出院了？雄高試著走到其他樓層繞繞看。

走廊的牆壁上設置扶手。他看到一位扶著扶手，步履蹣跚且穿著睡衣的初老女性。那人臉色烏黑，毫無生氣，確實讓人聯想到肝臟狀況不好的弘惠，但感覺不出曾經在銀座上班。他知道自己不該有先入爲主的想法，但一個人長期浸染在一個環境下，應該會自然散發出那樣的氣質才對。

還是確認一下好了。雄高回到三樓的護理站，當他要對著小小的櫃檯窗口喊話時。

「田部井小姐說把名牌換掉，她說放比奈野百合比較好。」

裡面傳來護理人員的聲音。聽到田部井三個字，雄高一邊豎起耳朵，一邊離開櫃台，待在一旁裝作若無其事地等剛才說話的護理師出現。

護理師從值班室敞開的出入口笑瞇瞇地走出來時，雄高便跟在她後頭。護理師走到雄高剛才造訪的病房前停下腳步，把田部井弘惠的名牌抽出來。

這是怎麼回事。剛才聽護理師說，田部井叫他們最好把名牌換成比奈野百合。田部井弘惠的花名不是叫小惠，難道說她還有另一個花名叫比奈野百合？但有人住院時會希望病房的名牌不用本名，而用花名嗎？

就連演員，生病時也會極力避免掛上藝名的名牌。除了怕引人關注，另一方面不想讓別人知道自己生病。面對病痛，演員最好選擇洗盡鉛華，對抗病魔之際，名氣反而是沉重的負擔。雄高都曾聽人說過這些事情。更何況弘惠已經把店頂讓出去了，還會繼續使用這個花名嗎？

「你是誰？老媽的客人嗎？」一名微胖，留鬍的男人站在病房前問雄高。這名長髮披散，穿著鬆垮西裝的四十多歲男人，眼神上下游移，打量雄高的穿著。

「不是的。」雄高雖然很好奇他口中的「老媽」，但不想在醫院惹事生非。

「討債的？」

「不是。」

「那你幹什麼監視這間病房。」男人帶著戒指的手緊揪住雄高的領帶。

「我沒有監視。」雄高揮開男人的手，轉身往回走。

「你到底是誰？」男人抓住雄高的肩膀。

「英昭！這裡是醫院，給我安分點！」病房的門突然打開，一名女性走出來。

她瘦骨嶙峋，但細長的鳳眼給人美女的印象。雄高感覺到她身上散發一股與她年齡不符的美豔感，立刻確信她就是田村記憶中的弘惠。

「這傢伙一直站在老媽的病房前。」

「那位小哥啊，他是賣健康食品的推銷員，剛才就在這裡轉來轉去的，專門找我這種生病的老太婆，什麼Victor Young的，說過不買了不是嗎？你死心回去吧。」說完這幾句話，弘惠便回到病房裡了。

「我才不是什麼推銷員……」雄高雖然想否定，但他知道深究下去並非上策，於是把話吞回去。

「賣健康食品給住院病患，你也太囂張了吧。」這喚作英昭的男人揮蒼蠅似地對著無言以對的雄高揮揮手後，便走進弘惠的病房。

「她有兒子啊。」聽到雄高打電話來報告完醫院的事情後，浩二郎說。

以她的年紀來看，有兒子也不奇怪。雄高和浩二郎一樣，因為聽了田村的故事，想像的弘惠一直是折紙鶴少女的形象。

「沒錯，而且那個兒子給人印象不大好。」雄高腦中不只浮現那人的裝扮，還包括他品味低俗的戒指。

「他看到你就懷疑你來討債，那個男人背景應該不單純。或者弘惠女士自己有在外面借錢也說不定。」

「弘惠女士真的不記得少年時期的田村了嗎？」

「畢竟四十三年前的事情了。田村先生一直把她當作恩人，但對弘惠女士來說，他只是眾多邂逅的人物之一。」浩二郎說，搜索回憶時，最大的障礙反而不是時間，而是雙方當事者對同一件事情的感受度不同。

「實相大哥，我覺得她隨口扯了那麼一個謊，不太對勁。」

「你說，她說你是健康食品的推銷員？」

「假如她直接說我是偵探，現場大概免不了一陣衝突。又或者，她大可說她不認識我，不理我就好了。」

「你的意思是她留了一個餘地。」

「假設她眞的不記得田村先生，就不會這樣了吧。」

「我知道了。以雄高的感受爲優先。不過，假使弘惠女士眞的一點也不記得田村先生的事，你也不可以責怪她。」

「我知道。今天晚上我會到弘惠女士頂讓出去的店『惠』，可以嗎？」擔心預算問題，雄高問著浩二郎。回憶偵探社所有工作人員出差時，都可以隨身攜帶公司的提款卡，但遇到重大支出時，還是需要浩二郎的裁決。

「我說過了，以雄高的感受爲優先。」聽到浩二郎電話中的聲音，雄高腦海浮現出他溫柔的笑容。

15

不管是京都的煙花柳巷或祇園的御茶屋（註），雄高都去過幾次。茶川曾帶著他參加過一家老字號茶屋的宴會。他當時雖然有一點緊張，但身旁有對煙花柳巷熟門熟路的茶川，加上雄高只要說出自己曾在太秦當演員磨練演技，通常氣氛都會變得非常融洽。但那些經驗和他今晚在有樂町中感受到的緊張感，可說是天差地別。更別提「惠」的店面散發一股高級感，厚重的大門頑強地把所有非會員擋在門外。

多虧浩二郎的建議，雄高事前已透過「惠」的常客深水居中介紹，不用擔心會吃閉門羹。雄高在門口重新調整好領帶，走進店內。店內比想像中明亮，兩名打扮不甚華麗的女性出來迎接他。雄高報出深水的名字後，被請進店內最裡面的包廂。

不到三十歲，穿和服的女性坐在他對面，另一位二十五歲上下穿洋裝的女性坐在他旁邊。兩人打招呼的同時遞過毛巾，幫忙點飲料。

穿和服的女性自稱小夜，遞過名片時說：「這位客人是惠姊的朋友吧？之前受惠姊照顧了。」

「原來是惠姊。」稱作亞彌的年輕女性發出半帶遺憾的嘆息。「客人這麼年輕，怎麼認識惠姊的？」

「亞彌，這種事不要隨便亂問。」小夜稍稍責備亞彌。

「唉，惠姊這麼漂亮，人家只是忌妒而已。」亞彌嘟嘴鼓臉。

雄高知道這是故意做給客人看的服務之一，但還是忍不住覺得她的樣子很可愛。

「你們在店裡用的名字，都只有名沒有姓嗎？」雄高詢問小夜。

「是的。」小夜回答。

「這樣啊。」雄高盯著亞彌把兌水威士忌、起司、堅果放在桌上並點點頭。

「我還沒聽說過有人在花名前加姓氏的。」小夜微笑道。

「不，我記得惠姊曾稱自己比奈野百合。」

註：提供客人飲食並欣賞藝伎表演的地方。

「咦，客人您不知道嗎？」亞彌淘氣地插話，把酒杯遞給雄高。

「怎麼了？」

雄高與兩人碰杯，將兌水威士忌含在口中，太久沒碰酒精，口內傳來一陣刺辣。

「惠姊雖然是我們的房東，但她眞正的身分是詩人。」

「亞彌說得沒錯，不過不完全正確。」小夜委婉地糾正。

「是房東，又是詩人？」雄高問小夜。

「說她是房東，是因爲她準備了高級公寓給我們住，算是公司的福利。然後，她不是詩人，是作詞家，還是專業的。」小夜露出自豪的眼神。

「專業的……」原來當初寫過校歌的弘惠，之後仍持續創作詩詞。有了創作詩詞的形象，雄高順利地將弘惠和折紙鶴女性的輪廓重合。「有歌手唱她寫的歌詞嗎？」

「當然。」

「好想聽看看。」

「這個嘛，應該有好幾首，不過……」小夜臉上露出一絲憂慮。

「怎麼了嗎？」

「是這樣的，雖然惠姊是專業作詞家，但唱片賣得不好，所以大多絕版了。」

「所以聽不到了嗎？」

「這個嘛，像《來自鳴子》、《溫泉煙霧》還有《窗光》這幾張，有的唱片行應該還可以找得到一、兩片。」

「客人直接跟惠姊要不就好了。」亞彌說。「她一定有CD。」

「對呀，直接跟她要比較快。」小夜幫亞彌解圍似地用力點頭。

這幾首歌，雄高都沒聽過。他沒有聽演歌的習慣，但不討厭。他們幾個固定跑龍套的小演員私底下聚會時，一定會約在附卡拉OK的餐廳，大家大多唱演歌。很多人喜歡唱那些歌詞描述不得志，以逆境人生爲主題的歌曲，一邊唱一邊想像自己的人生。紅的歌也好，沒聽過的歌也好，雄高常常這樣一口氣聽了三、四個小時的演歌。

就認識的歌名來說，他知道的歌可能不下於一般演歌迷。

「我會問惠姊。」雄高將酒一飲而盡後回答。

明明沒喝多少，隔天一早醒來，他卻覺得頭痛欲裂。爲了配合浩二郎體貼妻子的心情，雄高已經有很長一段時間滴酒不沾，或許如此，他酒力大減。越是宿醉，雄高越想活動身體，多流點汗。

現在快八點，這時間跑步有點晚了，但他仍走出旅館，前往不忍池。

他在池畔邊小跑步熱身時，看見一位面熟的老爺爺坐在長椅上，原是砂原謙。

「砂原先生，您出院了？」

「喔，是偵探先生。還沒離開東京啊。」老爺爺皺起八字眉無奈地笑說，因爲受不了女兒囉嗦，只好向醫院請假，暫時外宿一段時間。「不過，那丫頭也有道理。偵探先生，我可要先聲明，不光是金錢上的問題哦，再怎麼說，我可是台柱，店裡沒有我怎麼行。」

很明顯地他女兒這麼做是爲了不著痕跡地凸顯父親存在的價值。雄高腦中浮現他女兒激勵砂原的樣子：想退休，還早得很咧。

「很貼心啊，不是嗎？」

「要是我不理她，她早就完啦。」

「不，我的意思是您女兒很貼心。」

「哼，笨蛋，哪裡貼心啊，那個冒失鬼。」砂原咒罵的時候，露出口是心非的表情。

「我陪您一起走走。您來這裡應該是爲了復健吧？」

「是啊，可是走得不好，腰挺不太起來。」

「我們慢慢走。」

「好啊。」

雄高挨近砂原身邊，幫忙他起身。

「別靠那麼近啦，我還沒老到這個程度，我又不是偵探先生的這個。」砂原翹起小指，靦腆地說。

「眞拿砂原先生沒辦法。」雄高也害臊地說。

「對了，你那個瀟灑的羅曼史進行得如何？」砂原對雄高露出孩童般的天眞眼神。

雄高說他已經找到那位女性，對方現正在醫院療養。

「眞了不起，偵探先生。在東京這片人情沙漠，這跟找弄丟的戒指一樣困難啊。」

「哪裡，我還差得遠。」雄高在不涉及個人情報的範圍內，把事情的始末說給砂原聽，並對弘惠的態度提出疑問。「就算她不記得，也不必謊稱我是販賣健康食品的推銷員啊。她說：『專門找我這種生病的老太婆，什麼Victor Young的。』她根本就不必這麼說。」

「偵探先生，你只跟她說，你受到曾在上野的咖啡店與她見面的男性所託嗎？」
「是的。」
「沒有說咖啡店的名字？」
「說出來比較好嗎？」
「這不是說不說的問題。」砂原一臉不耐煩地轉頭看他，停下腳步。
「我記得我連爵士樂咖啡店都沒提到，這樣不好嗎？」雄高也停下腳步。
「我說偵探先生啊，那女的記得一清二楚啦。」
「眞是這樣就好了。」
「笨蛋，我不是用猜測的語氣，而是眞的有所本。」
「有所本？」
「沒錯，有所本。」
「所以我才說，還不能放心交棒給年輕人。」砂原面對水池，雙手交叉在胸前。
「砂原先生，到底怎麼回事，請您告訴我好嗎？」雄高做出劍道比賽前的大鞠躬。
「想知道？」
「非常想。」
「好啦，既然你拜託成這樣了。」砂原得意洋洋的表情看起來很孩子氣，但不討人厭。
「拜託您了。」
「我記得那應該是一九五四年、昭和二十九年的事情。前一年，ＮＨＫ才剛開台，那個時候啊，你要找到一台電視機看還眞不太容易。當時我二十多歲，說到娛樂，大概就是看電影，像《鞍馬天狗》、《哥吉拉》之類的，什麼都看。」砂原露出懷念的神情，盯著水池的水面。接著他頓了頓，繼續說：「美國電影很多類型，像恐怖片什麼的，我個人最喜歡看西部片。」

「因爲那時離戰爭結束還不到十年。」

「不是這個關係。現實生活中，我也討厭大家打來打去啊，但放上大銀幕觀看，就覺得很安心，甚至還覺得很有趣。人啊，到底是怎麼回事，與生俱來就帶著殘酷的一面嗎？我記得當時應該是秋天，有一部美國電影上映，叫做《荒漠怪客》。」

「喔，《荒漠怪客》。」

「劇情簡單說，就是經營酒館的女性和混過黑道的吉他手男性戀愛的故事。」

「吉他手？」

「那個男生背著一把吉他出場。他的名字叫做Johnny Guitar。」

「Johnny Guitar。」雄高微微提高音量。

「以前不懂外文，發音不講究，大家都喊作Journey Guitar。電影普普通通，還可以，最棒的是裡面的音樂。當時歌曲比電影還紅吶。負責電影配樂的就是Victor Young。」砂原嘟嘴，看著雄高。

「這下Victor Young和Journey Guitar連起來了。」

「你提到上野咖啡店的時候，我猜在她的腦中，恐怕僅聯想到爵士樂咖啡店的Journey Guitar吧？你找Journey Guitar的音樂聽聽就知道。充滿淡淡哀愁，聽一次就會上癮。她對這首曲子有印象，再加上知道作曲者是Victor Young，在這種情況下，無意識地說出Victor Young的名字也不奇怪啊，反正只是虛構的健康食品名稱。或許她其實想告訴你：我記得很清楚。」

「太有道理了，砂原先生！她一定還記得爵士樂咖啡店的那段邂逅。」

「怎麼樣，厲害吧。」砂原雙手叉腰，抬頭挺胸。

16

「哇，幹得好啊，謙哥。」

聽浩二郎轉述雄高報告的由美，親密地叫著素未謀面的砂原，發出佩服的讚嘆聲。

「也要雄高的人品好，才能遇到這種人。」浩二郎開心道。

由美只要看到浩二郎的笑容，心情就放鬆許多。

「我覺得他太過正直了，這樣好嗎？」

「由美不也很正直嗎？」

「我才……」

「言歸正傳，智代女士的案名想好了嗎？」

「我想了很久，最後覺得這個如何？」由美站在當作行事曆使用的白板旁，寫下「少女椿的夢想」。「怎麼樣，浩二郎大哥，不好嗎？」她窺看浩二郎的表情。

「不，我覺得很不錯啊，佳菜覺得呢？」

「我覺得這個案名很棒。」

「嗯，就這麼決定吧，用這個名稱。」浩二郎宏亮的聲音迴盪在事務所內。

「太好了，在《少女椿》的故事中，女主角最後如願地見到她父親吧。這個名稱同時包含我們對智代女士的祝福，希望她能如願見到保護她的男性。」看到浩二郎的笑容，由美一顆心總算放下。

由美從不覺得取案名有這麼重要。在此之前，她只覺得案名的作用只在於方便提出報告書和歸檔。但她這次看到智代的情況，不由得抱著期望爲這個案件取名字。

智代的心臟長年跳動，已經逐漸失去規律。換言之，她心臟的肌肉逐漸退化，最後會衰弱到沒有力氣將血液輸送到全身爲止。她正失去活下去的力量。現在，支撐智代的力量所剩不多。而那股力量的大部分，不難想像，正是她對救命恩人的思念。

智代躺在醫院的病床上，身體狀況好時就會對由美訴說她的過往，好似活在過去比現在來得多。每當回憶歷歷在目，她彷佛變回活在戰爭和戰後時的少女一般精神奕奕。當然，那是一個人民不滿軍方的管理體制、頻遭戰爭災害肆虐、充滿貧困和不幸的時代，但那時的智代身上仍擁有最寶貴的東西，那就是年輕和健康。

當她內心湧現少女時期的生命力，救命恩人英姿煥發的形象就變得更加鮮明，並深植於她的記憶深處。

我忘了向他道謝，好痛苦。這句話，智代不知重複多少次。

案名雖帶著「夢想」兩字，但意義更接近祈禱，對由美來說這個案子壓力不小。因爲她每看到這個案名，提到這個案名，都在提醒自己，務必替智代達成心願。

「全國的護身符幾乎都是西陣『K縫製』製作的，既然那邊沒有線索，表示這個護身符應該是在地業者或手工做吧。」浩二郎說。

「數量太龐大了，所以我請茶川先生調查護身符上面隱約可見的圖案以及紙片。」

「茶川有表現出很爲難的樣子嗎？」

「那倒沒有，他只說下次一起去喝酒。」

「茶川只會邀他喜歡的人喝酒，由美被他看上了。」

「怎麼可能，他說可以帶由眞。不過我的教育方針是不帶小孩去喝酒的場合。」

由美的父親，還有她離婚的丈夫都是平時帶著女兒到居酒屋的人。由於護理師工作的時間非常不規律，由美很難顧及到女兒的教育，這件事她到現在仍後悔不已。

她並不覺得大人們喝酒的場合有什麼不好，只是她不希望女兒看到大人行爲脫序的樣子。而且小孩子一旦出席大人的場合，不知爲什麼大人們總會給予過度關愛的眼神。她認爲小孩若習慣被人捧在手掌心上，沒有好處。

這樣的心情在她到醫院上班時就已深刻感受過。某天，一間中學委託她舉辦活動讓學生體驗學習。她盡量挑選一些中學生做得來的簡單工作，比如幫忙照護人員輔助病患，將半身麻痺的病患扶上輪椅，推到中庭晒太陽。雖然只是簡單的工作，沒想到事前準備還挺花功夫。由美工作量比平時增加許多，還要犧牲病患的自由時間，面對他們的抱怨。

但眞正成功的體驗學習必須結合受照護的病患協助，以及現場參與人員的投入才得以實現，兩者缺一不可。但小孩子不懂。很快地，數天的活動順利結束，他們抱著「原來這麼回事」的心情回去。當她看到小孩子的心得寫著「原來他們每天都要做這麼辛苦的工作，我現在才知道護理師這麼偉大」等陳腔濫調，內心覺得好空虛。讓小孩窺看大人的世界確實很重要，但用這種輕鬆簡單、蜻蜓點水的方式，對小孩沒有好處。

對於從小不幸與父親分開生活的由眞，由美希望身爲母親的自己能擔起責任，教導她什麼是大人的威嚴與嚴厲。小孩遲早會進入青春期，對大人的反抗只會越來越強。正因如此，由美不希望由眞念小學時，就看見一群男人脫序的模樣。

「由眞不會央求妳暑假帶她到哪裡玩嗎？」

「有，吵著要去海邊，煩死了。她說大原有山有河，爲什麼就是沒有海。喋喋不休的，說話越來越像京都女人。」

「等《少女椿的夢想》結束後，我幫妳安排一段長假。」

「眞是好消息。對了，浩二郎大哥，我想和這本書的作者見個面。」由美從包包取出幾本書，並將其中一本平裝書遞給浩二郎。那本書不厚，書名印著《黑市的酸甜苦辣》。

由美上網到國會圖書館找黑市的相關資料。她試著搜尋部分公開的GHQ（駐日盟軍總司令）文件，但大多是東京的資料，大阪的很少。接著，她到二手書店公會經營的網站，繼續搜尋大阪黑市的相關資料，好不容易終於找到幾本相關書籍。

「六心門彰。鄉土史研究家眞的是非常珍貴的存在。」浩二郎翻開作者簡介那一頁。

「八十四歲還可以在地方報紙寫專欄，眞的很厲害。重點是，他在裡面寫的這一段，雖然篇幅不長。」坐在對面的由美翻著浩二郎手上的書，上頭寫著：

黑市，一般人對這個名稱的印象大抵就是無法可管的地帶，但大家忽略了，它在某種程度上也是一個自成一格的市場。其中巧妙地收容傷兵、流浪兒、小混混，又同時保有類似織田信長時代「樂市樂座」（註）那種自由化與統一管理的均衡。這就像日本人歷經戰敗的震撼後，大家肩並肩宛如橄欖球的鬥牛一般湊在一塊互相取暖。

當時，我任職新聞記者，聽一位在進駐軍做通譯的男人描述，梅田市場附近發生了一位日本人青年打死進駐軍美兵的事件，以及他親臨調查現場的狀況。最後這段消息並沒有被報導，但我對於那名青年，不，應該說是少年那種沉默不語的堅毅態度肅然起敬，在內心不停為他喝采。因為，深入調查後發現，他似乎是為了幫助日本人才犯下這樣的罪行。

我們新聞從業人員常寫道，日本人的精神因為戰爭變得自暴自棄，因為戰禍變得冷漠孤僻，但少年秉持著行俠仗義與無私的精神活著。這起事件使我對未來充滿希望。沒錯，就是未來。黎明將至。黎明前不正是最黑暗的時候嗎？黑市的黑，可以讓人感覺到這股希望。

「和智代女士的故事很像。」浩二郎深感佩服地說出感想。

「浩二郎大哥也覺得很像吧？我好久都沒像這樣起雞皮疙瘩了。」

由美回想起剛讀到這段文章時的興奮。

「妳約到六心門先生了嗎？」

註：日本戰國時代後期，各地大名執行的促進交易自由化的經濟政策，具體措施包括針對新進工商業者減稅，以及取消大型商業團體壟斷商品的特權。

「我打電話到這本書的出版社十善出版，他們替我引見當地的報社『Ookini大阪事務所』，我們約好今天下午三點見面。」

「順利的話，說不定還能見到六心門先生的通譯朋友。」

「這樣的話，就能知道那位被逮捕的少年有什麼身分背景。說不定我還能提早帶由眞到海邊玩呢。」說這句話的時候，由美想起智代的病情。她一方面希望帶給她好消息，一方面又擔心若她心願已了，失去活下去的動力該怎麼辦？

「Ookini大阪事務所在哪裡？三千代今天到戒酒會的例會，我接送她回來後再過去會合不知來不來得及？」

「事務所在京橋。沒關係，不用勉強。我這人很有老爺爺緣的。」

「我倒不擔心。我純粹對六心門先生這個人很有興趣。」浩二郎眼神發亮。

由美初次見到浩二郎時，就在心底打定主意：「我要在這個人底下做事。」即使她根本還不清楚工作內容。這一切都是因爲浩二郎閃閃發亮的眼神。他的眼神和醫師界那些充滿菁英意識，爲了爭奪霸權，不斷對員工職權騷擾的人混濁眼神完全不同。

「很奇怪嗎？」

「沒有，我只是在想，很像是浩二郎大哥會做的事。」由美很快接著說。「我在京橋車站前的百貨公司門口等你。他們說從那裡走到事務所大概五分鐘，所以我們約兩點五十分好了。」由美被自己雀躍的聲音嚇到，彷彿自己正和男朋友敲定約會時間似。爲了掩飾這份難爲情，她趕緊起身：「我來泡咖啡吧。」

17

雄高沒有跟蹤的經驗。他沒跟浩二郎學過跟蹤的技巧。這是他和一般偵探不同之處。他只能回想電影裡的刑警或偵探，模仿他們的動作跟蹤那個男人。

雄高跟蹤的男人就是弘惠的兒子，英昭。他正從醫院離開。

他想確認Victor Young和爵士樂咖啡「Journey Guitar」是否連得起來。他二度前往弘惠醫院時，發現英昭的人影。英昭在玄關與一個看似小混混、應該是和他交班的男性道別。那男性繼續看守弘惠的病房。

若現在隨便靠近弘惠，只會重蹈昨天的覆轍。雄高想，既然如此，那就乾脆來調查英昭的背景。從他的打扮看來，感覺不是做什麼正經工作。說不定還是黑道。假如是這樣，我就須謹慎行動，千萬不要惹麻煩。

一台國產白轎車停在醫院前，英昭坐進。車子駛離後，雄高趕緊攔一台計程車從後面追上。轎車駛到前橋通後順著道路往東走，渡過隅田川，在明治通的路口轉彎往南。穿過龜戶車站附近，車子經過一張標示著往大島、南砂的路標。沒多久，車在某棟大樓前停了下來。但只有英昭下車。雄高對附近地理不熟，趕緊先將路標抄下來。

雄高付完計程車錢，便靠近英昭進去的那棟大樓。那棟大樓有點老舊，一樓有不動產公司和旅行社，還有一間菜單寫得密密麻麻的中華料理店。

英昭站在不動產公司的玻璃窗內，和店裡的人有說有笑，沒多久就走進後面的房間。

雄高即使從這麼遠的距離看，都看得出來這兩人關係匪淺。玻璃窗上用藍色字體寫著「ＣＬ開發有限公司」。雄高心想，不可能直接進去，因爲對方已經認得他，但他又想知道英昭與這間公司的關係。

爲了思考下一步，他決定先走進中華料理店，順便收集情報。下午兩點多，店內沒有客人。雄高往吧檯一坐才發現自己根本不餓，但爲了討老闆歡心，他點了最貴的中華套餐和生啤酒。

「老闆，我在找這附近的房子，這棟大樓好嗎？」他對著人在廚房的老闆說。

「不行不行，太貴了，客人。」

「不過你們這間店的地點不錯啊？」

「假如能租到更便宜的地方，我一定馬上搬。」

「這樣啊。你們隔壁剛好是不動產公司對吧。」

「……這附近，哪裡都貴啦。」老闆說完這句話便一語不發，專心翻著他的炒鍋。

雄高本以爲老闆會回他「要找房子的話去隔壁問比較快」。但老闆不願正面回答，從這點來判斷，他對ＣＬ開發有限公司的印象不是很好。

「老闆，隔壁不動產公司管理的房子就在這附近嗎？」雄高算準老闆把做好的菜端上吧檯的時機，趁機問他。

「說什麼傻話，這整棟大樓都是啊，我這間店也是跟他租的。」

「這樣啊，那我待會去看看。」

「……」

套餐內容有肉丸子、炒飯、北京烤鴨、魚翅湯、榨菜，每一道菜分量都不小，雄高覺得胃好撐，但仍把所有菜掃光，喝光啤酒，離開店內。

當天晚上，雄高向浩二郎報告他白天四處去附近餐飲店打聽英昭風評的結果。

「CL開發的老闆就是鈴木英昭，但關於他的事情，大家都噤口不語，調查不是很順利。」

「大家都很怕他嗎？」

「沒錯，沒人稱讚他，但也沒貶低他。我一套話，大家又沉默不語。」雄高坐在旅館房間附設的小桌前，手肘撐在桌上，雙手抱頭。

「明天一早我去查查龜戶一帶的勢力分布圖。前警視廳的黑道小組，也就是現在的組織犯罪對策部有我認識的朋友，只要知道公司名稱和姓名，就可以知道對方是不是隸屬黑道組織。還有，我已經向『社團法人日本作詞家協會』詢問過了，確實有比奈野百合這位作詞家。十二年前，她曾經以〈窗光〉這首歌，獲得日本作詞家大獎新人獎。」

「你是說，她曾以作詞家的身分出道。」

「歌手是下村里美唱的，還有出CD。」

「下村里美？我沒聽過。」

「她雖然是專業的演歌歌手，但很少上全國性節目。聽由美說，她在一些地方性的活動非常有名，像是溫泉旅館的餘興表演等，她會上台演唱，順便推銷自己的CD。聽說還曾到醫院做過公益性表演。」

雄高想，剛出道的新人作詞家不可能被當紅的歌手看上。即使如此，還是有人能脫穎而出，成爲著名的作詞家。原來競爭激烈的地方，並不只有演藝圈。

「原來弘惠女士並沒有放棄寫詩。」

「我很佩服這種人，從不放棄夢想。」

「眞的。」雄高打從心裡覺得弘惠是位堅強的女性。

「一開始聽到田村先生對她的描述，我就覺得她是堅持到底的人。還替員工準備房子住，心思眞的很細膩。」

「就是這樣我才覺得，她和她兒子給人的感覺落差很大。」

「關鍵就在這裡。弘惠女士這麼溫柔體貼的人，怎麼會有這樣的小孩。不管這中間有什麼隱情，實在很難讓人相信……」

「我也搞不懂。」

「但這份格格不入的感覺，或許能說明弘惠女士拒絕深水先生和你見面的理由。」

「弘惠女士爲了我們著想才不跟我們見面？」雄高一邊推測浩二郎的想法一邊說。

「嗯，她生病後住院，通知了深水先生，卻又把他趕回去。我總覺得這件事和你那天遇到的她兒子英昭似乎脫不了關係。弘惠女士剛住院時，她那不肖的兒子應該不在醫院。我猜，她根本沒有通知他。應該說，她不想讓他兒子知道，也不想通知他。」

「後來，英昭可能透過某些管道知道這件事。」

「弘惠女士不僅擔心他會造成其他住院病患的麻煩，甚至連來探病的人都會因此受害。簡單地說，英昭就是這麼壞，壞到弘惠女士必須有這些考量。」

「若是如此，我就能理解爲什麼弘惠女士明明記得 Journey Guitar，卻裝作不知道。」

「她不希望你見到英昭。假如我們推斷得正確，那位田部井弘惠女士眞是一位心思細膩的人。接下來要怎麼樣才能讓她吐出眞心話……」

雄高聽了聽浩二郎給他的建議。

「讓我試試！」

「加油。由美那邊也有進展了。」

「智代女士的案子嗎？」

當雄高聽到浩二郎說智代的案名決定叫「少女椿的夢想」時，腦中浮現由美的京都腔及她騎重機的樣子。這種衝突感也反映在這浪漫的案名上，他忍不住笑出來。

浩二郎又說，由美找到一本講黑市的書籍，裡面有一段描述與智代的體驗相似。

「作者以前是新聞記者，叫六心門彰，是個很有意思的人物。當時參與調查的通譯是一個叫理查杉山的人，不過很遺憾，他去世了，幸好他的女兒還在，住在神戶，這周末我會去見她。」

「終於找到線索，可以連結到智代女士的救命恩人了。」

跨越時間鴻溝的是人，打破人心隔閡的也是人。雄高再次深深感受，所謂回憶偵探，就是不斷挖掘人心的偵探。

18

隔天，雄高聽浩二郎報告，得知鈴木英昭是某個指定暴力團（註）的準成員，並打著黑道的招牌，從事收購土地以及物業管理等生意。當天傍晚，站在店門口的雄高，逮住前來上班的小夜。「小夜小姐，我有事情拜託妳。」

雄高表明自己的職業，以及上次前來這裡的眞正原因。他盡可能傳達委託人希望向弘惠道謝的心情，希望能得到她的協助。

「那個人會不會對我說，我來這裡做什麼？」雄高立刻了解小夜害怕英昭找她麻煩。

「絕不會造成妳的困擾。妳假裝到惠姊那裡探病，把她帶到外面散步就行了。」

「把惠姊帶出來就行了？」

「是的，接下來不管發生什麼事，我會負起全責。」

「我瞭解了。」

「謝謝妳。」雄高問完小夜可以行動的時間後離開。

小夜指定的日期在兩天後，雄高那天剛好要拍戲。但他把那個角色讓給學弟，決定繼續留在東京。他下定決心，臨時演員的演出雖然也很重要，但今天能扮演回憶偵探的人只有自己。

浩二郎認識的那位刑警朋友，已經事先通知英昭要在那天拜訪ＣＬ開發有限公司，爲的就是把他們留在公司裡。所以在那段時間內，雄高可以放心帶弘惠出來。「其實他不光是爲了幫我們才特地這麼做，注意準成員的動向也是組織犯罪對策部刑警的工作之一啊。」浩二郎笑著說明。

——決勝負的時間就在下午兩點。

雄高確定英昭及他的同夥不在醫院後，給小夜使了個眼色。

小夜穿著灰褲裝，原本在晚上都會盤起的頭髮，現正在她背後搖曳。她走進玄關二十分鐘左右，雄高便看到她陪著穿深藍洋裝的弘惠走出。小夜成功地邀弘惠出來散步了。

透過飯津家醫師的人脈，他們已掌握弘惠的病狀是嚴重的肝硬化，但不至於不方便外出。而且她最近無精打采，食慾衰退，外出散散心轉換一下心情，相信她的主治醫師必定大力贊同。從醫院附近的某條路一直往東走有一間咖啡店。他們各自往咖啡店的方向移動，等到雙方在咖啡店桌上坐定時，已經是下午兩點半多了。

「你……這是怎麼回事。」弘惠見到雄高後嘶啞地說。

「因爲顧慮到惠姊的兒子，所以才這麼做，很抱歉，惠姊。」搶在雄高出聲前，小夜雙手合十向弘惠道歉。

「我是回憶偵探社的偵探。」雄高遞過名片。

「是不是偵探都無所謂，如果你要問在上野和誰會面的事，就像我之前說的，這麼久遠的事情，我早就不記得了。」

註：由公部門對具達一定規模的黑道組織給予「指定」，加強對這些組織的監控。

「那時我只說上野的咖啡店，沒說出店名。但妳說出了Victor Young這個名字。」

「我不知道你在說什麼。」咖啡一送過來，弘惠伸出瘦削的指尖，捏住糖罐的湯匙。

「Victor Young啊。電影《Johnny Guitar》，我們翻作《荒漠怪客》。妳和那名少年相遇的地方確實是爵士樂咖啡店Journey Guitar。《Johnny Guitar》的配樂是由Victor Young作曲，妳無意識中回想起這間爵士樂咖啡店，當然，也包括那名少年。」

弘惠捏著加完糖的小湯匙，在咖啡杯上游移不定。

「爵士樂咖啡店Journey Guitar。沒錯，確實有這間店。偵探先生說我是無意識脫口而出，沒錯，或許我無意識中說出Victor Young這個名字。但既然如此，那就是不記得了。」她顫抖地捏著湯匙，小心翼翼放回糖罐。

「我們的委託人就是那名少年。他把妳的話聽進，順利從高中夜校畢業。之後，他從一個木工學徒打拚到自己開了一間建設公司，現在他把這間公司讓給兒子經營，自己則退休養老。但他心中一直有一個遺憾，那就是沒能向四十三年前遇見的妳說聲謝謝。他希望當面好好地跟妳道謝，報告他至今過著什麼樣的人生。他抱著這份信念，特地遠從東京前來京都找我們回憶偵探社。請問，妳肯跟他見面嗎？」

「記不得的事情，我也沒辦法。」弘惠搖頭，勉強擠出一絲聲音。

「請妳看這個東西。」雄高把背部可放小東西的紙鶴置於桌上。

「……」

「啊，這是惠姊教我們折的紙鶴！」坐在弘惠隔壁的小夜高聲道。

「小夜。」弘惠語氣中略帶責備，但聲若游絲。

「四十三年間，我們委託人一直珍藏著這只紙鶴。除了他與妳見面的場所，我們的線索全靠這只紙鶴。」

雄高道出他們的調查經過。從紙鶴上隱藏的葛藤與月亮圖案，到烤出謠曲《定家》開頭段落的文字，再推斷出料亭的名字是鶴屋蘿月。詢問料亭老闆，最後才知道弘惠被挖角到銀座的酒店上班。

「……深水社長。」弘惠細細地吐出深水的名字。

「深水先生對妳在醫院的態度感到納悶。」

「我兒子英昭痛恨我。」

「痛恨妳？」

「那個人把五歲的英昭丟給我，就不知去向了。」

聽弘惠說，英昭的父親從事拆除業，累積不少財富，某段時期甚至在有樂町擁有一家夜總會，那時他似乎和弘惠同居。那男人的異性關係太過複雜，他們常爲此事爭吵，這段感情六年就宣告破局。

「從此以後，我就把店裡的女孩當成自己的小孩。」

小夜說，惠姊爲了讓我們有地方住，特地蓋一棟高級公寓，又怕我們做這行生活不規律有損健康，特別找了注重營養均衡的送餐業者簽約，沒有一個媽媽桑像她這麼照顧店內小姐的身體。

「妳兒子恨妳，以及妳對深水先生的態度，這兩者有什麼關係嗎？」

「那孩子在等我死。」

英昭每天來弘惠的病房巡視，爲了讓她寫下遺書。他要求弘惠白紙黑字寫下自己會把所有房產都留給兒子英昭，當作贖罪。

「病情有這麼嚴重嗎？」

「肝臟聽說不行了。」弘惠把手放在腹部右側。

「有人即使肝臟損壞百分之八十都還活得好好的，妳的肝臟情況應該沒那麼壞。」若由遇到任何病狀都不放棄的飯津家醫師爲她看病，一定找得到適合的治療方法。

「是嗎……可是，我搞不懂那孩子在做什麼，欠上頭組織錢嗎？」

「被逼到走投無路了。」

「他以爲我身邊有男人，只要有男性靠近我，就會被他盯上。這樣我就會害到他們，那些傢伙會用各種理由找他們麻煩。」

「所以，妳那天才會這麼冷漠地拒絕我。」

「我也擔心那些女孩會沒有地方可住。我不想造成任何人的麻煩。」

弘惠若和田村見面，那些傢伙必定會把矛頭轉向田村工務店，很可能會打亂田村平靜的生活。雄高漸漸覺得，弘惠的選擇是正確的。無論如何，他決定先把田村當時的回憶全說一遍給她聽。

弘惠默默聽雄高說話。

「妳還記得那位少年吧。」雄高靜靜地說。

「用來覆蓋料理的那張紙只能使用一次，不能重複使用，用完就只有丟掉一途。不過，畢竟那麼高級的紙張，我捨不得丟，於是收集起來，用線裝訂，當作筆記本。」

「妳在紙鶴裡寫的那首詩，最後選爲押上高中夜校的校歌，成爲我們非常重要的線索。」

「是嗎？我有寫嗎？就像偵探先生說的，我都是無意識中做的吧。我不記得我有在上頭寫詩。我應該隨手撕下筆記本中一張紙，裁成正方形，再把它折成紙鶴。」弘惠充滿懷念地把紙鶴拿在手上，湊近臉瞧，接著感慨萬千地說：「只要手邊有紙，我就會折這種紙鶴解悶。我是店裡折最快的。」

她說，這種紙鶴用來放置店家供應的金平糖，客人幾乎都會帶回去。但那是用一般千代紙折的。假使這次的線索是千代紙折的紙鶴，要找出弘惠可說難上加難。

「原來如此，那位少年最後有把我的建議聽進去。我沒忘，怎麼忘得了。那時的我畏縮怕生，爲了練膽子，咬緊牙關走進那間爵士樂咖啡店。我本來以爲我絕不可能適應那種燈紅酒綠的生活。表面上是我鼓勵那位少年，實際上我那些話是說給自己聽的。」弘惠把手帕按在臉頰。「你替我跟那人說，我從未忘記他，請他聽我寫的〈窗光〉就知道了。告訴他，我每次聽到這首歌，就會想起當時的自己。」弘惠從包包中拿出一張單曲ＣＤ。

「是下村里美的ＣＤ嗎？」

「小夜說有人想聽，我就帶來了。這片ＣＤ我平常在病房就會放來聽。」

雄高用雙手接過ＣＤ。

19

本鄉雄高抵達京都車站時，已經是晚上八點多。他立刻返回回憶偵探社，浩二郎已坐在辦公桌前等著他。

「辛苦了，我泡了咖啡，雖然沒有由美泡的好喝就是了。」

「打開門一聞到香味就覺得，我眞的回到京都了。」雄高將行李放在會客區的沙發後拿起自己的馬克杯，再走到煮咖啡處。

這時，浩二郎起身，搶先一步把咖啡壺從咖啡機上提起：「我幫你倒。」

「眞不好意思。」

「哪裡，我才不好意思，你明明有拍戲的行程。」

雄高很高興浩二郎記得自己本來有拍戲的行程，這幾天積累的疲累頓時煙消雲散。在電話中，雄高除了交代回去的時間，什麼也沒報告。浩二郎大概想知道結果才留下來，但也不催促雄高報告。

雄高想起浩二郎平時不斷強調的論點：成熟需要時間。站在當事者的立場，設身處地替對方著想，通常需一段如黃豆變成味噌的發酵時間。人的內心層面很複雜，不同於單純事物，若不仔細經過咀嚼，很容易混雜虛假的成分。雄高似乎慢慢了解浩二郎的意思。

該怎麼描述，才不會誤解田部井弘惠的心情，精準傳達給浩二郎呢？雄高一邊品嘗咖啡，回想在東京發生的種種。浩二郎以爲他要從提包中抽出筆記本，沒想到他抽出一張

ＣＤ。先聽這個再說吧。雄高思考著起身，走向牆壁旁的架子，將ＣＤ放進架上的手提式音響。

「放音樂？」浩二郎拿起咖啡杯。

「演歌。」

「弘惠女士作詞的歌曲？」

「是的，這是她獲得作詞家大獎新人獎的作品，不過沒有歌詞紙本。」

浩二郎想，弘惠大概希望我們先聽再說，所以把歌詞抽掉了。現在也只能先聽了。她把自己與田村相遇的那段回憶寫進歌詞。她對這段回憶的解讀，勢必影響到最後報告書的內容。

「這是她交給你的？」

「是的。」

「聽看看吧。」被浩二郎的話催促似，雄高按下播放鍵。

這首曲子不太像演歌，而是從一段吉普賽風，充滿哀愁的吉他獨奏開始。

雪白結霜的窗户映出
一只皮箱的單薄行李
遙想遠離故鄉的日子
目送下行的列車
相信

被背叛
再度尋找相信的事物
Journey Guitar
替我彈一首
故鄉之歌吧

紅光搖曳的窗户映出
厭煩工作的疲憊肩頭
汙穢衣服與流汗臭味
你也是孤單一人
相信
被背叛
再度尋找相信的事物
Journey Guitar
替我彈一首
希望之歌吧

黎明天光的窗户映出
佯裝不相識的臉龐

自豪靈巧的指尖
油染指甲的龜裂痕跡
相信
被背叛
再度尋找相信的事物
Journey Guitar
替我彈一首
黎明之歌吧

兩人沉默不語，反覆重聽。下村里美的聲音綿延不絕，感情豐沛，不輸有名的歌手。雄高很喜歡她唱歌時，愼重唱出每句歌詞的感覺。

一位演員前輩曾教過他一個祕訣：台詞要用唱的，歌詞要用念的。據說這原是某位泰斗級作曲家傳授給歌手唱歌的祕訣。這位演員認爲，這用在演技上面也通，並用這句話來教導後進。

雄高聽里美唱歌，她不像聲樂家那樣盡情地展露嘹亮美聲，比較像唸誦。

雄高分析。這首曲子的旋律採用小調，聽起來很悲傷，但曲調不難聽。不，應該說，這首曲子完全具備大紅的要素。但雄高沒聽過這位歌手，也沒聽過〈窗光〉這首曲子。這件事讓雄高深刻體會到，原來演藝圈如此殘酷。

這不是靠實力就能成功的世界。雄高的解讀是對的嗎？他知道好的曲子不一定會流行，好的歌手也不一定紅。但他無法理解爲什麼歌詞獲得肯定，又配上這麼好的曲子，讓這麼好的歌手來唱，這首歌卻無法在世間流行起來，到底爲什麼呢？

雄高對於演藝圈的高深莫測打了個冷顫，但他隨即把雜念趕出腦袋，一邊回想弘惠的臉，以及她說話時的動作，拚命地搜索她在歌詞裡隱藏什麼想法。

坐在他對面的浩二郎，大概也只能藉由雄高的報告，探索弘惠內心的想法。他深坐椅子，閉上眼睛，一動也不動。

直到快要凌晨十二點，雄高取出備用的泡麵，邀實相一起吃。雄高把水注入電熱水壺，打開電源，站在原地等水沸騰。

「實相大哥，你覺得怎麼樣？」雄高問浩二郎。

「『雪白結霜的窗戶映出　一只皮箱的單薄行李』應該是回顧當時集體就職的場景，這很好懂，問題在第二段歌詞。」

「『紅光搖曳的窗戶映出　厭煩工作的疲憊肩頭　汙穢衣服與流汗臭味　你也是孤單一人』。」雄高默背出歌詞。

「她不常到爵士樂咖啡店。喜歡江利智惠美。不過當時爵士樂咖啡店不便宜。」

她隻身從鄉下來東京找工作，賣酒的店理當有一種高不可攀的氣氛。加上她是女性，猶豫不前也是理所當然。浩二郎認爲第二段歌詞指弘惠在「Journey Guitar」門口不停徘徊，直到華燈初上，窗戶流瀉燈光。

「那天正好是弘惠女士決定到銀座上班的日子。」

「沒錯，田村先生發現弘惠女士只喝一口紅酒臉就紅。『Shoppy Hukami』的深水先生也這麼說，弘惠女士酒量不好。說不定第一次喝酒，逞強地表現出大人的模樣。」

「就好像事先練習。」雄高把滾燙的熱水倒進杯麵。熱氣蒸騰，隨即消散。

「『厭煩工作的疲憊肩頭』指的應該是少年田村和她自己。」浩二郎說。

「因爲後面接著『汙穢衣服與流汗臭味　你也是孤單一人』。」

雄高把筷子和杯麵遞給浩二郎。

「孤單一人啊。」浩二郎用手按著杯麵蓋，喃喃自語。

「一個人走在都會夜晚的街道，心中想必忐忑不安。」

雄高想像隱藏在弘惠凜然風采後面的十九歲少女。沒有飲酒過多的沙啞嗓音，而是沾點酒就臉頰泛紅的稚嫩少女。

「你記得田村先生來這裡敘述回憶時，開頭便提到〈啊，上野車站〉的歌詞。」浩二郎吸一口拉麵後，對雄高問道。

「我記得。我到上野車站時有看到歌碑，完整看過一遍歌詞。」

「其實那首歌，中間有口白。」

「口白？」歌碑上只刻著歌詞。

「我聽過很多次，但沒全部背起來，內容大概是這樣：我來到東京後，家裡的農事想必更加吃緊。下次休假回家，我要替媽媽搥背，搥到她說不要爲止。大概是這樣。我第一次聽到這段口白時，覺得實在太不合理了。你看嘛，這些人爲了家人生活才被逼得上東京打拚。只要是身爲農家的次男、三男，或是長女，就必須這麼做，根本沒有選擇的餘地。其中還包括爲了減輕家裡負擔，年紀輕輕就得被逼著坐上就職列車的人。但這些人擔心的卻是，家裡少了一份人力，害家人負擔變得更重。豈止於此，他們還希望用擔肩膀的方式，彌補自己不在家的愧疚。昭和三十年代，就是這樣的年代啊，一想到這裡，我就忍不住鼻酸。」浩二郎很快地說完這段話，彷彿要掩飾情感一般，大口啜吸麵條。接著，他盯著雄高的眼睛：「〈啊，上野車站〉歌詞中的主角，其實他們的心中充滿感謝。」

「在現在這個時代眞的很難想像。」平成時代給人的印象，大抵不會是充滿感謝，而是充滿不平的時代。連雄高也不例外。

「四十多年是段漫長的歲月。就在田村先生和弘惠女士正在吃苦掙扎的隔年左右，我正沉迷於電視中播放的拯救地球的英雄角色。」浩二郎懷念地說。

從銀河系盡頭遠道而來的外星人超人力霸王，這個角色於昭和四十一年正式在電視上亮相。雄高多次在百貨公司頂樓和停車場表演這個角色。他記得當他要穿上超人力霸王的人偶裝表演時，英雄秀的宅男企劃人員口沫橫飛地介紹這個角色初次在電視登場時的轟動程度。

雄高腦中浮現從人偶裝裡面看出去的景色。他回想起在充滿特殊的橡膠味中，感受到那股莫名的孤獨感。表演時，因爲集中精神做出動作，所以不覺得痛苦。但從換裝完畢到等待出場的那十五分鐘，那種充滿黑暗與密閉的感覺，令人瀕臨崩潰。介紹英雄秀打工給他的演員前輩跟他說過，做這個會得密閉恐怖症。演過一次後，他痛切地了解到，前輩說得一點都不誇張。做每一行有每一行的苦，旁人難懂其中的辛酸。

即使如此，小孩子根本不會懂那些飾演超人力霸王的演員，以一周要拍一集的密集程度須承受多大的痛苦。雄高下定決心告訴自己，這輩子絕不要忘記從那小孔中窺見當演員辛苦的一面。

雄高認識的超人力霸王已經換過好幾代。浩二郎那個世代就曾見過初代英雄在電視中登場的模樣。當然這是雄高出生前的事。他再次感受到世代差異的震撼。

「雖說活在那樣時代的人，並非每個人氣質都相同，但同樣上高中夜校讀書的田村先生和弘惠女士兩人確實都具備老一輩日本人的溫柔氣質。思索弘惠女士內心時，必須從這個角度切入才行。」浩二郎的聲音迴盪在事務所。

「而且這二人都曾遭遇挫折吧？」

「沒錯。退學絕非弘惠女士的本意，若可以選擇，她不會到銀座上班。」

「但她又無法說拒絕就拒絕。」雄高確認似地說。

「爲了故鄉的家人，只得忍耐了。」

或許她可以放下工作不管，但這樣會影響到故鄉的家人。弘惠應該有顧慮到這點，所以才叫田村即使下跪也要想辦法回工廠上班。

「『你也是孤單一人』指的是她和都市中的老闆、同事，甚至是故鄉的家人都處得不好的意思嗎？」雄高回過神來，拉長麵條送入口中。

「這份孤獨感一直糾纏她。第三段歌詞在唱弘惠女士踏入燈紅酒綠的世界。『黎明天光的窗戶映出　佯裝不相識的臉龐』」

「她一直活得很寂寞。」

「不知道有什麼內情，又或者仙台的老家發生什麼事，總之，她沒有回故鄉。不過，這裡面有很關鍵的句子。」

「很關鍵？是『相信　被背叛　再度尋找相信的事物　Journey Guitar』嗎？」

「不，是重複句後『替我彈一首』後的句子。第一段是『故鄉之歌』，第二段是『希望之歌』，第三段是『黎明之歌』。先『故鄉』，『希望』，再變成『黎明』。」

「這是什麼意思？」雄高無法掌握浩二郎想表達的意思。

「她相信一切都會好轉。不，假如說這首歌的歌詞是以和少年田村邂逅爲主題的話，不如說是期盼更合適。她不斷祈禱自己的人生和少年田村的未來都能越來越好——不，應該說一定變得更好。」浩二郎鏗鏘有力地說。

「你是說，她替一個素不相識的少年，祈禱他的未來？」

「我想這些集體就職，離開北國到城市打拚的人們，內心都有一種共通語言。」

雄高回想起上野車站的歌碑上，照片中那些少年少女臉上自豪的表情。

大家都是爲了某些人做點什麼，才下定決心出外打拚。

「那麼，弘惠——我是說田部井弘惠女士和少年田村……」

「一直都在見面，就在這首歌的歌詞當中，他們一次又一次地重逢。」

「田村先生呢，他該怎麼辦……」

「除了讓他們在歌詞中相會，別無他法了。後來四十圓怎麼處理呢？」

「我折了一隻同樣的紙鶴，把錢放在裡面，送給弘惠女士。」

「她肯接受眞是太好了。回憶偵探社有史以來第一次不是提出報告書，而用一張舊CD結案。」

「這眞的好嗎？」

「歌詞太有說服力了。」浩二郎滿足地將冷掉後不怎麼好喝的泡麵殘湯一口氣喝光。

雄高將剩下的麵條吃下肚後說：「弘惠女士的兒子後來怎麼樣了。」

「聽說警方用恐嚇和詐欺的罪嫌把他抓起來了。每個人都有弱點，我看他暫時會安分點了。但他們畢竟是母子。」

「他還是會回來找弘惠女士嗎？」

「這件事我們無能爲力。弘惠女士自身的重擔，我們沒辦法幫她揹。」浩二郎毫不避諱地說。他打開窗戶，靜靜眺望眼前一片闇黑的京都御所。

雄高已無話可說。

20

下個星期六，田村來到事務所。

「你們找到了啊！眞的很謝謝你們。就那麼點線索，眞爲難你們了。這麼一來，我心中的大石總算落下了。」田村彎折他粗短的脖子道謝。

「她的名字叫做田部井弘惠。」雄高開始報告從打開紙鶴到找到弘惠的經過。

弘惠來到東京，白天在料亭〈鶴屋蘿月〉當服務生，晚上到押上高中讀夜校。學校希望做一首夜間部專屬的校歌，當時國語老師向學生徵文，弘惠投稿了，投稿的歌詞就是寫在紙鶴後面的詩詞。雄高拿出歌詞給田村看。

□□川的　清流映顏
青年之聲　朗朗高昂
放眼世界　胸懷大志
啊啊星雲之光在此

「我們請教押上高中夜校的老師，無法判讀的文字是隅田川。」雄高說出河川。

「原來是隅田川，我工作的ＰＫ木材工業就在隅田川岸邊，原來我們一直看著同一條河川。」

「我們靠著這段歌詞和折成紙鶴的紙找到田部井女士。」雄高解釋紙上印著葛藤和月亮的圖案，暗藏的火烤字。

「眞講究，我還沒到過這麼高級的料亭。」田村深感佩服，一下開心地拿起紙透著光看，一下用手指撫摸。他那粗糙的雙手和肥短的手指印刻著好幾層時光留下的年輪。當初，少年田村就是靠這雙手撐在地上，向公司主管下跪，並在往後四十三年養活自己和家人。雄高對於自己粗短的雙手感到羞愧，忍不住把手藏起來。

「田村先生，那位田部井弘惠女士，她後來一邊在銀座工作，繼續寫詩。」

「她最後在酒店的世界存活下來了啊。太好了，她還活著眞是太好了。」田村說出「她還活著眞是太好了」這句話時，眼眶泛紅。「大姊姊她現在變成怎麼樣了，我都已經這麼老了，她也變成老婆婆了。這就是人生啊，沒辦法。我得要好好向她道謝。大姊姊——不，我是說田部井女士現在住在哪裡？」

「她身體狀況不太好。」

「她生病了？」田村發出悲痛的聲音。

「罹患肝病，現在住院中。」

「那我得趕緊探病。」田村的語氣著急，好似他想馬上起身走出事務所。

「不，您無法見到她。」雄高靜靜地看著田村的眼睛。

「已經嚴重到這個地步了嗎！」田村悔恨地回視。

「不是這個意思。」

「不想見嗎？這也不是不可能，沒人喜歡回憶辛苦的過往，更何況是一個只見過一次面，來歷不明的男生，不記得也理所當然。如果是這樣，沒關係，我可以接受。」田村洩氣地點頭。

「她記得田村先生。不、應該說，她從未忘記。」

「沒關係的，偵探先生，不用安慰我。我這人咬緊牙關才活到現在，人一直沉浸在感傷的情緒也無濟於事。」

浩二郎在一旁默默注視著田村發言的神情。浩二郎完全沒有插話，意味著雄高的應對沒問題。雄高篤定地從偵探社的紙袋中拿出下村里美的ＣＤ遞給田村，再加一句浩二郎在那晚上說的話：這首歌的歌詞說明了一切。

「我知道下村里美這位歌手，她唱的歌是田部井女士作的詞？」

「這首歌的歌詞獲得作詞家大獎新人獎。我們再怎麼費盡唇舌，都不如這首〈窗光〉的歌詞更能道盡田部井女士的心情。」雄高說出自己的內心話。

「可以的話，我想現在就聽，好嗎？」

「沒問題。」

雄高走到手提式音響旁時，浩二郎開口：「田村先生。CD就是我們的調查報告。您聽完曲子，若對我們的調查有不滿意，我們將不收取調查費用，只收取還田部井女士的四十圓以及必要成本開銷。」

「實相大哥。」

「雄高，不要緊。」

「可是……」

「我知道了，請先讓我聽過後再判斷。實相先生，打從一開始我就拜託你們替我尋找看不見的心與回憶。現在，請讓我用我的心來感受，好嗎？」

浩二郎心滿意足地點頭。

聽完CD，田村用手帕摀住眼角。他一語不發地收下調查費用帳單，深深一鞠躬，離開事務所。

「實相大哥。不告訴田村先生，弘惠女士不能與他見面的理由是因爲她兒子，這樣好嗎？」

「我想田村先生應該能從『自豪靈巧的指尖　油染指甲的龜裂痕跡』這句歌詞，理解弘惠女士的心情。她希望自己在田村先生心中，一直都是美艷動人的大姊姊，這就是他的心情。而且，他們隨時藉由這首歌重逢。」

「我還太嫩了。」雄高彷彿看見砂原謙說「所以我才說，還不能放心交棒給年輕人」時的表情。

「不夠成熟也是很重要的特質，每個人都是獨一無二的。」

「每個人都是獨一無二。我會記住這句話。」雄高說完看手表。晚上拍戲的時間快到了，他要飾演停泊在伏見港的屋形船上沒有台詞的船夫。

「晚上要拍戲？」浩二郎問。

「對，演我目前最叫座的角色。」

雄高豁達笑著，甚至不懂爲何自己可以這麼開心。

第三章
說謊的男人

1

「喂，請問是回憶偵探社嗎？那個……」

星期一早晨，橘佳菜子接起的電話傳來一名年輕男性的聲音，他說到一半便停下。

「您好，這裡是回憶偵探社，請問有什麼事嗎？」

佳菜子聽到電話那頭傳來輕微地嘆息。

「……請你們幫我一下好嗎？」

「幫忙尋找回憶嗎？」

「不，我是說現在。」

「什麼意思？」佳菜子不懂對方的意思。

坐在後面接電話的一之瀨由美看了看佳菜子。現在事務所只有兩個人上班。

「這裡真不友善。」對方語帶諷刺。

「我剛才不是說……」佳菜子再次詢問狀況。

「我坐輪椅進不去。」

「咦？」佳菜子拿著話筒往玄關一看，大門玻璃下半部有人影晃動。「不好意思，我沒注意到，我要掛斷了。」

佳菜子急忙衝向玄關，由美從後面小跑步跟上來。佳菜子打開大門。

一名長相稚嫩的男性坐在輪椅上，拿著手機。

「你們這裡沒有無障礙空間。」青年看著由美。

「這裡大樓比較老舊，抱歉。」由美繞到輪椅後面，輕鬆地讓輪椅越過門檻，進到事務所裡面。

「謝謝。」青年寬心地笑了笑。由美把會客區一個沙發移開，將輪椅推到桌子旁。

「我在找人，你們應該有幫忙找人，可以聽我說吧？」

佳菜子將茶放在桌上時，他唐突地開口。和飯津家醫師通話到一半的由美回到後面的座位上，青年順勢對佳菜子問話。

「這、這個，請等一下，可以錄音嗎？」

「我沒差。」

「請先告訴我你的名字和住址。」

佳菜子才說完這句話，由美就對她說智代的狀況不太穩定，要去飯津家診所一趟，問她可以處理嗎？今天浩二郎陪三千代到Ｋ大醫院回診，雄高昨晚通宵拍戲，會晚點到。由美那麼慎重地問她，是因爲她們昨天兩人剛聊到，事務所附近似乎有一個男人行蹤可疑。

佳菜子看了看那名青年的臉，判斷沒有危險，開朗地說：「慢走。」

目送由美離開後，佳菜子繼續詢問對方的名字和住址。

「板波孝，木板的板，波浪的波，孝順的孝。我住在枚方。」板波說出詳細住址，並說明他目前獨居並求職中。

「這樣啊。」佳菜子語氣中帶著爲難，她覺得沒有工作的人居然還會花錢找人，聽起來不太對勁。

「錢的事情妳不用擔心。我去年發生事故所以腳受傷，變成這副模樣，之前有存一筆錢。我們家也會固定寄錢給我。」

「啊、對不起。」佳菜子很不好意思，擔心錢的事居然對方被看穿。

「沒關係，這沒什麼。只不過，若是收費超過十萬圓，我也很傷腦筋。」

「我想應該不會超出你的預算。你想找什麼人？」

「好像是初戀的對象。」

「好像？」佳菜子睜大眼睛。難道是替別人找。

「還是得重頭說起，不然妳也是鴨子聽雷。」板波露出雪白牙齒笑著。「我的朋友叫木下友子，是女生。」

「女性朋友嗎？」

「哦，難道妳是那種不相信男女有純友誼的人？」

「不，這種事……」

「別人怎麼想我管不著，但我和友子不可能是戀愛關係。」板波揮揮手否定。

「所以說，板波先生要找木下小姐的初戀對象？」

「就是這樣。不行嗎？」

「他們什麼時候認識？」佳菜子無視板波的嘲弄地繼續詢問。板波大概認爲佳菜子只是年輕丫頭，不把她當回事。佳菜子看出他的想法，故意擺出嚴肅的表情和毅然的態度。

「我和友子兩年前打工認識。」

「不是你，是木下小姐和她初戀男性。」佳菜子說話時，特別留心自己是否維持同樣的表情。

「哦，妳說他啊。友子說，當時她讀中學一年級，所以我想是十年前的事了。」

「十年……」十年前，有一段佳菜子不願回想的過去。

「友子這人也太鑽牛角尖了，不知道是不是身邊沒有出現像樣一點的男人，十年這麼久，一般人早忘光了。那傢伙太執著了。」

「我不覺得十年很久。」

佳菜子想忘也忘不了。一不小心，那可怕的畫面就會自動浮現。她痛恨人類的記憶機制，爲什麼不可以十年重新設定一次？

「妳可以理解友子的心情啊，看不出來妳這麼老派。」

「……」

「怎麼，妳臉色不太好看。」

「不、沒、沒事。木下小姐現在二十二、二十三歲吧。」

她知道自己雖然臉發燙，但手腳冰冰冷冷。只要回想起十年前的事，即使在夏天，她也會從指尖開始發冷。佳菜子緊握雙手，腳趾像要摳住地板般用力折起，不讓體溫下降。

「她和我差六歲，所以是二十三。」

「她在哪裡和那名男性認識。」

「友子離家出走的時候，在京都遇到他，他對友子很好。」

「京都？」

「沒錯。」板波道出友子告訴他的故事。

木下友子的家位於滋賀縣大津市，家庭成員有父母和姊姊共四人。由於父母感情不好，姊妹倆沒有一天不想早點離家。但姊姊高中畢業便交到男朋友，早她一步離開。那年冬天，友子再也忍不下去，逃離這個家。

「十三歲的女生也不可能做什麼離經叛道的事情，只能跑去京都找姊姊。」

「京都的哪裡？」

「伏見。」

「伏見！」佳菜子倒抽一口氣。

「怎麼，幹麼那麼大聲。」

「不好意思。」

「妳是不是身體不舒服，嘴唇發白。」

「不、不是，沒事。」

「沒事就好，要不要我改天再來？」

「沒、沒事。友子小姐去京都找姊姊時，遇到那個男生吧？」

「友子的姊姊在伏見一家賣雜貨的量販店工作。她男朋友是送貨的司機，住在附近一間公寓，不過那裡沒有多餘空間給友子住。再加上友子已經中學一年級，這個年紀的女生，寄住在別人家總是不太方便。」

友子察覺姊姊不喜歡自己留下，只住了一晚就離開了。

「她騙姊姊說她要回家。」

「一個十三歲的女生？」

「她無處可去，沒辦法，只好去那個御香、什麼的那附近……」

「御香宮。」

「對、對，她到御香宮附近散步，走著走著肚子餓了，就在宮內找了張長椅坐。這時那個男生出現了。」

年輕男性坐在離友子稍遠處，取出素描簿。友子發現那人的視線一直往自己這裡看，回瞪他一眼。但男生不以爲意，默默地搖動鉛筆。

「不知該說她好強還是潑辣，友子不開心地說了他幾句。」

「對陌生男生？」

「她說她要收模特兒費，眞是亂來對吧？」

「太危險了。」

「結果那名男性從包包中拿出便利商店的肉包給她。」

「當作模特兒費？」

「就這樣。」

「木下小姐一定很生氣。」

「沒辦法，她肚子餓扁了嘛。」

對餓到兩眼發昏的友子而言，稍微冷掉的肉包或許比錢還珍貴。

「她說她本來從不相信身邊的人，但當時覺得那顆肉包特別好吃。友子那傢伙，眞是敗給她了，呆瓜。」

有人在你想要的時候給你想要的東西，那種喜悅非常強烈。佳菜子非常了解，她與刑警浩二郎相遇時就是如此。

十年前，某個冬天的星期六。佳菜子早上到書法社練完字從學校回到家，等朋友過來，準備下午兩人一起去補習。因爲一名戴棒球帽、墨鏡的年輕男性從暑假開始就一直頻繁地接觸佳菜子，害她去哪裡都不敢一個人，幸好有幾個好朋友願意輪流陪她行動。

但那天過了約定的時間，朋友依然沒有出現。忐忑不安的佳菜子來到離家最近的商店街尋找朋友人影。商店街裡有一間派出所，她至少敢一個人走到那裡。

那裡就是她的命運分歧點。

佳菜子在派出所看見朋友。那時她離家大約有七、八分鐘。朋友因爲被一個陌生人抓住手臂，立刻跑去派出所報案，正接受警方偵訊。佳菜子在現場陪朋友做完偵訊。這時她離家已經超過四十分鐘了。

兩人因爲恐懼而沒心情上課。她們決定先回去佳菜子家打電話聯絡補習班。

家裡後門敞開。佳菜子記得自己出門時有關門。覺得可疑，她往裡頭窺看。

裡面一片鮮紅。除此之外，她什麼都看不見。在紅色液體上，她看見母親穿著平時衣服，臉色蒼白，眼睛瞪著天花板。四周太暗，看不清楚，但她知道有人躺在玄關。當然，她知道除了父親外沒有其他可能，但她鼓不起勇氣確認。

她朋友放聲尖叫，然後嚎啕大哭，當場嘔吐。

佳菜子回過神來時，人已經在警察局。她根本記不得發生什麼事了。

一個一個輪流進來問話的警察，每個看起來嚴肅又恐怖。嘴巴上說的話都很溫柔，但眼神非常嚴厲。雖然沒有受到不舒服的對待，但心中充滿不安。

雙親遭人殺害，在精神上遭到強烈打擊，加上看到悽慘命案現場的恐懼，佳菜子當時的心靈非常脆弱，對任何風吹草動都很敏感。

在單調至極的警察局房間，她聽到外面傳來叫喚下屬的呼喊聲、腳步聲、門開開關關的聲音，這些聲響聽在佳菜子耳裡都非常粗暴。每道聲響都讓她的身體蜷縮地更小。

但浩二郎不一樣。

他一來，就替她弄一杯熱牛奶。精準地說，應該是打算弄一杯給她。他買了牛奶和蜂蜜在警察局裡的茶水室弄熱，但調得太甜，所以另一位女警替佳菜子重弄一杯。佳菜子喝牛奶的時候發現，雖然才十二月，但這天特別寒冷。這時她驚覺自己不只心冷，連身體也凍僵了。

浩二郎也拿著一杯牛奶在旁邊，陪她慢慢地把牛奶喝完。當然，光這樣並無法治癒她失去雙親的悲痛和恐懼。不過，至少自暴自棄的想法消失了。浩二郎的體貼，佳菜子確實感受到了。

她不想要溫柔的話語，而是包容自己的寬厚之心。熱牛奶做太甜失敗了，但浩二郎的心意依舊溫暖佳菜子。對友子來說，肉包或許就相當於佳菜子的牛奶。她不認爲因爲肉包而被左右心情的友子是個愚笨的女人。

「所以，木下小姐才會對他念念不忘。」

「之後，他安排友子在市區的旅館住兩天，好像叫Tower Hotel，然後要她心情平復後就回家。」

「兩人後來就分開了嗎？」

「他替她安排好旅館房間就離開了，兩人再也沒見過面。兩人只有精神上的交流。」

「她還未成年，所以我不是那個意思。我想問沒有其他關於那個人的線索了嗎？比如說他說過他念什麼學校或幾歲之類的？」

「知道這些的話還用得著麻煩你們嗎？線索就只有這個。」板波將對折兩次的圖畫紙遞給佳菜子。上面用鉛筆描繪了一名少女，頭髮及肩，帶點波浪。一雙微微上揚的大眼。薄嘴微翹，不寬。看到她眼睛下面有一顆痣時，佳菜子嚇了一跳。雖然不同邊，但自己的臉頰也有一顆痣。

「妳也有一顆痣。」大概注意到佳菜子的視線停留在圖上的痣，板波對佳菜子說。

佳菜子不予理會，繼續盯著圖畫紙。她很想找出一些線索。

高領毛衣畫到胸部附近變得模糊不清，最右下方有一個不知簽名或符號的圖案。很像音樂符號，但好像又不太一樣。在「折紙鶴的女人」這個案件中，塗在紙上的火烤字成爲重要線索。佳菜子拿起圖畫紙透光凝視，尋找有無不尋常之處，但一無所獲。

「線索只有這些？」佳菜子確認。

「舉手投降了嗎？我還以爲交給專業人士會有什麼新發現。」

「我先跟你借這張圖。」佳菜子咬唇。她很想說，雖然自己經驗雖然還不夠，可是回憶偵探社裡面還有很多比我更優秀的人。但光憑這點線索，她也不確定能否找到那名男性，因此頓時啞口無言。

「正本我要還給友子，妳去影印一張倒沒關係。」

「好，我要怎麼聯絡你。」

「打我手機，跟你說號碼。」

板波說出手機號碼，佳菜子記下。

「好了，我要回去，幫我推一下輪椅。」

「好。」佳菜子把畫著友子的圖畫紙拿去影印後還給板波，並繞到他身後，將煞車鬆開，緩緩地將輪椅推到外面。

2

浩二郎將車子停在偵探社後面的車庫。讓拿著慰勞大家食物的三千代下車，再慢慢把車停好。三千代先走進家中。而浩二郎繞到事務所的玄關時，正好看到由美在人行道上。

「由美，辛苦了，智代女士的狀況如何？」浩二郎猜她剛從飯津家回來。

「可能會轉到K大醫院。」由美愁眉苦臉說。

「不樂觀嗎？」

「飯津家醫師說，最好先連絡她兒子過來，但她現在又不能受到太大刺激。」

「很少看到飯津家醫師這麼傷腦筋。」

當機立斷是飯津家的信條。由此可知，智代的病情眞的不樂觀。

「不知道該怎麼辦。」

「沒關係，今天我們就可以見到理查杉山的女兒了。」

「早上確認過了，晚上七點和杉山沙也香見面。」

「她叫沙也香是吧，好，我知道了。放輕鬆點，我回來的時候順道買了泡芙，稍微休息一下。」

「K大附近的『Othello』嗎？那裡的泡芙超好吃的，我好喜歡。」

露出天眞笑容的由美手搭在事務所的大門，但是打不開。

「咦？鎖住了。佳菜不在嗎？」

「今天雄高要拍戲。佳菜是不是去買東西了。」

「可是剛才有委託人。」

「委託人？」浩二郎取出車鑰匙圈，找出事務所的鑰匙解開門鎖，並喃喃道：「那她跑哪了？」

一進到事務所，只見會客區的沙發位置大搬風。

「委託人坐輪椅來的。」由美說明。

「所以才移動了沙發。」浩二郎環視事務所內部。

「因爲對方坐輪椅，所以佳菜幫他推出門嗎？」

「確實很有可能，比讓事務所唱空城，然後跑去買東西的機率大多了。」

佳菜子溫柔貼心，缺點就是太過纖細。雖然做偵探這行，纖細是必要的，但相對地容易受傷，一不小心就會累積過大的壓力。在「書寫溫暖字跡的男人」案子中，浩二郎發現一件事。佳菜子自從這個案件後，對回憶偵探這份工作的熱情產生很大變化。

她曾經因爲恐懼，失去對人的信賴，並且試著用自己的方式努力修復，但成效不彰。但她現在似乎找到新的方法，那就是藉由搜尋他人的回憶，接觸人情的幽微，縫補自己內心的裂口。但想要縫補傷口，須先用針刺穿心臟這塊布料。有時，痛感太過強烈。浩二郎希望她別著急，一點一點地慢慢縫補就好。

——自己果然還是太心急了嗎？

「由美見過那位委託人嗎？」

「我幫他推上玄關的。因爲我們沒有無障礙空間，也跟他說抱歉了。」

「這眞是不好意思，還是得找個時間重新裝修，現在已經進入講求設計的時代了。」

浩二郎看往佳菜子的座位，發現一張少女素描影印。他拿起來，從筆觸判斷，應該出自很會畫畫的人之手。

模特兒大概是小學或中學生，猛一看很像佳菜子。臉蛋細長，眼睛很大，若清秀的氣質再掌握得好一點，就更像佳菜子了。浩二郎在警察學校上過課，人的臉只要經過類型化後，其實樣式並不多。那堂課要練習從目擊者的描述，用分割的圖片拼貼出歹徒的肖像。

「由美，這張圖是？」

「我也不知道。也許是坐輪椅的青年拿來的，不然就是佳菜的朋友畫的。」

「畫得很像。」浩二郎把畫擺在由美眼前。

「你覺得像不像佳菜小時候？」

「原來如此，小時候啊。」浩二郎又看了看那張影本。

「可是，痣的位置顛倒。我記得那名青年說要找人，說不定這張畫就是線索。」

「靠這張圖找人嗎。」浩二郎直覺這個案件難度很高。

但既然是線索，就一定要從中挖掘出一些情報。浩二郎仔細端詳這幅畫，發現原稿應該是鉛筆畫，所以影印之後太淡的線條印不太出來。

浩二郎的目光停留在少女肖像右下方的一個記號。

「這個……」雖然很模糊，但他印象中看過這個記號。他凝神細想，一個念頭襲上心頭，但怎麼可能！

「浩二郎大哥，怎麼了？」由美大概發現他神色大變。

「由美，佳菜有危險了！」

「怎麼回事？」

「我看過這個記號。」浩二郎把影本的圖轉向由美。

「很像是模仿畫高音譜記號畫失敗……」

「佳菜父母遭殺害的現場也留下這個圖案。」

「什麼！怎麼會有這種事。」

這個記號沒有對外公開，在那封疑似自殺男子寫下的遺書中，也畫有相同記號。這是只有凶手才知道的訊息，因此成爲定案的關鍵。

「她的母親遭人刺殺，臉上被人用她母親的鮮血畫上這個記號。」

「太過分了！眞的太過分了！」由美摀住自己的嘴。

「雖然不知道這幅畫是誰的，但這個記號和佳菜有關的話，事情就不妙了。」浩二郎衝出門外。他沿著烏丸通往北跑到今出川通，這一帶他全看過了，就是找不到他們兩個。沒辦法，他只好轉身往南跑，同時拿出手機。他打電話聯絡曾與他一起調查橘家慘案的一位刑警學弟永松。這位學弟和他一樣，強烈反對高層草率決定凶手自殺的說法。

浩二郎向他確認，那名告白自己曾在十年前殺害橘氏夫婦的自殺男子在遺書中畫的記號形狀。接著他急忙趕回事務所，慎重起見用手機照下記號，再傳給永松。

「學長，沒錯，就是這個記號。你在哪裡找到的？」

浩二郎告訴他，這由一名坐著輪椅的男生拿來。收下這東西的人就是遇害的橘氏夫婦獨生女。

「你說什麼！」永松大叫的聲音連一旁的由美也聽得見。

「我再打給你。我需要你的幫忙，拜託了。」

「我知道了，坐輪椅的男人和橘……」

「佳菜子。我把照片傳給你。有什麼消息我會通知你，你那邊也是，假如有發現什麼。」

「當然，小心駛得萬年船。」說完，永松掛斷電話。

「她手機沒人接。對了，佳菜應該有錄音。」由美等浩二郎掛斷電話後說。

「馬上放來聽。」

「這東西是十年前畫的啊。」

聽完這名叫板波的青年和佳菜子的對話後，浩二郎低喃。

假使板波說的都是眞的，那麼畫這幅畫的人並不是委託人。浩二郎稍微感到放心。接著，他立刻向永松報告，坐輪椅的男生名叫板波孝，二十九歲，以及他本人提供的住址和手機號碼。

「板波這個男生看起來怎麼樣？」浩二郎問由美，同時用事務所的電話打板波的手機，但對方似乎沒開機。只要證明他有犯罪嫌疑，警察就可以調查手機發出的微弱訊號。但目前還沒辦法。浩二郎著急佳菜子怎麼還不趕快回來，不斷往玄關張望，然後掛斷電話。

「娃娃臉，看起來不像壞人，不過……」

「不過怎麼樣，妳覺得有什麼不對勁嗎？」

「感覺上，他好像不太熟悉輪椅。」由美說，坐輪椅的人通常要花一周的時間，才會放心地把身體交給輪椅。但她幫板波推的時候，感覺他的身體沒有放鬆，有阻力。

「換句話說他使用輪椅還不到一周嗎？」

「這只是我的感覺。」

「不，假使妳的見解正確，那就表示他在說謊。」浩二郎惴惴不安。他還在當刑警時，大家最害怕的就是他的預感。

由美再度撥打佳菜子的手機，她看著浩二郎搖搖頭，同時浩二郎的手機響起。

「學長，板波給的住址是假的。」

「什麼！」浩二郎一拳往桌上捶下。

「我現在立刻過去你那邊。」

「永松，順便帶鑑識科的人來，全體緊急動員！」

「我會和上面的人討論一下。」

浩二郎訝異做事一向迅速果決的永松居然這麼回答。但他很快地了解自己的立場。他不再是他的上司，也不是刑警了。「這關係到我們家員工的性命，拜託你了，永松。」浩二郎激動懇切地說完這句話後掛斷電話。

絕對饒不了他。要是他敢碰佳菜子一根寒毛，我就——

「浩二郎大哥！」由美叫喚著。

「由美，緊急事件，取消和杉山沙也香的約。」浩二郎凝視鉛筆畫中少女的臉龐，並在心中無數次喃喃道——我一定會去救妳。

3

佳菜子從沒想過推輪椅這麼困難。

即使近年來社會重視無障礙空間的意識高漲，市內街道的高低落差問題也逐漸受到關注，許多地方依然沒改善。因此，遇到比較大的高低落差時，不管是輪椅使用者或輔助者多少都要有些心理準備。

若碰上一些小隙縫，較小的前輪就會不聽使喚。甚至角度一不對，車輪會轉九十度，陷入縫隙中。假使車輪突然卡住，輪椅上的人很可能就直接往前跌。

雖然板波不重，不過佳菜子瘦弱纖細，就算板波眞的跌落，她也沒辦法把他抱起來。想到這點，佳菜子更用力推著輪椅，從事務所到車只有幾十公尺，卻要休息好幾次。

「妳現在終於知道無障礙空間都只是口號了吧？」板波看著氣喘吁吁的佳菜子。

「眞的，我之前都沒注意，一些小落差或是亂停的腳踏車，竟會造成這麼大的阻礙。這座城市離友善還很遙遠。」

「友善城市？根本沒有這種東西。」

佳菜子注意到板波不屑的語氣，他聽起來帶點自暴自棄。這不像是會幫忙女性朋友找初戀男友的浪漫主義者會說的話。

「車子是哪一台？」抵達板波說的二十四小時投幣式停車場後，佳菜子問。

「深藍色的轎車。」板波指著停在最深處的轎車。

到目前爲止，佳菜子還能清楚記得發生什麼事。當她專心握住轎車方向盤，開了三十分鐘左右，心情終於冷靜下來。

「我現在舒服多了，接下來我自己開就好。」

板波要上車時，突然對她說身體不舒服，一副很痛苦的模樣，佳菜子急忙載著他前往他指定的醫院。驚嚇過度的佳菜子照著板波報的路線開。

「沒事吧？」

「嗯，這附近的路不好講。」

「可是，要是像剛才一樣又……」

「那是發作，突發性地，大概是事故的後遺症。人的神經就是這麼麻煩，有些事情你可以控制，有些沒辦法。不過，一旦平息下來就不太會連續發作，不用擔心啦。可是還是要去給主治醫師看看。不好意思，這麼麻煩妳。」

「哪裡，我不覺得麻煩。」但佳菜子內心有點不安。

佳菜子從京都市區往南開，穿過高速公路的高架橋來到京阪奈公路。她聽說這一帶是新興住宅區，街道的變化日新月異。她完全不熟這附近。她根本不知道自己身在何處，心裡才越來越慌。

「不用擔心，看完病我再送妳回去。」

「不，我沒有擔心。」

「妳這人還眞老實，感情全都表現在語氣上。」

「不好意思。」

「幹麼道歉，說妳老實是稱讚的意思。」

「可是，專業偵探不應該這樣吧？」

「就偵探來說，或許不太適合。妳先停在前面的路肩。」

佳菜子轉動方向盤，停好車。她從駕駛座下車，滑開拉式車門，正打算把輪椅扛出來時，被板波制止了。佳菜子看著他直接從後座越過椅背，移動到駕駛座。

「妳都空出駕駛座的位置了，這樣比較快。」

「……」

「怎麼啦？」

「不、沒什麼。」

「所以我說妳太老實了。妳是不是嚇一跳，想說我的腳不是受傷，怎麼還能動。」

「我只是有一點驚訝。」

「我就說神經系統這東西眞的很難搞。痛的時候動不了，不痛的時候又能動了。快點上車，冷氣都跑光了。」

佳菜子坐進車內，把車門關上。

「不好意思，再陪我一下，不要疑神疑鬼。我們說好到醫院的，不是嗎？」

「嗯。」

「妳的手機，借我一下好嗎？」

「板波先生的手機呢？」

「沒電了。我要打去醫院跟醫生說我現在要過去了。」

手機裡面有完整的個人資訊，佳菜子雖然不想借給陌生人用，但想了想似乎沒有其他辦法。佳菜子取出從錄音起就一直保持關機的手機。

「請等一下。我想打電話回事務所。」

「我馬上就還妳，快點，借一下，這裡不能停那麼久。」

佳菜子被對方急躁的口吻壓迫，不甘不願地把電話遞給駕駛座上的板波。

「哦，很有少女情懷嘛。」板波盯著手機上的吊飾。佳菜子嘟嘴想：吊飾只有一條，而且是以狗狗為主角的外國動畫角色，哪裡有少女情懷。

「這裡不能停太久，先往前開一段路再打好了。」板波將佳菜子的手機放在儀表下的抽屜內，把車子往前開。本以為他會立刻打電話的佳菜子，張大嘴巴，說不出話。

「替人找回憶也能變成工作啊。」轎車加速並穿過車流時，板波對佳菜子搭話。

「回憶說來簡單，可是裡面蘊含著濃厚的情感和人性，不是單純用懷舊就可以解釋。」面對板波不以為然的態度，佳菜子板起臉孔說。她腦中閃過自己接的第一件案子「書寫溫暖字跡的男人」那位二手書店老闆立石潤造說的話：「這世界上沒有比人心更重要的東西了。」

「可是，回憶不光只有好的吧？」

「當然，也有不想再回想的……」

「就是說。」板波意有所指地說。

「可是就我們接受委託尋找回憶的經驗而言，並沒有像板波先生說的那種不愉快回憶。」

「所有事情都有一體兩面吧？」

「一體兩面？」

「就像光和影。有人希望喚醒回憶，反過來說，一定有人打死都不願想起某些事。」

打死都不願想起某些事——

對佳菜子來說，只有一件事情、一個畫面她絕對不願再想起。

「怎麼，妳也有打死都不想起的事情嗎？」

「……爲什麼你這麼想？」

「我不是說過了，妳都寫在臉上。那個誰啊，呃、友子嗎，木下友子，我在講她的事情時，妳的表情很不自然。十年前，沒錯，我說到十年前時，妳的表情就怪怪的。」

板波爲了木下友子的委託來敲回憶偵探社大門，他居然一瞬間想不起友人的名字。板波和友子不熟嗎？既然如此，怎麼會花錢替她尋找回憶呢？不，從板波剛才的言論，他根本就不重視「回憶」的價值。既然如此，他又爲什麼要來回憶偵探社呢？

佳菜子從後座盯著板波的背影。

「十年前發生什麼事，讓我這位新進日本畫畫家磐上敦爲妳找出回憶好了。」

磐上敦？不是板波孝嗎？難道他用假名！

她聽雄高說過，假名通常會與本名互相呼應。他那時爲了取藝名想破頭。

磐上敦（bangami atsushi）和板波孝（itanami takashi）——假使將板讀作ban（註），就變成bannami，發音很像。若板波是假名，那木下友子的初戀故事很可能是假的。到底哪些部分是謊話？又爲了什麼說謊？佳菜子回想起板波，不，是磐上在車內移動時的樣子。他當時的腳——左腳已經跨過座位，要把右腳拖過來時，他的右腳直接朝臀部處彎折。他的腳眞的受傷了嗎？難道連坐輪椅也是假的？

「怎、怎麼會這樣……」

「不用擔心，我又不要妳的錢。」磐上笑著。

一陣恐懼頓時襲來，佳菜子縮起身子，喉嚨乾渴，氣管收縮。這時，車子變換車道，速度加快。下一個紅燈停下來時，佳菜子覺得自己說不定有機會可以跳出去。

「車門還是要鎖好才行，要是從行進中的車子摔出去可會發生事故。」

佳菜子覺得毛骨悚然。難不成他會讀心術？

「爲什麼你要這麼做？」她抱著豁出去的心情，從喉嚨擠出聲音。

「和妳最喜歡的回憶有關啊。」

回憶？

但我對磐上敦這個名字一點印象也沒有。

難道會和那個最可怕的回憶有關——會嗎？

不可能。

凶手已經不在這個世界上了。佳菜子雙手緊握。

4

一定要盡快找到她。浩二郎思考下一步該怎麼走。回憶偵探社曾引進一個管理系統，每個成員都可以用GPS搜尋對方的位置。但被搜尋的人必須開手機，而且按下允許搜尋的選項，否則無法找出對方。

註：「板」音讀為ban，訓讀為ita。

一旁的由美不斷地重撥佳菜子的手機。

「沒人接嗎?」浩二郎問由美。

「手機沒開。」

「沒想到關鍵時刻這東西卻派不上用場。」浩二郎想像佳菜子和自稱板波的男生在一起的情況，忍不住咬牙切齒。他想佳菜子的手機一定一開始就被拿走了。

「永松怎麼這麼久還沒回。」浩二郎思考，永松和上司討論能否發動緊急動員後，應該會打來。而且，怎麼沒有派鑑識官過來。浩二郎按捺不住聯絡永松。

「學長，很抱歉。」永松消沉地說。

「怎麼回事。」

「他們說，案件已經結案了。」

「上層的人這麼說!」

「……」

「他們怎麼解釋記號?」

「那個……」

「那個記號不可能憑空出現。」

「可是……」

「而且，當時完全沒有對外公布這個消息。」

「上層說，說不定有些八卦雜誌爆料過。他們認爲大白天怎麼可能輕易誘拐，又是成年女性。」

「爆料？他們根本沒有證據。他們認爲沒必要一開始就跟十年前的事件連結嗎？」

「他們說等一個晚上，人還沒有回來再說……對不起，學長，沒幫上忙。」

永松也很困擾。將過去以嫌疑犯死亡作結的案件重新翻出來檢視，就等於否定當時的調查結果。換句話說，這等於批判當時指揮辦案的高層人士。這在上下關係極爲嚴格的社會中意義重大，當過刑警的人都知道。

「當時的凶嫌在短短數十分鐘內，奪走兩條人命。」

而且用非常殘忍的手法。假使佳菜子正和十年前的凶嫌在一起——光想到這點，就讓人咬牙切齒。浩二郎氣自己。他後悔自己怎麼可以讓佳菜子在事務所遇上十年前逃過一劫的凶嫌。放任佳菜子從自己的地盤被人帶走的屈辱讓浩二郎全身顫抖。

「要是到了晚上，橘小姐還沒回來，請聯絡我。」

「我知道了，我會自己想辦法。」

「學長，不要太過勉強，也要考慮到大嫂的情況……」

浩二郎一語不發地掛斷電話。

「警察不肯行動？」

「GPS也沒用，就只能寄望附近店家的監視器了。」

浩二郎仔細思考，板波不太可能突然綁架佳菜子。既然他假裝是坐輪椅的青年，最有可能的情況是讓佳菜子輔助他，再趁機把她帶走。他利用佳菜子的善良，把她引誘到自己的車子旁邊，甚至想好藉口，要佳菜子替他開車。

浩二郎聽板波在錄音機中說話的聲音，似乎可以感受到他這樣的企圖。

「不習慣操作輪椅的人，要自己坐輪椅來到事務所，表示他停車的地方應該不遠。」

由美攤開周邊的住宅地圖，用麥克筆圈起四處停車場的位置。

「東邊是京都御所，西邊停車場靠近府警本部，他應該不會選那。」如此一來，可能的停車場就剩北邊一個，南邊兩個。

「再遠一點的話，就容易引人矚目。」

「好，就鎖定這三個。」

由美將三個停車場附近的店家整理成清單，浩二郎照著名單上的電話號碼一家一家打去詢問。他問店家有無裝設監視器，並說明自己正在尋找一名推著輪椅的女性。但裝設監視器的店家，也只願意配合警方調查，沒有一家願意借他們調閱影像。

打到第七間，終於獲得目擊者的情報。一名賣線香的香木店女店員印象中有看見一名女性推著輪椅經過。

事務所的位置正好面對貫穿京都市區的大道烏丸通。與此條路平行，往西邊隔一條街的道路稱作室町通。從這條路往南一百公尺左右有一間投幣式的小型停車場。停車場再往前十公尺遠，就是香木店。

浩二郎事先問過由美今天佳菜子的服裝，他向店員確認後，確定沒錯。

「他們兩人往哪個方向走？」

「室町通是南向的單行道。至於我們的店，前面那間是京都店，後面那間是本店。兩間店大概隔一百公尺。」這家以藥材行起家的老舖是在室町通一帶發跡，由於名氣響亮，僅隔一百公尺就開了兩間店。

「兩間店之間有一座停車場吧？」

「沒錯，我在京都店看見那位小姐。她往南邊走，坐上一台深藍色轎車往丸太町方向開。」

「深藍色轎車嗎，請等一下，停車場應該在您目擊到的店家的南邊不是嗎？」

既然是往南的單行道，往南的車輛應該不會從店家門前通過。

「我正好從前店回本店，剛好在那名小姐後方。」店員說自己是在京都店目擊佳菜子經過，同時在本店前面看見車子通過。「我們這裡離紅十字會很近，時常看見他們的女員工推著輪椅。可是那位小姐似乎推得很幸苦，我印象很深刻。大概還不習慣。」

再加上坐輪椅的人也不習慣的話，一定更難控制，難怪平常看慣輪椅使用者的女店員對她有印象。

「您確定是深藍色轎車嗎？」

「是的，她推輪椅時一副提心吊膽的樣子，開起車來突然變得很敏捷。」

「開得很猛嗎？」

「我那時心想，這小姐開起車來怎麼性格大變。」

佳菜子開車離開，而且是不符合她個性的駕駛方式。

「車牌號碼呢。」

「這個沒注意。」

當然，浩二郎不至於期待對方連這點都注意到。

「謝謝妳，幫了我很大的忙，感謝。」

浩二郎讓三千代留在事務所，並要她連絡雄高和持續撥打佳菜子的手機，自己則跨上由美的機車。沒有重機駕照的浩二郎坐在後座，讓由美載。浩二郎要由美推掉與「少女椿的夢想」一案中擔任通譯的女兒杉山沙也香的約，因爲他突然想到，接下來須借助重機的機動力。由美的重機型號是GSX750S「KATANA」（註），外型如其名，非常帥氣，由美騎上去時身體須前傾。重機的坐墊並非分開的兩個座位，而是一體成形但有高低落差，因此坐在後座的人身體不得不貼近前面的人。

「抓緊我的腰。」由美穿著紅黑相間的騎士裝，一瞬間露出不好意思的表情。

「好，我們從烏丸通南下！」

他們的目的地是位於第二個紅綠燈的餐廳。靠著由美迅速換檔以及靈敏的換道，轉眼間他們就抵達餐廳。餐廳老闆從浩二郎還在當刑警時就認識。這個老闆以前在北區一家柏青哥店當店長。當時浩二郎在調查某件殺人案件，偶然揪出一名手段陰險的詐騙師。

所謂的詐騙師，就是對拉霸機的ＰＣ電路板動手腳，運用插入晶片等手法，控制機率的變動機制，藉不法手段大撈一筆。由於這名詐騙師曾加入危及店家經營的詐騙集團，警方抓到他，店長的喜悅自然難以言喻。此後，他一直很樂意幫忙浩二郎收集情報。這名店長後來存到一筆錢，開了一家夢想已久的創作料理餐廳。

浩二郎根據板波把車停在事務所南邊的停車場，以及他隨口說出枚方一帶地名的態度，猜測他應該朝南前進。同時，他也想起一家位於烏丸通，設有置監視器的餐廳。假設板波的車往南開，應該會被那台監視器照到。

餐廳的老闆因爲招牌被人惡作劇弄壞過，所以設置一台鏡頭朝外的小型監視器。浩二郎趕到餐廳找到老闆，說明自己正在追蹤某台車，直截了當地提出調閱錄影帶的要求。

「當然沒問題。」老闆立刻帶浩二郎穿過廚房，到旁邊的辦公室調錄影帶。

浩二郎抱著祈禱的心情盯著畫面。假設板波的車子沿著烏丸通往南，不難推算出車子經過餐廳的時間帶。

「就是它！」浩二郎發現深藍色轎車時大叫。

運氣不錯，攝影機剛好照到一台短胖型的深藍色轎車停在紅燈前的車陣。

「可以拉近嗎？」

「沒有這種功能。」

「我要借錄影帶。」

「實相先生只要開口，我義不容辭啊。」店長開玩笑地說。

「感激不盡。」浩二郎取出錄影帶，轉身和還在店外頭等的由美會合。

「有什麼需要隨時跟我說。」他身後傳來店長的聲音。

註：「刀」的意思。

5

兩人乘著KATANA朝位於伏見的研究所前進。他們找前科搜研的茶川大助商量過，對方介紹他們到一間分析儀器廠商的研究所，他的學生在那裡當所長。據說那人是分析錄影帶畫面的權威也是平時很少稱讚人的茶川，少數肯替他掛保證的人。

他們以法定限速內不可能到達的時間抵達研究所。浩二郎逐漸習慣前傾的姿勢，但一路上疑神疑鬼，擔心有僞裝警車出沒，一段路程下來仍相當疲累。若因爲超速當場被攔下來，大概就百口莫辯了。不過由美十分熟悉附近，反而騎得光明正大。

浩二郎和由美走進研究所，機器已經待命。似乎與浩二郎同世代，自稱小田切的所長接過錄影帶後插入放映機。錄影帶的影像出現在電腦螢幕。當那台藍色轎車一現形，畫面就被暫停。「就是這台車吧。」

茶川似乎已告訴他有關深藍色轎車的訊息。浩二郎點點頭。

「我會擷取這台車出現的每一格暫停畫面，用影像處理軟體去除雜訊。」小田切手指飛快地敲打鍵盤。螢幕畫面變成十六分割，都是藍色轎車的車影。小田切在鍵盤敲了幾下，原本朦朧的輪廓隨著畫面閃爍變得鮮明。很快地，車型確定了。三菱Outlander3.0L深藍色，與其說是普通轎車，不如說更接近現在流行的ＳＵＶ車。

他接著鎖定駕駛人。那是從副駕駛座的窗戶看進去的畫面，隱約可看人的側臉，但看起來和打馬賽克沒什麼兩樣。陸陸續續去除雜訊後，可看見駕駛人的頭髮及肩。

「是佳菜。」由美伸長手指，指著螢幕上一個小白點。

「這是？」浩二郎問。

「這是我買來送她的縮緬布髮夾，我很確定。果然是佳菜在開車。」

「小田切先生，再來我們想知道……」

「車牌號碼是吧。」小田切很快回應。

「沒錯，看得到嗎？」浩二郎盯著只能用鍵盤操作的螢幕。

「最後一格可以看到變綠燈後車子往前移動的畫面。監視器的鏡頭偏南，幸好是廣角，運氣好的話應該可以看到。」

「拜託你了。」

小田切將在畫面中呈現斜面的車牌放大至全螢幕，開始進行雜訊清除作業。和剛才不同，這回小田切似乎陷入苦戰。他眉頭深鎖，嘴抿緊。

但是，現在只能等待了。

小田切與模糊的車牌畫面奮鬥了將近三十分鐘。

「小田切，進行得如何？」突然，一道聲音竄進研究所。

「茶川先生。」由美看著門口。

門口的茶川一臉怒氣沖沖，他把帽子從頭上取下。

「計程車費待會再跟你算。」

「茶川先生，你也來了啊。」浩二郎也抬起頭。

「聽到這消息教人怎麼工作，事情大條了。不是我說你啊，浩二郎，怎麼回事啊，我想說這麼重要的小姐交給你，你應該會好好保護她才對啊。」茶川鼻息粗重，可見他有多麼擔心佳菜子。

「我太大意了。」浩二郎低頭。

「這可不是說大意就能交代過去。對了，小田切，目前狀況怎麼樣？」

「老師，好消息是監視器鏡頭是廣角，但修正需一點時間。」小田切敬畏地回答。

「這樣啊。對了，浩二郎，畫面分析就交給小田切，那先借我看一下，就是那張素描。」茶川走到研究所中央的長桌。浩二郎從由美手中接過素描畫的影本拿給茶川。「就是這個記號嗎，確實很像案發現場的記號。不過現場的記號是用黏呼呼的血畫的，歪七扭八。」

「我直覺就是這個記號沒錯。」浩二郎望著茶川。

「這個案子因爲嫌犯留下遺書後自殺，最後沒對記號做更進一步調查就作結了，眞是愚蠢。」

「假使就是把佳菜帶走，自稱板波的男人畫下記號，他要不是十年前的嫌犯，不然就是熟知當時事件的人。」

「不過，都已經過了十年，爲什麼突然又……」

「一定是變態。」由美轉頭對著茶川說。

「原來如此，大概是跟蹤狂那一類。」茶川眨眼點頭。

「妳是說，那個人這十年來一直跟蹤佳菜？」

「所以才叫變態啊，浩二郎大哥。」由美說她當護理師的時候，曾有七年被跟蹤狂跟蹤。但很奇怪，當中空了三年沒有跟蹤。「我猜那人是白領菁英，三年被派到國外工作。」由美說。

「所以說，那人回國後又繼續跟蹤由美？還眞執著啊。」

「就是有這種人啊。」

「就是心理有病嘛。咦？」茶川拿出放大鏡。

「發現什麼了？」浩二郎看茶川。

「這張圖有拿去影印過嗎？」

「有，我印了一張放在雄高的桌上。」由美回答茶川的問題。

「也就是說，妳以這張圖爲原稿，又印了一張是吧。」

「沒錯。」

「最初的原稿上沾到了某種東西，然後再透過靜電吸附在影印機的玻璃板上。之後，你們以這張圖爲原稿再複印一張，所以將它放在影印機的玻璃板上，結果玻璃板上的東西又沾到這張圖，說起來有點複雜，總之，如果眞是這樣，或許我們又多了一條線索。」茶川向研究員索取培養皿和羽毛刷，他用羽毛刷在影印紙表面來回拂拭。一會兒，茶川轉頭看看四周，突地起身，把培養皿的粉末放入一台類似洗碗機的大型儀器。據說那是最新型的粉末分析儀器，茶川把這當自家一樣使用起來。

「主要成分是碳酸鈣。然後還有磷、鐵，還有……」一邊看分析結果，茶川的臉色變得紅潤。「胺基酸。裡面有十八種胺基酸。這粉簡直營養滿點。」

「膠原蛋白？」

「不愧是由美小姐，對美容與健康的知識很有研究。沒錯，我猜應該是膠質。」

茶川補充說明，膠質有百分之八十七由膠原蛋白組成，其他還包含百分之十的水分以及鈣、磷、鐵。而這張沾到的東西，成分除了色胺酸，還包含胺基酸。

「可以說白話文嗎？」浩二郎覺得自己正在上化學課，有聽沒有懂。

「我不知道這張素描什麼時候畫的。不過上面的粉末是重要的物證，我們可以得知板波的生活環境。這浩二郎應該很清楚。」

「因爲那是人體遺留的證據。」

「這些粉末除了剛才說的碳酸鈣，還包括富含蛋白質的營養物膠質。這兩種成分的組合，只有一種可能，那就是日本畫用的顏料。」茶川將培養皿遞給年輕的研究員，交代他放進電子顯微鏡中。「等我一下。」茶川換座位，盯著與顯微鏡連結的螢幕。然後他充滿自信地說：「你看這麼漂亮的細微粒子，錯不了，是白色的顏料。」

「白色。可是，爲什麼顏料會有膠質？」浩二郎問。

「膠質顏料。特別是白色顏料，通常由貝殼和膠混合製成。」

「也就是說……假如這張技巧精湛的素描畫，是板波自己畫的，就表示他是個懂畫畫的人，而且有日本畫的底子，當然身邊就有這種白色顏料。」浩二郎激動地說。

「現在的顏料通常會添加氧化鈦，但這是天然物，而且純度相當高。這麼天然細緻的顏料我是第二次看見。」

「你之前就看過了？」

「是啊，我家的大姊也很會畫畫，所有道具都要用最上等的。京都府的U市有一間專門賣顏料的店，那裡就有賣這種白色顏料，叫『胡粉』。」

「胡粉？」浩二郎高聲覆誦陌生的名詞。

「胡粉的原料採用一種叫板甫的牡蠣品種。不過現在全日本還維持純古法製造的店，大概就剩下那家了。」

茶川說明，這種顏料用歷經十五年風吹雨打的貝殼爲原料，並將上下殼分別搗碎，再加水磨製而成。若不做到這麼講究，畫出來的色彩就無法呈現溫潤的白色。

「日本濕氣這麼高的地方才做得出這種顏料。」

「板波平時生活環境會有這麼稀有的顏料？」

「這就是重點。素描畫中的女子長得和佳菜十分相似，但臉型和五官不一樣，這是相當高明的技巧。」

「對方是畫家？」

「只有專業的畫家才會使用這種等級的顏料。」

「打電話到那家店問看看。」浩二郎麻煩由美用她的手機搜尋店家電話。

「車牌解讀還需一點時間，不過，你看這個。」浩二郎正要撥打由美剛搜尋到的聯絡電話時，小田切拿一張放大到A4大小的照片給浩二郎。

「是他，他就是板波。」

照片剛好捕捉到昏暗的後座中，男人的臉往左前方一瞥的瞬間。

「就是這個男的，就是他來事務所。」由美看了一眼大叫。

「本來以爲畫面太暗可能看不清楚，但至少看得出輪廓。」小田切語氣興奮。

「謝謝你。」浩二郎道謝，轉頭對由美說。「由美，請把這張照片傳給店家。」

浩二郎打電話給顏料店時，照片已經透過電郵傳過去了。

「他是從事繪畫方面工作的人，請問是你們的客人嗎？」

對方已知道他們是回憶偵探社，正在找人。

「啊，是磐上，磐上敦老師。」

「磐上！」浩二郎聽過這個姓。

「老師又開始畫日本畫了嗎，眞是太好了。他父親淳三郎老師一定很高興。」

「是啊，後繼有人。」浩二郎隨口敷衍幾句便掛斷電話。

「茶川先生，嫌犯是磐上。」浩二郎對著茶川大喊。

「什麼！磐上。」

「對，磐上敦。」

十年前浩二郎調查那宗案件時，曾見過磐上。當時，浩二郎懷疑嫌犯的自殺不單純，徹底調查他周遭，磐上正好是嫌犯交友名單中的一人。但當時只有詢問他關於自殺少年的事情。因爲佳菜子雙親遇害的時間，他有不在場證明，不至於顚覆調查結果。

「一開始看到素描畫的時候就要發現才對。」

難不成浩二郎內心熊熊燃燒的憤怒之火，已被十年的時間冷卻了嗎？

「認出車牌號碼來了！」此時，小田切的歡呼聲響徹研究所。

6

深藍色的ＳＵＶ停在四方形的水泥建物前。建物周邊種植整齊排列的樹木。佳菜子的手表指針指著三點半。她已經和這名叫磐上的男子一起行動超過五小時了。

這人知道那宗可怕的事件。他說不定早就知道我是被害者的女兒，才特地來造訪。若真是如此，他的目的爲何？佳菜子在腦中飛快地思索。

「到了，辛苦妳了。」磐上的關西腔突然消失，他用另一種語調對佳菜子說話。

到底怎麼回事，難道連關西腔都是假的？不過，一個人說話的方式會改變聽者的解讀，他現在的說話方式讓佳菜子產生錯覺：好好跟他交涉的話，他說不定肯放我走。

佳菜子思考著有沒有方法可以從這名陌生男子手中脫逃。下車瞬間趁機脫逃嗎？但這裡杳無人煙，她也不知道自己身在何處。車子開進小路已有一段時間，對沒有地理概念的佳菜子而言，這裡簡直和迷宮沒兩樣。

用跑的對她絕對不利。更別說她從小就不擅長跑步。

不行，一定馬上被抓住。

佳菜子告訴自己，自己不再是當年軟弱的高中生，而是遇到任何問題都能找出解決辦法的偵探社一員。現在不能輕舉妄動，當務之急是確認這裡的位置，還有這棟建築物。

「這裡是父親爲我準備的工作室。」

男人的口吻變得很有禮貌，側臉也很沉穩。

「這原本是染色工廠，面積大概六百坪，而且離馬路有一段距離，必須經過好幾條錯綜複雜的小路。所以，若想對外求救……不，我個人覺得，佳菜子小姐應該不至於有這麼愚昧的想法。」

聽到他叫喚自己名字時，佳菜子不禁毛骨悚然，她提醒自己千萬別小看對方的敏銳。佳菜子的眼神和表情變化都逃不過他，而且每每說中佳菜子內心。佳菜子提高警戒，自己須面無表情，否則老被他看出的自己想法，就只能被牽著鼻子走。

磐上下車，從外面拉開後座車門。

盛夏的熱風和刺眼的陽光撲打在佳菜子臉頰。

「我要回去了，請問這裡是哪裡？」佳菜子下車後對磐上說。

「我很不喜歡說謊，不過佳菜子小姐對我來說是必要的存在。我不可能讓妳回去。」

「就算你需要我，我也要回去。而且我沒有道理聽你的話。」

她的心臟跳得很快，但一旦開口說話，似乎慢慢平復下來。

「道理嗎？關於這點，我們進工作室再慢慢說。」磐上的手放在門上。

「我沒有話要和你說。」佳菜子知道，進這扇門後一切都完了，她站穩腳步，轉身想離開。「好痛！」佳菜子感覺有人抓住她脖子。磐上緊抓她的頸部，力道十分強勁，佳菜子難以抵抗。「沒想到妳有這麼魯莽的一面。」

磐上強行把她拉回來，拖進建物內。裡面像極老舊的學校禮堂，飄散著類似香木和蠟燭的味道。一股無力感襲罩著她。佳菜子覺得自己很沒用，今天若是由美被抓住，至少會回磐上一巴掌吧。

進到裡面，磐上才把手從她脖子上抽走。佳菜子撫摸著脖子，觀察內部。四周立著許多屏風畫當作牆面。在佳菜眼中，這裡每一幅畫都像是日本畫和西畫的折衷版，有一種故弄玄虛的味道。因爲這些畫乍看之下，主題都是外國風景、建築和人物。

「妳應該聽過磐上淳三郎這號人物。」

「我知道磐上淳三郎……」

「很不幸，我是他兒子。」磐上微微抽動右臉，一臉厭惡且不屑地道，但並沒有粗鄙的感覺。

「既然你是名門之後，爲什麼又——」佳菜子的話被打斷。

「妳聽過磐上淳三郎，但應該沒聽過磐上敦？」

「不是這樣的，那只是我孤陋寡聞。」佳菜子低頭。她根本沒有必要道歉，但現在的他似乎具有某種魔力，逼她不得不這麼說。

「大家都看不到我，只看到偉大的淳三郎畫家。我父親的畫根本就不是藝術，至少和我追求的境界完全不同。但大家那麼推崇我父親，把他的畫當作寶。」磐上強迫佳菜子坐在堅固且有靠背的椅子上。佳菜子眼前有一張榻榻米大小的木桌，上頭隨意擺著和紙以及素描用的炭筆。「我已經抓到美的精髓了。早在十年前，我差點就完成了，要不是遇到障礙——直白地說，那些礙手礙腳的人妨礙我。」

「十年前。」她又聽到磐上說出不舒服的關鍵詞。

「十年前，在京都的伏見。」

「伏見……」

「這和在御香宮畫素描那件事完全是兩碼子。」

「那段故事是騙人的嗎？」

「不是騙人，但也非事實。」磐上站起身，盯著佳菜子的臉，他的表情十分沉穩。「雖然現在說這些都無濟於事。我親手將阻礙清除掉了。」磐上在佳菜子臉前揮動自己的右手手掌。

「……阻礙？」

「妳應該聽出來了。我清除障礙、殺死礙手礙腳的人，也就是佳菜子小姐的父母。」他冷靜地說。佳菜子失去思考能力。難道說，從剛剛到現在滿嘴胡言的磐上，只有殺害她父母這件事是在說實話嗎？她不相信。

「我割斷佳菜子小姐的父母喉嚨。」

這人到底怎麼回事！正常人能面無表情地說出這種話嗎？佳菜子搖頭，告訴自己不要被騙了。「我的父母怎麼會礙到你。」

「但他們確實如此。很遺憾，他們只能死了。」磐上靜靜地坐在隔壁椅子上。

佳菜子不自覺地撇過頭。慢了一拍的怒火和憎恨從內心深處湧上。她想把所知道的最骯髒言語都罵出口，但腦中一片空白。相反地，她的淚腺有反應。當她想起曾經相信永遠能與父母圍著餐桌同聲歡笑的自己時，眼淚流了出來。

「很難過嗎？都過了十年了。」

「惡魔！你是惡魔！」

她僅吐出平凡的咒罵。她太無能爲力，這股心情令她淚如雨下。

「太遺憾了，追求美的人竟被喚為惡魔。」

「你比惡魔還不如！」她其實想要更激動地咒罵，但聲音哽咽在喉頭。

「我不覺得我做的事情是善，但他們擋到我了，行大善前，這是必要的小惡。」

「你居然說是小惡！」

「沒錯，僅止於此。」

「你到底把人命當什麼……把我的父母還來！」

「不可能，我不是神。」

「為什麼、為什麼，我父母到底哪裡礙到你了。」

「我只是想追求極致的美。」

「美……」

「我想創造出極致的美，但磐上一族的血液不夠格。」磐上拿起紅色炭筆，隨手在一張和紙上塗起來。「妳看過這個記號嗎？」

一個漩渦般的記號。佳菜子似曾相識。

「這是一千多年前，中國雲南省少數民族使用的象形文字，叫東巴文，妳應該有聽過。這個記號在東巴文中是血的意思。」

佳菜子竭盡全力理解他說的話。

「這是流傳在科學時代之前的文字，妳不覺得長得很像某種存在嗎？」

我不想聽殺人魔承認殺人的藉口。我只想知道你為什麼殺死我父母。

佳菜子擠出最後一絲力氣問道。

「這是雙螺旋，DNA。」

磐上這麼說，佳菜子重新凝視他畫的記號。看起來確實像仿照雙螺旋所畫的，但無法想像這個記號就是DNA的意思。

「而且它很像音樂符號，讓人感受到蘊藏在血液的基因以及生命的律動。」

「這跟我的父母又有什麼關係？」

「我非常尊敬活在文明時代之前的人。他們保有敏銳的感性，而這正是欣賞美不可或缺的要素。相較之下，二十一世紀的人類正在墮落中。當然包括我和我父親。因此，我須毫無保留地相信自己的感性，清洗磐上一族墮落汙穢的血液。我想留下我認爲美的東西，爲此，我必須找到配得上我的美感材料。」

他正陶醉其中。磐上正陶醉在自己的言詞中。

「材料？」

「橘佳菜子，就是妳。不要哭泣，因爲妳是萬中選一，應該感到光榮。」磐上移動到桌子另一頭說：「這就是完成型。」將掛在畫架上的白布取下。上面掛著一幅畫，畫中少女和她在事務所看到的素描畫一樣，正對著佳菜子微笑。

「如何？不覺得這就是美的極致嗎？眼睛、鼻子，還有嘴唇。尤其上唇形狀完美，勻稱好看，尖端如富士山尖窄的峰頂。」

「這到底……」

「這是我們一起創造的孩子。佳菜子小姐和我的小孩，明白嗎？」

「我不懂！」

「我馬上就讓妳了解。」

「住手！」她雙手壓緊裙擺。

「妳別誤會，那是十年前的事了。現在我最大的願望就是和佳菜子小姐合而為一，一起死去。」

「不要！我死都不要。」佳菜子猛地從椅子上起身。她往玄關方向跑，但頭髮被揪住而退後幾步。由於太過疼痛，她蹲下來。

「這裡就不會像十年前一樣，出現礙手礙腳的人。」他拉扯著她的頭髮，強迫她坐在椅子上。佳菜子這次流淚是因為疼痛。為什麼我會碰到這種事？這個男的和我一點關係都沒有啊。佳菜子怨嘆自己的不幸。

「十年前，我希望將妳據為己有。我試著接近妳，想好好跟妳說話。」

「你就是戴棒球帽和墨鏡的男生。」

「我怕被別人認出來。」

「你太亂來了，那種裝扮，哪個高中女生看到不害怕。」

「所以我直接進你家，拜託你父母，讓我見妳一面。沒想到他們居然責罵我，要我不准再靠近妳。」

「所以，你就把我父母——」

「我的動機十分充足，他們妨礙我創造極致的美麗。」

「太荒唐了！你根本不是人！」

我會被這個人殺死。就像當時一樣——

恐怖與絕望使佳菜子全身虛脫。

十七歲之後約莫有十年的時間，她一直因爲這男人的罪行，飽受後遺症所苦。她生命的時間宛如靜止在那一刻，多年來不斷與恐懼奮戰，早已身心俱疲。直到在回憶偵探社工作後，總算慢慢找回自我。就在好不容易找回些許自信，相信以後不用再心驚膽戰過生活時，直接跳到人生的句點，這樣的人生未免也太苦了。幾個小時前，她和由美吃午餐時還聊到浩二郎、雄高以及目前接手的案子，她內心深信今天一定又是充實的一天。

我想活下去。

只要能活下去，其他的我什麼都不要。

但我又不想照著這個男人的話做。既然如此——

「你爲什麼想死？」

只好爭取時間。

大家回到事務所發現我不見後，一定手忙腳亂。偵探社的同伴們說不定有辦法找到這裡來。由美親眼看過磐上的長相。這是唯一的希望。佳菜子試著思考各種可能，但她發現自己似乎沒留下任何線索。把輪椅推到磐上的車子後，自己應該立刻回到事務所，居然連一張紙條也沒留下。

對了，我有把和磐上的對話錄下來。

錄音筆。

不，他說謊僞裝自己，根本沒有線索可以連結到磐上的身分不是嗎？

「你應該沒有理由尋死。」佳菜子看著一臉訝異的磐上。

「我感到絕望。」

「爲什麼？你明明有畫畫的才能。」

「十年前，妳還是少女。但現在二十七歲的妳已經被玷汙了。我失去洗滌血液的機會，繼續活下去也沒什麼意義了。」

「既然你覺得我不再可以利用了，那就放過我。」

「找另一個替代妳的人嗎？我在法國等地花五年遍訪，就是找不到與我感性契合的材料。妳不了解妳的優點。」

佳菜子聽到禽獸讚美的言語，感到反胃。「我從十七歲開始就因爲你做的事，使我人生中所有一切都停滯不前。你打斷我的人生，你知道嗎？」

「夠了。」磐上按下遙控按鈕，設置在四個角落的喇叭播放出鋼琴樂曲。拉赫曼尼諾夫的鋼琴協奏曲第三樂章。音量十分驚人。「來，讓我們許下永恆的愛的誓言。」

音樂放得這麼大聲而不怕吵到鄰居，意味著這裡有多麼偏僻。

再這樣下去眞的會被殺掉。橘家的血脈就會斷送在這隻禽獸手上。

我絕對不會讓這種事發生。

佳菜子冷靜下來，再次環視房間。

車鑰匙放在桌上。

對了，手機放在磐上車內的儀表板抽屜。有沒有辦法跑回車子上？只要能把手機拿出車外，邊跑邊開機，打電話回事務所求救，他們應該可以用GPS定位出這裡的位置。佳菜子思考有沒有辦法引開磐上的注意。她想到一個方法，但必須磐上還保有一點藝術上的執著，否則無法成功。

主動出擊才有可能獲救。

佳菜子豁出去，伸手去拿某樣東西。

7

桌上並排各種繪畫工具。佳菜子伸向其中一個黑色容器。她迅速打開瓶蓋，果然如她所料，是墨汁。

「妳要做什麼？」

「我夢想成爲一名書法家。」

「現在說這個做什麼？」

「我最喜歡墨汁的味道。」

「我問妳現在說這些做什麼？」

「反正都要被你殺了不是嗎？你不是想要我的命嗎？」

「我希望妳和我一起死。我希望妳來和我的絕望陪葬。」

「還不都一樣。反正我再也無法拿毛筆了，不能寫毛筆字。啊，這味道眞香。」佳菜子把墨汁湊近臉，努力裝出著迷的樣子。她不知道什麼樣的表情才是超出常軌。不過現在有範本，那就是磐上說話時一連串的表情。

「我承認書法有書法的美。我也知道書寫者的靈魂就蘊藏在微妙的運筆中。」

「你不可能明白，你說謊。」佳菜子緊握墨汁容器，盡可能壓抑感情說出這句話。

「別小看我，日本畫也包含書法的要素。以前的人甚至提倡『書畫一致論』。」

「吳道子？」

佳菜子說出中國唐代書畫家的名字。吳道子主張書畫同源，認為兩者筆法共通。

「妳很清楚。沒錯，我認為書法和繪畫在本質上擁有相同的內涵。」

「這不過是牽強附會。」

「牽強附會？」

「你不可能眞的了解。」

「眞會說大話。我和妳不同，至少我是日本畫畫家。」

「那又如何？」

「妳只是一個外行人。」

「吳道子說書法和繪畫都是人格的表現，作品會直接呈現畫者的人格，你應該知道這點。」

「人格嗎？照妳的說法，好像暗示我缺乏談論書畫的人格。」

「是的，你沒資格談論美感。」

「也許妳說得沒錯。」磐上雙手交叉胸前嗤笑說。

現在一定要讓他保持亢奮，否則計畫就不會成功。

佳菜子對著一副事不關己的磐上重複道：

「你沒資格談論美感。」

「這我可無法下定論。」

磐上一副無所謂地直視佳菜子，大言不慚地說。他的眼眸閃爍出一股莫名噁心的光芒。佳菜子看到他眼中發出怪異的光彩，確信磐上就是殺死雙親的凶手。她終於醒悟到自己太天眞，難怪一直有一種與現實脫節的感覺。殺人對眼前的人來說，根本不痛不癢。如果沒辦法順利脫逃，自己一定會沒命。佳菜子想到這裡，持墨瓶的手指不禁微微顫抖。

「但美感和人格毫無關係。」

「怎麼會沒有關係。」

「現實就是如此。」

「你弄錯了，不是這樣。」

「我親眼見到，世間如何讚賞那位代表日本的日本畫畫家。」

「你說磐上老師？」

「那個男人根本毫無品格可言。可是又如何。妳應該看過代表作《綴文之女》吧？」

佳菜子不認識畫界泰斗磐上是怎麼樣的一位畫家，不過她在美術雜誌封面看過《綴文之女》這幅作品，裡面畫一位梳著丸髻（註）的女性手肘撐在長方形的几案上，手持小楷沉思，表情引人遐想，似乎正斟酌字句寫信給某人。特別是那位女性持小楷的手指非常纖細，令佳菜子印象深刻。

「妳覺得那幅畫怎麼樣？」磐上用彷彿看穿人內心深處的視線盯著佳菜子。

「我不記得了。」

「騙人。」

「眞的。」

「妳腦中浮現畫中女子的手指。」

「……不是，才不是。」聽到磐上一針見血的指謫，佳菜子心頭一驚。

「世人都覺得那幅畫很美，目光都被女子拿筆的手指吸引，妳也是吧？」

「我覺得很美，有什麼不對嗎？」

「我說過了，那傢伙品格低下。」

「每個人在家裡和在外面表現出來的樣子，本來就不一樣。你們是家人，或許比較容易看見私底下隨便的模樣……」

「妳說那傢伙是家人？不要再說這些廢話了。人格和藝術本來就沒有關係，這是千眞萬確的事。妳不能因爲我殺害妳父母，就說我沒資格談論美感。聖人君子的美反而陳腐，缺乏獨創性，無趣。話就說到這邊了。」

「我還以爲你對美的愛戀會更執著些，眞遺憾。」佳菜子盯著墨汁容器說。

「什麼？」磐上身體前傾，車鑰匙就在他前面。

「我最愛墨汁烏黑的色澤。」

「什麼？」

佳菜子起身雙手握著墨汁容器，像握槍一樣伸向前，矛頭指向一張圖，正是磐上畫的想像兩人結合後所生下的孩子。

註：已婚女性的髮型，呈橢圓形包頭。

「住手，妳要做什麼，別動我的畫！」

「這種爛畫！」

「這可是我死前最後一幅作品！」

佳菜子舉高晃動墨汁，接著緊捏瓶身，順勢往下揮。黑色液體越過桌子，噴灑在臉龐帶著稚氣的仿佳菜子畫作。畫布濺滿黑色飛沫。

「開什麼玩笑。」磐上急忙衝到畫布旁邊。

佳菜子照著先前的盤算，趕緊拿起車鑰匙，一溜煙地往出口跑去。

「……我的作品。」

佳菜子無視磐上的哀嘆，打開門衝到外面。

她打開車門坐在駕駛座上，接著轉動鑰匙啓動馬達，引擎立刻發動。總之要盡量遠離磐上的地盤。她將自動變速器打到D檔，接著鬆開手煞車並握緊方向盤，踩下油門。車子往前滑行時，佳菜子左手伸進儀表板抽屜，摸到手機吊飾的娃娃，覺得它比平時可愛百倍。她順著手機吊飾抓住了手機。

然而，前方竟是死路。佳菜子驚嚇地閉上眼睛，急踩煞車，然後她左手緊握手機，右手操作方向盤，趕緊迴轉。大概是單手操作不熟悉的車子，再加上大部分注意力都放在手機上，她沒意識到前方有異，再度猛踩油門時，前擋玻璃似乎撞到什麼。

她用右手確定門鎖有上鎖，接著提心吊膽地張開眼睛。

「啊！」

前擋玻璃一片鮮紅。

難道是那個人。

佳菜子直打哆嗦，全身僵硬時，前擋玻璃下方緩緩伸出一雙手。那雙染滿鮮紅色的手掌緊抓住雨刷。

8

「我是磐上。」磐上淳三郎接起電話，不悅地說。浩二郎先打去淳三郎家中，但不巧對方外出。浩二郎連續打了不知幾家畫廊，終於在位於東山的某間畫廊逮到他。

「唐突請教您這個問題，請原諒我的無理，因爲這件事非常嚴重，關係到人命。請告訴我令公子磐上敦先生人在什麼地方。」浩二郎表明自己的職業後立刻問道。他怕心裡著急講太快，刻意放慢速度。

「偵探找敦做什麼？而且，你說關係到人命，恐怕言重了。」

「敦他帶走了一位女性。」

「帶走女人？」

「應該說他綁架了一名女性。」

「既然如此，那你應該去報警才對。」淳三郎冷淡地說。

「我已經聯絡警方了。因爲時間緊迫我就直說了。敦他可能和十年前某樁殺人命案有關。而且他現在打算犯下更嚴重的案件，所以請告訴我他可能會逗留的地方。」

「十年前……」浩二郎聽淳三郎的語氣，感覺他正在搜尋過去的記憶。

他知道些什麼——淳三郎的沉默給浩二郎這個感覺。

「磐上先生！」

「你是說敦涉嫌殺人？開玩笑也要有個限度。」

人說話言不由衷的時候會有一種空洞感。現在磐上說話正給人這種不舒服的感覺。浩二郎覺得磐上父子之間的關係存在著某種隔閡。

「沒有時間了。不趕快阻止他的話，敦又要犯下罪行。」

「等等，你用『又要犯下』這種說法就太超過了，傳出去多難聽。」

「讓我來阻止他。我是負責十年前那宗案件的刑警。」

「你是刑警？」

「是的，曾經是。正因如此我非要阻止他不可。」

「我兒子敦和殺人命案無關。」

「磐上先生。我們對敦的行動很多地方無法理解。他綁架一名女性，卻在我們這邊留下指紋、聲音，還有一幅畫，我感覺不到他任何想隱藏罪行的意圖。」

「我不懂你的意思。」

「他在自暴自棄。」

「……」

「現在分秒必爭啊。」

「如果他帶走的人是女性……」

「如果是女性……」

「我想應該會去他的工作室。但你確定眞的是敦嗎？」

「他已經被人指認。」

「眞傻，怎麼會那麼傻。」淳三郎發出低聲的吼叫。

「工作室在哪裡？」

「工作室……」

「到底在哪裡！」爲了斬斷淳三郎心中的猶豫，浩二郎高聲催促。

「京田邊市高船I町的一間廢棄學校。門牌是京都府，不過靠近奈良縣的生駒。」

「感謝您的協助。」

「喂。」淳三郎叫住正要掛斷電話的浩二郎。

「是。」

「他從國外留學回來之後，我看得出他很努力，雖然還不成熟，但我對他有很高的期許。千萬別讓敦做出傻事。」

「我會盡力。」浩二郎簡短說完便掛斷電話。

他立刻拜託茶川聯絡府警的永松，並指示事務所的三千代監視淳三郎的行蹤。

下午五點過後，剛好是國道一號線開始堵車的時間，但對由美騎的KATANA來說，完全沒有影響。機車每變換車道，後座的浩二郎身體就會跟著左右搖擺，像流水一樣在車陣中穿梭。他們穿過高速公路和高架橋，渡過木津川大橋後，附近大卡車開始變多。

即使如此，由美仍毫不畏懼，絲毫沒有減速。

進入京田邊市的住宅區後，從太秦回來的雄高打電話來。

機車停在路肩後，浩二郎脫掉安全帽接電話。

「實相大哥！」雄高發出沉痛的聲音。

浩二郎告知他們正前往磐上的工作室。

「我這邊也一直持續追蹤佳菜的電話，不過都沒有回應。」

「有件事要拜託雄高。」

「什麼事？」

「三千代正在東山的畫廊監視磐上淳三郎。」

「他的父親嗎？」

「我覺得他們父子之間的關係不單純，我也說不上來，感覺不到溫暖。你先聯絡三千代，和她接手。」

「他們的父子關係會是這次事件的導火線嗎？」

「不知道。總覺得他們父子感情不好。」

浩二郎掛斷電話，他一戴上安全帽，由美立刻發動機車前進。

車流量越來越少，由美再加快速度。就在右邊的天空化爲一片火紅時，機車離開住宅區，沿著田園地帶往南奔馳，上下坡度增加，連續經過好幾條像產業道路般的小路。行駛路線稍微轉爲偏西，道路坡度越來越陡峭。茶田層層疊疊，附近天色逐漸昏暗，原本綠油油的景色逐漸變成墨綠。車子爬上坡道，道路忽然豁然開朗，生駒山彷彿近在眼前。再稍微往前行駛，出現一幢大型木造建築物。

「浩二郎大哥，就是那間。」由美大喊。

「好，我們直接騎進校園。」

木製的校門早已腐朽，失去分隔作用。KATANA行駛在土地柔軟的校園中。每當車子輪胎空轉失去平衡，由美立刻修正拉回，兩人逐漸接近老舊校舍。

但環視周遭，不見磐上的車。機車一停下，浩二郎立刻拔腿前衝。

他被鬆軟的泥土絆住腳，但依然朝校舍玄關全力衝刺，衝進舊學校內。

「佳菜！」

沒有人回應。

浩二郎喊著佳菜子的名字，在走廊上奔跑，探查每一間教室。昏暗的教室中，隨意擺著畫架、畫布、和紙、屏風。教室的隔間被拆掉，二樓的天花板也被打通。從挑高天花板的採光窗投射進來的光線十分微弱。

浩二郎靠著微弱的光線，屏氣凝神尋找人的蹤跡。

但他沒發現任何人的氣息。

難道已經——浩二郎甩開腦中的不安，走遍工作室的每個角落。但還是一個人影也沒有看見。他靠著手機的亮光重新搜索越來越昏暗的工作室，連桌下和屏風後面也不放過。

「浩二郎大哥。」由美進入校舍。

「剛才都沒有人出去吧？」

「沒有，一個人都沒有。雖然天色越來越暗，但若有人經過，我不會漏看。」

「我這裡也是，一個人都沒有。這就奇怪了。」浩二郎用手機的光照走廊。走廊上清楚印著浩二郎的腳印。「妳看，只有我的腳印，這裡很久都沒人使用了。」

「眞的，從玄關到這裡，只有我們兩人的鞋印。再往前就只剩浩二郎大哥的腳印。會不會佳菜不是被帶到這裡？」

「這裡確實很像磐上會逗留的場所，但或許是他父親猜錯了。」

「怎麼辦，浩二郎大哥，天已經要黑了。」

「我先打電話給雄高，看磐上的父親現在在做什麼？」浩二郎按下雄高的手機號碼。

「佳菜她沒事吧。」雄高一接起電話立刻問道。

「工作室一個人也沒有，而且看起來好一陣子沒人使用。」

「怎麼會這樣。」雄高沮喪地說。

「你那邊如何？」

「永松刑警帶著鑑識人員來事務所了。」

「永松肯出擊眞是太好了，我們這邊也要想辦法跟上。淳三郎呢？」

「我和大嫂換班了，現在正在跟蹤他。」

雄高開著事務所的輕型車，追在載著淳三郎的計程車後頭。

「這樣啊，那你們現在在哪條路上？」

「二十四號線往南，剛進入大久保。他從國道切出去，轉了好幾條路，我不太清楚目前正確的位置。左手邊……剛經過大久保的陸上自衛隊屯駐地。」

「我知道了，你小心開，繼續追。我會用手機的GPS確認位置和你會合。」

浩二郎直覺，破解整個事件的關鍵掌握在磐上的父親手上。

「由美，磐上的父親現在人在大久保，我們趕緊追上。」浩二郎邊戴安全帽邊說。

9

紅色的手掌緊貼在玻璃窗上，一動也不動。

從鮮血的量來看，磐上應該受傷不輕。佳菜子心想，自己必須做點什麼才行，至少先確認他受傷的狀況。佳菜子想要按下電動窗的按鈕。但即使按鈕只離她三十公分遠，她的手卻完全不聽使喚。

她想，要先叫救護車。

佳菜子想打開緊握在左手上的手機掀蓋，但打不開。她想用手指摳住手機的掀蓋，手指卻滑開。她訝異手機怎麼變得那麼薄。為了確認，她把手機拿到眼前，但這時車內已經一片漆黑，一時看不清楚。

什麼？

她倒抽一口氣。手機被折成兩半，螢幕的部分不見了。

什麼時候被折斷的？

面對磐上深不可測的惡意，佳菜子眼前一片昏暗，快喘不過氣。過度換氣症發作了。不管吸多少空氣進入肺部，呼吸仍無法緩和，反而還覺得腦部缺氧，忍不住張大嘴巴一開一闔地幫忙呼吸。

她胸口非常激烈地鼓動，卻覺得像是破了洞的風箱似，不斷在漏氣。

她聽專科醫生說過很多次了，過度換氣症不會致命。她理智上可以理解，但情感上卻覺得自己經歷的痛苦或許和其他病患和病例不同。

溺水的人，都是這麼痛苦地死去嗎？但是這裡並沒有水，而且空氣應該還足夠，不可能會窒息。佳菜子拼命地告訴自己。但平時她一旦引發這種呼吸困難的症狀就難以平息，更何況在車內這麼狹小的空間，狀況更加嚴峻。她渾身發抖，鼓起力量再次把手伸向電動窗按鈕。她全身都趴在門邊，臉緊貼著玻璃窗。

她將力量集中在僵硬的手指，伸向按鈕，好不容易才抬起中指。她加上身體的力量按下按鈕。門框喀拉一聲，窗戶下降了約十公分。夜晚的暖風從縫隙竄入，撫過佳菜子的額頭。外面的空氣流進車內，但佳菜子依然覺得喘不過氣來。

黏膩的汗沿著鬢角滑下。

我想要空氣。她在心中呼喊，並試著嘗試腹式呼吸，但無法鼓起肚子。

呼吸、我無法呼吸。

她開始記不得自己平時怎麼呼吸。當她意識到自己快失去意識時，內心一股蠢蠢欲動的不安感彷彿從四面八方襲來。

她把力量再度集中在手指，窗戶又下降了十公分。

她看見窗外昏暗的夜空與建築物的陰影逐漸融爲一樣的黑色。

突然，一隻白色的手臂從半開的窗戶伸進車內。那隻手臂的動作像條蛇一樣靈敏，倏地打開門鎖。

她發不出聲音，只能瞪大眼睛看著。

窗戶外，磐上的臉像大特寫般貼在玻璃上。他笑了笑，站起身。

「妳用墨汁，我就用紅色。這是日本畫用的紅色，是從胭脂蟲的雌蟲身上萃取出的胭脂蟲萃。簡單說就是蟲血。妳看這顏色真美。」

「……」

「怎麼，過度驚嚇說不出話來了？看妳喘得那麼辛苦，來，我幫妳。」

「不要……」但佳菜子肺部的氣不夠說話，體力也不夠用來抵抗。磐上打開車門，手臂旋到佳菜子背部抱起她。佳菜子被抱進工作室時，遠遠看著磐上的車，發現前輪下躺著一張畫架。

原來佳菜子撞到一張畫架。

工作室裡面有一張簡易床。

「妳很痛苦。」磐上讓佳菜子躺下後坐在一旁的椅子。「馬上讓妳舒服一點。」

我好想放鬆。佳菜子內心深處如此渴望。溺水的人也沒有痛苦這麼久吧。現在只要能讓我從痛苦中解脫，要我做什麼都願意。

「妳把我最後的作品毀了，反而讓我對這世間沒有任何留戀。」

磐上起身，消失在屏風的另一頭。不久，他手上拿著一只塑膠袋回來。

「妳想舒服一點吧？」

佳菜子點點頭。雖然這是自然的反應，她眼角仍不住流下溫熱的淚水。

「我說過了。我希望和妳分擔絕望，不是要妳像人偶一樣順從我。」

「……」

「讓我來幫妳。」磐上對塑膠袋吹氣，接著將塑膠袋口壓住佳菜子的嘴。

不行——

10

雄高在淳三郎下計程車的地方待命。沒多久，由美的KATANA也抵達現場。

淳三郎下車的地點，其實離大久保的陸上自衛隊屯駐地不遠，是一間廢棄工廠。

「他在這裡下車，然後走進去裡面。」雄高指著被車頭燈照射的工廠大門。

「這裡以前好像是染色工廠，招牌有點模糊，不過還看得見。」浩二郎走到從車窗探出頭的雄高旁邊。

「這裡占地很大，大概是工業區的等級。」

「完全可以避人耳目。」

「連大白天進來這都很危險。」雄高把車上的手電筒遞給浩二郎。

「進去吧。」浩二郎走前面，由美和雄高跟在後面。

「他沒有帶燈進去？」浩二郎問走在由美身後的雄高。

「應該是。」

「只靠月光啊。」

東方天空掛著初十六的月亮，蒙了一層霧。

裡面似乎是多間工廠合併設置，到處都看得到圍欄，像迷宮一樣。大概是每棟建築物看起來都一樣，加上天色昏暗，浩二郎感覺他們一直在同一個地方繞來繞去。走了十分鐘左右，他們發現唯一一棟有光線從天窗流瀉而下的建築物，前面正好停著一台和監視器錄影帶上一模一樣的SUV車。

「那是？」雄高喃喃道。

車子的前擋玻璃，有一塊污痕。但光靠建築物流瀉出來的燈光無法確定爲何物。

「快去看看。」浩二郎使了一個眼色。

「是佳菜子。」由美制止兩人。大家停下腳步，確實有女生的尖叫聲傳來。

「還有男人，一定是磐上父子。好，待會我和雄高直接衝進。佳菜子就交給由美負責了。」浩二郎和雄高壓低身子，小跑步朝發出聲音的建築物接近。浩二郎先繞建築物一圈後，和雄高分別緊貼在門的左右兩側。由美也縮著身子跟在浩二郎身邊。「入口只有一處，待會聽我的指示一起衝進去。」

浩二郎仔細聽裡面發出來的聲音，愼重確認三人的位置。

「別礙事！」

「醒醒吧，敦。」

「我是認眞的，別阻撓我，否則我連父親也一起排除。」

「你先離開她。」

「我要帶她走。」

「不要，住手、放開我。」

佳菜子在最裡面，磐上在她身邊，最靠近出入口的是淳三郎。

「佳菜和磐上離得太近，幾乎緊靠在一起。」浩二郎小聲告訴雄高。

「要想辦法分開他們兩個。」

「磐上打算拉佳菜一起陪葬。」

和十年前不同，磐上越來越大膽。十年前，他犯案後會做好周全的隱蔽工作，警察上次也確實沒逮捕到他。但這次手法相當粗糙。假使他打算拉佳菜陪葬，一切就說得通。

「他很可能手上有凶器。」

「應該沒錯。」不過，人的集中力很難長時間維持，一定會露出破綻。哪怕兩人只稍微分開一點點。必須抓緊磐上離開佳菜子的那個瞬間。「時機是關鍵。」

他試著喚回刑事時代培養的敏銳直覺。

只要有足夠的魄力，對方就會照你心中所想行動。這是精通劍道的哥哥對他說過的話。贏得勝利的關鍵在於，能不能自由自在地控制對方的行動。真正的勝利者不是看裁判宣判有效擊打是面或小手這種小地方，而在於他能否駕馭對手的心。

這股能量的源頭來自自身的魄力。

浩二郎將全身的注意力集中在耳朵，仔細感受裡頭傳來的氣息。

「難道說你打算用那東西殺死自己的父親嗎？」

他應該是指凶器。就他十年前的手法來看，應該是刀械。人格和犯罪手法一樣，只要有過成功的經驗，就不會發生太大的變化。

「不要再讓場面見血了，父親。拜託，讓我做我想做的事。」

「如果你不想再讓場面難看，就離開那位小姐。」

「佳菜子不一樣。不能和她一起的話，就沒有意義。」

「放開我。既然要殺我，你剛才爲什麼不殺死我算了，爲什麼要把我救回來再刺死我，你怎麼這麼殘忍。」佳菜子的聲音帶著嘶啞。她剛才一定經歷很大的恐懼，大哭大叫過才會這樣，完全聽不見她獨特的怯弱嗓音。

「她提到刺死？」雄高警覺地看著浩二郎。

「他離佳菜很近，伸手可及。」

「對了。」雄高把身子彎低到手快碰到地面，跑到SUV車前面。那裡有一張畫架。他撿起畫架，再保持低姿勢回來。「拿這個當盾吧。玻璃上面的斑痕我看應該不是血，它乾掉了，但還是紅色，沒有變色。」

「是顏料嗎？」

「嗯。」

「好。」浩二郎開始覺得在哥哥的劍道場磨練過的雄高越來越可靠了。

兩人繼續屏息探聽裡面的動態。

「聽佳菜的聲音，她好像快不行了……」豎耳傾聽的浩二郎喃喃道。

「我先進去吧？」由美冷靜地在浩二郎耳邊悄悄說。

「妳進去太危險了。」

「我進去的話，佳菜應該會安心不少。我不覺得那個人會不由分說地對女生動粗。」

即使一瞬間也好，只要讓磐上對佳菜子稍微分心，或許就有機會壓制他。但不能否認，這個行動伴隨著一定的風險，我不能輕易答應由美的提議。浩二郎猶豫了。

「浩二郎大哥，雖然我力氣不大，但應該比佳菜有力氣。」由美十分認真地盯著浩二郎說。佳菜子已經精疲力盡，大概無力抵抗。但若是由美，說不定能和磐上過上一招。

「雄高，趁磐上被由美分散注意力時，我們衝進去，沒問題吧？」

「好。」

「那麼由美，我待會開門，妳就朝右前方走去。」

「右邊嗎？好。」

「佳菜和磐上現在應該在我們左前方，大概位於建築物正中央。妳對磐上說話，分散他的注意力。等那傢伙離開佳菜一段距離，妳就大喊『佳菜』。淳三郎就站在門的後面，我們會從他背後衝過去。」

浩二郎觀察裡面的狀況，把手放在門把上。「由美，不要太勉強，知道了嗎？」

「知道。」

「好，那拜託妳了。」

聽到浩二郎這麼說，由美在門前擺好姿勢。

11

「過度換氣症可以靠吸二氧化碳治癒。」磐上對塑膠袋吐氣，讓佳菜子呼吸。但他這麼做不是爲了救佳菜子，而是爲了拉她一起陪葬。由美教導佳菜子發作時的處置時曾說，外界盛傳吸二氧化碳就會好，但這其實非常危險，很可能會丟掉性命。但佳菜子早已身心俱疲，即使想抗拒，也一點力氣都沒有。

正當她打算放棄一切時，有人敲門。

「敦，是我。」聽到這句含糊不清的說話聲，磐上像彈簧一樣彈離佳菜子。

「開門。」

「有什麼事嗎？」

「別鬧了，快開門。」淳三郎語氣轉爲強硬。磐上老老實實地整理衣衫，打開門鎖，又立刻回到佳菜子身邊。

「敦，你到底在做什麼？」這位初老的男性身材高眺，鼻子下面留著一撮鬍子。

佳菜子想到自己可能獲救，稍微恢復元氣。

「父親來做什麼？」

「原來就是這位小姐啊。你把人家抓來？」

「我並沒有抓她。」

「救命！請救救我。」

「別吵了。」磐上抓住佳菜子的手臂，把她拉到跟前，目不轉睛地盯著淳三郎。「我想我們有些誤會。我只是沒經過她的同意，要她當我的模特兒而已。」

「不是、不是這樣的。」

「閉嘴！」磐上朝佳菜子怒吼。「父親也不能阻饒我畫畫，誰敢阻撓就排除誰。」

「排除是什麼意思？」

磐上從簡易床架下取出一把收在原木劍鞘中的匕首。

「你連這都拿出來了嗎？」

「磐上家家傳的『脇差白鞘拵』（註）。你看這把脇差，作工精細。」磐上把脇差從原木劍鞘中拔出揮舞，刀身上印著類似雲海圖案的刀紋。

「不要！」佳菜子尖聲大叫。

「你最好住手。冷靜一下。」

「和這名女性一起死，才能終止我的絕望。」

「我才不要，絕對不要。」

「別做傻事！」

「別妨礙我。」

佳菜子聽著父子的對答，不禁覺得淳三郎根本無心阻止兒子的暴行。言語中似乎還帶著「你一個人死就好」的意味。這個父親到底把他兒子當作什麼？佳菜子內心的不安越來越強烈。

這時，門靜靜地開了。

「是誰？」聽到磐上這麼說，淳三郎把話吞下去地回頭。

「由美姊！」佳菜子大叫。

那是臉龐白淨，長髮後束，全身穿著皮衣騎士裝的由美。

「為什麼妳找得到這裡！」磐上懊惱地怒吼。

「被你們騙得團團轉，我們找得好辛苦。磐上淳三郎老師也真過分，指引我們去一間沒人使用的工作室。」

「指引他們到工作室？父親，究竟是怎麼回事？」盤上表情狼狽地問淳三郎。

「有一個偵探問我你平時在哪逗留，不過我可沒說這裡。」淳三郎心虛地說。

「為什麼妳找到這裡？」磐上轉向由美，警戒心升高，左手抓住佳菜子的手腕。

「靠你留下的胡粉。」由美往右邊走地回答。

「胡粉？」

「沒錯，人真的不能做壞事。」由美蹬著地板，走往牆壁。

「可惡，別動。」

「這些都是半成品？拿來當完成品也無不可。」

由美無視磐上的命令背對他，雙手交叉胸前，開始鑑賞起掛在牆上的畫。

她毫不畏懼，光明正大。看到由美如此表現，佳菜子心中逐漸鼓起勇氣。

註：「脇差」是武士配備的次要武器，也是平民百姓等非武士階級可合法攜帶的防身武器，刀身較短。「白鞘」是指原木製作、素面的劍鞘。「拵」是指刀柄或刀鞘上的塗裝或造型。

「妳的同伴也來了嗎？」磐上的詢問略帶膽怯。

「你說回憶偵探社的同伴？」

「無所謂了，你們全都是阻礙！」磐上用力拉扯佳菜子的手。

佳菜子手被擰痛了，不得不站起來。

「你可不可以不要那麼粗魯，佳菜看起來很痛苦。」

「有些事我不得不做。」

「男性要紳士點，怎麼可以對女生這麼粗魯。」由美繼續看著牆上和桌上的畫。「這張圖和影印的那張一樣，畫失敗了？」由美站在被佳菜子噴灑墨汁的那張畫前。

「當妳的同伴到達這裡時，我和佳菜子小姐已經到很遠的地方旅行了。」

佳菜子脖子傳來刀器金屬的冰冷感。

「別衝動。這些都是日本畫的原料吧？質地眞細緻。」

「別碰。」

「好，那我讓你冷靜一下！」由美抓住裝白顏料粉的容器，剎那間四周一陣朦朧。

由美一口氣把白色顏料灑出來。「佳菜！過來。」佳菜子朝由美說話聲音的方向跑去。她感覺自己的手臂不知被誰抓住。那是一雙柔軟的手。是由美的手。被由美拉去門邊的途中，她看到兩道動作迅速的黑影與她們擦身而過。

體格壯碩的應該是浩二郎，身材高眺的應該是雄高。

「磐上敦。束手就擒！」浩二郎的怒吼聲迴盪在工作室中。

趁磐上眼睛吃進由美潑灑的胡粉，全身掙扎時，浩二郎用身體撞他。他毫無抵抗地往後跌倒。浩二郎坐在他身上，奪取脇差往後扔。

「你竟敢對佳菜子——」浩二郎舉起拳頭往磐上臉上擊下。

「嗚。」磐上呻吟。

「實相大哥，夠了。」身後傳來雄高的聲音。雄高把脇差收進白鞘，用掛在畫上的白布包捆起來。這可是重要的物證。

浩二郎扶磐上起身。磐上嘴巴流出鮮血。

「敦，你一句話都不要說，剩下交給律師就好。」淳三郎站在遠處說話。

「雄高，幫我聯絡永松好嗎？」交代完後，浩二郎強迫磐上坐在大桌旁的椅子。「我是十年前負責橘家慘案的刑警。」

「我知道，我在調查佳菜子小姐的時候，連你也一塊調查過了。」磐上一邊確認口中受傷的狀況地回答。

「敦，你什麼都別說。」淳三郎朝他靠近了幾步。

「磐上先生，在警察來之前，請讓我跟令公子說幾句話。」浩二郎目不轉睛地瞪著淳三郎並且堅定地說。淳三郎眼神閃躲，不甘不願地走到屋外。

這時雄高剛好和他錯身走進來。「事情的經過我都向永松刑警報告過了。佳菜的話，由美姊正送她去飯津家診所。」雄高說完直接坐在磐上旁邊，預防他逃走。

「辛苦了，這裡交給我就好，你到外面替我監視他父親。」

雄高用眼神表示了解，走到屋外。浩二郎視線越過雄高背部，盯著一張畫看。畫中白色盤子上放著一塊起司，一旁放著一把餐刀，那是一張平凡無奇的靜物畫，但就日本畫來說，構圖很少見。浩二郎目光離開那幅畫，轉身對磐上說：「十年前那椿案件是你幹的？」

磐上沉默不語。那態度彷彿在說：你又不是刑警，沒必要對你說。即使如此，浩二郎仍很想問清楚。

「動機是什麼？」

「說了你也不懂。」

「哦，不說關西腔了啊。」浩二郎這才了解爲何剛才在外面偷聽他們說話時，有一種格格不入的感覺，因爲他的用字遣詞和從錄音筆中聽到的差很多。

「果然你也是這種人，喜歡用外表和談吐判斷人。你以爲坐輪椅的就是弱勢？」

「你的意思是被騙的人活該？」

「我的意思是你們看不到人的本質。」

「十年前，爲什麼你要殺死佳菜的父母，他們並沒做錯什麼。」浩二郎自己也明白這種說法很老套，但忍不住脫口而出。

「沒做錯什麼？」磐上直盯著浩二郎的臉。

「難道你認爲他們有罪？」

「當然。」

「他們犯了什麼罪？」

「我不過想要追求終極的美。而他們阻擋了我。居然把追求美感的人當作跟蹤狂。」

「這就是你的動機嗎？」

「你根本不懂。」

「你打從心底厭惡你的父親，但又因爲超越不了他而覺得懊惱。像小孩子鬧脾氣，這就是你眞正的動機吧？」

「你想說什麼……」

「你以爲人活著可以完全沒有抱怨嗎？」

「抱怨？如果你以爲這就是我的動機，那我可就傷腦筋了。我追逐更崇高的理想。」

磐上撇過臉，張望工作室內自己的作品。

「殺害橘氏夫妻是崇高的行爲嗎？」

「我不想和不懂的人談論這件事。」磐上遙望遠方似地半瞇著眼，語氣不屑。不想談論。這是浩二郎當刑警時常聽到的回答。會說這句話的，通常都是內心有很多想法，而且亟欲在別人面前高談闊論的人。至少浩二郎在偵訊室裡遇到的嫌犯都是這樣。

沾染犯罪惡習之人，通常在年幼時期，心中就已埋下種子。而播撒犯罪種子的人，通常是家人。當然，家人並不會直接誘發他們犯罪，只是預先撒下種子。包括溺愛導致過度保護、忽視、家庭暴力、性侵害、權力霸凌等等這些行爲都會成爲犯罪的種子。他們十分渴望別人能理解這些種子如何在他們心中發根，伸枝，直到犯下罪行。當說故事的渴望讓他們的胸口隱隱作痛之前，他們會說「我不想談論」。這或許可視爲他們預先布下當自己不被理解還能自圓其說的最後一道防線。

「我已經不是刑警了，不需分析動機，只想知道折磨我同伴的元凶爲何？」

「知道了又能怎麼樣?」

「你只是用美這個字來掩飾你的罪惡,你還不懂嗎?磐上敦是個污穢之人。」

「你說我污穢?」磐上張大眼睛瞪著浩二郎。

「沒錯,懦弱又令人作嘔。」

「令人作嘔?」

「你十年前留下的怪異螺旋,醜陋至極。這次的素描畫也有畫出,可見你很喜歡這個圖案。但亂七八糟,無法辨識。」

「閉嘴,你這個外行人,明明連它的意義都不懂。」

「這麼醜陋的圖案,不懂也罷。」浩二郎刻意露出冷笑。

「那是神聖的文字。是在感性豐沛的時代中,東巴族想像的『血』之形象。你看,長得很像雙螺旋。」

「那只是妄想。」

「你根本什麼都不懂。」

「我不想懂。」

「你不是問我動機嗎?磐上淳三郎,表面偉大的父親,但其實是個色情狂。他貪求女人到連我都搞不清楚我現在有幾個兄弟姊妹。我媽就是因爲這樣才變得瘋瘋癲癲的。可是你看世間的人怎麼看他。在日本畫界,磐上淳三郎換越多女人,身價越是水漲船高。世間的人都瞎了眼,只看他鍍金的外表。我父親眞正污穢的部分,是他的血液。他曾大言不慚地對我說,不是只有從純粹提煉出來的東西才叫美,有些純粹的美必須要從汙濁中誕生。

你看看我，我繼承了這種人的血液。因此，我下定決心，告訴自己一定要從純粹美好的東西中創造出最極致的美。佳菜子小姐對我來說，就是極致的美。」

「所以你纏著佳菜不放？」

「一開始我只想請她當我的模特兒而已。我有好好地跟她父母解釋。沒想那兩個人只憑我的外表就認定我是跟蹤狂，根本沒看見我的本質。」磐上兩眼無神看著浩二郎。

「你搞錯了。」

「什麼？」

「你視障礙爲敵人，但沒有障礙眞的就是好事？」

「我只是排除阻礙我的人而已。」

浩二郎想起磐上對自己父親說的話，他會排除妨礙他的人。他眞的無法忍受眼前出現障礙。「你太孩子氣了。」浩二郎嘆氣。

「是純粹。」

「聽好了，障礙不全然是壞事，有時甚至會帶來助益。」

「怎麼可能。」

「我對繪畫一竅不通，就像你說的是外行人，但我看你掛在門口的那幅靜物畫，卻感受到一股難以言喻的魅力。它表現出西畫和日本畫的衝突，我覺得很有意思。你能畫出這樣的畫，全因爲你把淳三郎這片高牆視爲你最大的阻礙，否則的話，你永遠只能當淳三郎的追隨者。要將障礙視爲助力，或是敵視它像小孩一樣鬧脾氣，全憑你一念之間。」

「這種事，怎麼可能……」他彷彿要接著說「辦得到」，但又把話吞回去。

這時，警車的鳴笛聲逐漸朝這裡接近。

「實相大哥，眞的很抱歉。」永松把磐上銬上手銬後，對浩二郎低頭。

「哪裡，剩下就交給你了。」浩二郎沒多說什麼。

被永松帶走的磐上，走到門前時停下腳步。「偵探先生。」磐上開口。

「什麼事？」

「你剛才說這畫很有魅力，衝突什麼的，說得頭頭是道，確實像個門外漢會作的評論。不過，如果你不嫌棄，這幅劣作就交給你處理。」語畢，磐上走出門外。

「敦，你一句話都別說。你身上帶著病。」淳三郎站在雄高旁邊，看著坐上警車的兒子大喊。

「病？」浩二郎走到目送紅色警示燈遠去的淳三郎身邊。

「那小子腦部受過傷。」

「腦部受傷？」

「沒錯。十年前那樁案件，我隱約知情，所以才讓他去歐洲留學。但他言行舉止依舊很不正常，最後我只好把他送去法國的醫院診斷。後來才知道他腦中掌管價值判斷的額葉受損。這個病使他往往重視自身的快樂大於對善惡的判斷。」

「他的快樂來源就是美吧。」

「應該是。」

「爲了美甚至不惜殺人？」

「我兒子沒有正常的責任能力。」

「磐上先生，難道你也希望把你兒子……」

——排除是嗎？

浩二郎無話可說。

兩天後，永松來到回憶偵探社。他帶消息過來，因爲磐上敦的腦部核磁共振檢查報告結果出來了。病名是腹內側前額葉皮質損傷引起的「高階腦功能障礙」，要判定他有責任能力的可能性不大。

他們並沒有把這個消息告訴住進飯津家診所的佳菜子。因爲，無論如何，只要磐上還活在這個世上一天，佳菜子的內心就無法獲得平靜。

「實相大哥，磐上的畫你要怎麼處理？」雄高問。

「我想等現場採證結束後再拿。」

「那人畫的東西好不舒服。」由美顫聲道。

「他的畫有股難以言喻的魅力。我希望有一天，佳菜能夠將他的畫當作一般的畫作欣賞，我相信那天一定會到來。」

回憶確實有難受的時候。但不管辛苦也好，悲傷也好，層層堆疊起來，就是人生。

浩二郎對自己如此低語。

第四章

少女椿的夢想

1

一之瀨由美帶橘佳菜子去K大醫院。

由於佳菜子剛經歷生死交關，實相浩二郎指示由美先帶她去飯津家診所住院一陣子，待她心情緩和後，慎重起見再去大醫院做精密檢查。浩二郎判斷，佳菜子的過度換氣症才剛發作過，最好先去飯津家醫師那裡休養。一方面，飯津家醫師比較了解她的個性，另一方面，他希望佳菜子待在自己看顧得到的地方。中午前，佳菜子就會做完所有檢查，下午兩點過後就能聽取報告。兩人先在一樓的咖啡店吃些輕食，等待檢查結果出爐。

「今天早上看到妳的臉，總算放心了。」由美在自助式餐廳，大口咬下剛端來的總匯三明治。

「害妳操心，眞的很不好意思，我已經沒事了。」佳菜子露出開朗的表情。

「磐上敦已經向警方坦承十年前的事件了。昨天在浩二郎大哥底下做事的刑警來事務所跟我們報告這件事。」

由美沒告訴她磐上有「高階腦功能障礙」，判定有無責任能力仍是未知數。

「這樣啊。」

兩人將糖漿倒進裝著冰紅茶的玻璃杯，用吸管攪拌。冰塊發出匡啷匡啷的聲音。

「聽說他自己承認是他慫恿朋友假扮成凶手，然後再殺死他，營造成自殺的樣子。他還說，他覺得最後大概瞞不過警方，所以才假裝去歐洲學畫深造，其實是要逃跑。要是當時警察辦案時更愼重一點就好了。」

「實相大哥他一直覺得凶手另有其人。」

「只有浩二郎大哥最可靠。」由美自吹自擂似地說。「對了，警察偵訊妳的時候，好像講蠻久的。」

「對啊，好累。」

「這難免。妳也挺勇敢，撐那麼久。」由美瞄到佳菜子纖細的後頸上有一道瘀青。

「其實我很害怕，不過我相信你們一定會來救我。」

「妳相信？」

「對，雖然我眞的一度覺得大勢已去。最後還是選擇相信。」

「相信浩二郎大哥？」

「相信……偵探社所有人。」佳菜子對由美綻開笑顏。

「我看是浩二郎大哥。」由美抬頭挺胸。

「由美姊什麼時候認識實相大哥的？」

「第一次見面是我還在醫院工作的時候。」

「我記得沒錯的話，由美姊以前工作的地方，應該就是這間醫院對吧。」

「沒錯。」

「實相大哥哪裡不舒服嗎？」

「身體不舒服的，不是浩二郎大哥……」不知爲何，由美說不出三千代的名字。

「啊、是三千代姐？」

「嗯，因爲酒精依賴，把身體搞壞了。」

浩二郎來醫院，照顧因爲酒精依賴住院的妻子三千代。

「所以實相大哥來照顧她？」

「沒想到給他看到我凶巴巴的模樣。」

由美像是打斷佳菜子的話似的，回憶起當時情景。由美的學妹被院內重量級的教授性騷擾。她向護理長告狀，但護理長似乎屈服於權威，沒有給她正面回應。不僅如此，護理長甚至居中協調，希望這件事能用金錢解決。由美知道這件事後，怒不可遏。

她直接找護理長談判，堅持教授應該向學妹賠罪。

「當我和護理長劍拔弩張的時候，正好被浩二郎大哥看見。」

「由美姊當時一定很可怕。」佳菜子露齒笑了一下。

「因爲……我一向嫉惡如仇，沒辦法。」

「後來呢？」佳菜子用吸管喝冰紅茶。

「後來，被害者自己慢慢屈服了。」

「怎麼會這樣？」

「我不知道，也許爲了錢，也許她未婚又年輕，覺得丟臉，害怕事情被傳出去。」

「怎麼這樣。」

「而且，她還對我說：『這又不關妳的事，妳氣什麼。』」

由美第一次跟浩二郎說話，是她去病房幫三千代打點滴的時候。

「他問我，剛才看妳和護理長起爭執，還好嗎？」

「確實很像實相大哥會說的話。」佳菜子眼神發亮地看著由美。

她過去臉上常有的膽怯神情已不復見。由美心想，說不定佳菜子就是那種越挫越勇的女人。她在醫療現場看過許多年輕護理師歷經許多殘酷的考驗後越來越堅強。

「我心想這人眞是愛管閒事，不過他的眼神和一般人不同。」

「眼神？」

「浩二郎大哥的眼神，該怎麼說，也不是同情，我說不上來。老套地說就是很溫暖，感覺這人不只是好奇問問而已。」

「我也有同感。我那時想，刑警先生明明來做筆錄，爲什麼對我這麼好。」

「是啊，只是一個刑警。但這就是他會做的事。」由美說到浩二郎時，眼睛看著遠方。隨即，她回過神來，急忙窺看佳菜子的表情，但她似乎沒有特別的反應。由美發現自己又開始自我意識過剩。「看看我，一副好像自己很厲害的樣子。不過我和磐上四目交接的時候，卻沒看穿他的企圖，這表示我的功力還差得遠。」

「這不是由美姊的錯。是我……我覺得很抱歉。」佳菜子低喃。

「抱歉？有什麼好抱歉的？」

「因爲，不管是實相大哥也好，由美姊也好，還有本鄉哥。我覺得自己好像是大家的包袱一樣。」佳菜子低頭，輕咬嘴唇。

「佳菜妳說什麼呀，我才誇妳勇敢。浩二郎大哥也希望妳身體趕快復原，盡快歸隊。」

「我想過自己也是偵探社的一員，必須有點表現，但仍一事無成。」

「那就努力工作當作報答不就好了。」

「……由美姊。」

「我想不管怎樣，浩二郎大哥一定都希望能守護著佳菜，看著妳成長。他就是這樣的人。」由美腦中浮現浩二郎的笑容。

「由美姊有護理師的資格，爲什麼想來回憶偵探社工作？」

「因爲我以爲每個女生都和我一樣會對性騷擾感到憤怒。」

「其他人不會嗎？」

「她們嘴巴上講講，發發牢騷而已。工會也不行動，事情被掀開後，只有我一個人站出來。」由美似乎覺得用吸管喝太慢，直接拿起玻璃杯就口將冰紅茶一飲而盡。「……結果就被大家被排擠。」

隨著醫療技術高度發展，現今的醫療在處理疾病時，大多會編組團隊。畢竟，團隊合作是降低犯錯最好的方法。面對需要高度醫療技術處理的重症患者，或是面臨困難的局面時，擾亂團體合作秩序的人必定不受歡迎。由美就這樣被排除在醫療團隊之外。

「病患生的病是重是輕，我很清楚。誰的程度高，誰的程度低，包括醫生和護理師對我有什麼偏見，我也都很清楚。撇開這些不談，沒有成就感也是一個問題。」

「我懂，由美姊想要學習更高級的技術。」

「機會被剝奪，便逐漸失去幹勁……」

在這樣的狀態下，由美聽聞浩二郎有成立回憶偵探社的想法。由美一開始不能理解浩二郎，但在不斷照顧病患的過程中，她逐漸了解回憶對人生有多麼重要。

當她看到被宣告餘命的人，對著小孩、孫子、朋友熱切地聊著自己走過的歲月足跡，那種感覺就像是他希望在死期來臨之前，自己能成爲大家、或誰都好，成爲他們的回憶。即使這個人的人生多麼平凡無奇。

由美過了三十歲之後才體悟，其實人生不分平凡和精彩。因爲每個人的人生都是獨一無二，無可取代。

「每個人都希望能成爲別人的回憶。當我深刻了解這點後，就覺得把尋找回憶當成工作也不賴。」

「我也是這樣想。不過——」

「不過會想說，怎麼可能眞的把它做成一門生意吧？全靠浩二郎大哥的品格。」

「由美姊很喜歡回憶偵探社吧？」

「我喜歡這裡的人。嗯，不，應該說，我喜歡這份工作。」

由美腦中閃過浩二郎的臉，趕緊換個說法。

「說到工作，因爲我的關係，害妳取消和那位通譯的女兒見面。」

由美從戰爭結束時擔任新聞記者的六心門彰那裡，得知曾任MP（美國憲兵）通譯的理查杉山的消息。理查杉山已經去世，但他還有一個獨生女住在神戶。

「今天晚上我們就要和那個叫沙也香的女性見面。」

「眞的？」

「上次六心門先生有事不克前來，今天晚上湊巧他有空，也會一同出席。所以延後反而更好，妳不要想太多。」

晚上七點，他們和沙也香約在神戶元町的一家中華料理店見面。由美一想到和期盼已久的人見面，以及和浩二郎一起走在夜晚神戶的街道，不禁心跳加速。

2

由美搭地下鐵來到京都車站，在JR京都線的月台和浩二郎碰面。兩人搭上往姬路的新快速列車，在三之宮車站換乘普通列車，坐到元町車站下車。從車站步行七、八分鐘他們便來到相約的地點，中華料理店「酒國」。從中華街的主要道路一轉進小巷，就看到店家在門口擺著一大口甕，似乎用來取代招牌，拿來做裝飾。

「嘿，你們二位，這邊喲。」只見過一次面，卻像長年好友一樣打招呼的六心門對由美和浩二郎招手。他頭髮和鬍鬚已全花白，聲如洪鐘，感覺不出是八十四歲的人。由美看他臉頰紅潤，雖戴著厚鏡片，但眼神朝氣蓬勃。

「耽誤您寶貴的時間。」浩二郎鞠躬，走向圓桌。由美跟在浩二郎後頭，有禮貌地道謝，但耳邊不斷迴盪著六心門剛才說的「你們二位」。

「這位是理查杉山的女兒，杉山沙也香。」

「你好，我是杉山。」聽六心門這麼介紹，沙也香起身致意。她五官輪廓深，但看起來仍接近日本人的臉。年紀五十五歲上下，一頭短髮非常適合。

「我對這種嚴肅的場合最沒輒了，來，先吃飯再說。」六心門叫服務生可以上剛才點好的桌菜。

吃完飯，浩二郎開門見山地詢問六心門當時事件的始末。

首先，必須確認日本少年毆打進駐軍美兵死傷事件的詳細情形。浩二郎說，假設拯救島崎智代的少年眞的打死美兵，必遭到嚴懲。這件事情關係到少年是否還活著。

「前陣子杉山先生已經去世了，沒辦法聽他親口說。不過我記得，那一帶確實發生許多事件。有暴力事件，也有殺人事件。只是我當時聽杉山先生說，那名美兵並沒有死。都怪我當時年少，血氣方剛，書裡面寫的內容其實過於誇大了。」喝了不少老酒的六心門，臉上不見醉意。

「那麼，日本少年打死美兵是事實嗎？」浩二郎進一步確認。

「關於這點，待會就交給杉山先生的女兒來說明吧。」

六心門轉頭看身旁的沙也香。他對沙也香微微點頭確認後，又繼續說。

「哎呀，我想當時的日本人大概沒有體力或力氣去做那樣的事。反倒是對日本人記恨在心的進駐軍……唉，反正類似的事件很多，時有耳聞。總之，我當時是爲了告訴大家黑市的存在是必要之惡，才寫了那篇文章。正確來說，應該是少年毆打美兵的暴力事件。」

六心門當時想表達，人民的生活有一餐沒一餐，而政府無法提供穩定的食物來源，但黑市做得到。

「當然啦，少部分人士藉此大賺一筆，最後甚至變成大企業。有人批評這些人撈盡油水，但絕大部分在黑市做生意的人，都是爲了營生。政府只聽麥克阿瑟的指揮，根本不了解人民的痛苦，所以我認爲對民眾而言，黑市的存在反而是一種救濟。」六心門喝著酒，再三強調他的想法。

「你和理查杉山之後一直有聯絡嗎？」由美問六心門。

「關於這點，我可能要從我的故事說起。」六心門端正坐姿。「我從小就喜歡說故事，是個好善嫉惡，直腸子的人。」

他印象中當時的大人們用盡各種方法，教導小孩正義必勝的道理。十八歲的時候，他罹患肋膜炎，不用當兵。由於他從小就夢想能進報社工作，認爲報社就是正義的代言人，於是想盡辦法進到裡面當送稿件的小弟。他進入《船場日報》工作，據說那是一份與纖維產業相關的專業報，但對社會議題著力甚深。

「當時我看到那些報社的前輩們，因爲被迫寫些戰意高昂的報導感到苦惱不已。老實說，私底下大家都反對戰爭。」他捻著鬍鬚一副不甘心地說，當時根本沒人敢反抗。「當戰敗的消息傳來，妳知道我們第一件事情是做什麼嗎？」六心門看著由美。

「如果是我的話，大概是唱歌吧。」

「唱歌啊，也不錯。」

「不唱歌，不然做什麼？」

「天空，抬頭看天空啊。」

「天空？」

「看到晴朗的天空就很開心了。只要想到，以後不用再看到B29的機影就害怕，或不知該跑去哪躲燒夷彈的攻擊，就覺得這樣的天空特別湛藍，特別漂亮。我們討厭軍國主義，對體制也非常不滿意。美國徹底破壞了體制，即使如此，我們也不歡迎他。當時我們就是抱著這種莫名所以的心情，抬頭望著天空。」

「您想必五味雜陳。」浩二郎發出低吟。

「沒錯，五味雜陳。看到那樣的天空，我開始厭倦劍拔弩張的生活。」

「可是，做新聞記者的，某種程度上來說，不也是在做些劍拔弩張的報導？」

由美雙手捧起茶杯。

「妳說得沒錯。我們只想採訪聳動的消息，對血腥事件的嗅覺特別靈敏。幹這行啊，業障太多，罪孽深重啊。」六心門搖搖頭，把白髮往後撥。

「業障嗎？」由美輕輕嘆口氣。

「總之，這就是新聞記者的天性，沒事就到街上閒晃，找看看有什麼材料。我當時也大家一樣，四處挖掘有趣的消息，那時已經有報紙肯刊登我的報導。不過，當時紙也缺，都是小型報尺寸，記者同行之間競爭也很激烈啊。」

六心門蹲點的地方在大阪車站周邊。

「你有聽過『行路死亡人』嗎？就是橫死街頭的人。那景象我永遠忘不了。」

昭和二十年三月十三日，從深夜到黎明，九十幾架B29投下的燒夷彈將大阪北部御堂筋一帶炸的滿目瘡痍。經過二十多次的空襲，大阪市內有三成化爲焦土。大阪車站前擠滿了傷者和遺體。沒多久，人一個接著一個死去，但車站周邊人車雜沓，完全感受不到弔唁死者的氛圍。接著，戰敗後的八月，死傷人數更是不斷往上攀升。

「眞的很悲哀啊。裡面有撤退的傷兵，也有和我母親年紀一樣大的老婆婆。」

六心門希望透過報紙刊登已確認身分和姓名的人的消息。

「但車站來來往往的人實在太多了。後來外面來了一批賣發糕、番薯的小販朝車站內探頭探腦。他們的目標是那些從內地的陸軍、海軍退伍的阿兵哥們，因爲他們有錢。結果沒想到，連一些平民百姓也跟著排起隊伍。大家肚子都餓扁了。」

在「勝前無欲」、「奢侈是敵」的標語下，大家都縮衣節食度日，除了忍耐還是忍耐。大家能支撐到這個地步，都是源於對大日本帝國屹立不搖的信任。因爲愛國，才能戰勝食欲的誘惑。但這個國家不僅打敗仗，連食物配給都不足。不管民眾怎麼要求，政府總是擺出一副物資不足，無可奈何的態度。於是車站前的馬路，開始升起熱騰騰、令人食指大動的食物蒸氣。

「轉眼間，不止大阪車站，包括阿倍野、鶴橋、天王寺，小吃攤販一間接著一間開。一天到晚在喊物資不足的，大概只有政府。那裡眞的什麼吃的都有，飯糰、炒內臟、雜炊、關東煮什麼的，要吃什麼有什麼。還有人賣清酒、燒酒。」六心門說，這些攤販不止賣吃的，還賣衣服、日用品，市場規模一下子擴大到五六十攤。

由美回想起祖母說過，聽見電視播放〈蘋果之歌〉，肚子不知爲什麼就餓起來了。

「蘋果之歌……」

「哦，這位小姐這麼年輕，居然知道這首歌。」

「我奶奶說她每次聽到這首歌就會懷念過往，然後肚子餓起來。」

「妳奶奶多大年紀了？」六心門問道。

「今年應該七十九歲了。」

「戰爭結束那年，她大概十五、六歲吧，難怪會和食欲產生連結。」說完，六心門面露微笑。「〈蘋果之歌〉是戰爭結束那年十月，由松竹製作的電影《微風》中，演女主角的並木路子在裡面唱的歌曲。這首歌爆紅的時間大概是昭和二十一年春天，剛好在黑市快退場之前，我猜妳奶奶應該那時聽到這首歌。」

「原來是這樣啊。」

這是主角夢想成爲明星的成功故事，和初次挑戰演電影的並木路子本人形象重疊，帶給觀眾無限希望。六心門如此描述電影內容給由美，但她聽不懂，她無法把戰爭剛結束的時代背景、歌手的成功故事和〈蘋果之歌〉連結在一起。

「我也是一聽到那首歌就肚子餓。」

「我覺得音樂不是用耳朵聽，而是用內心深處感受。」杉山沙也香瞄了六心門一眼，轉頭對由美說。

「這點我有同感。」由美點頭。由美回想起雄高負責的案子「折紙鶴的女人」。〈啊，上野車站〉這首歌的旋律和歌詞恐怕是委託人田村一輩子也忘不了的。

「我們的委託人也是從泉大津運送番薯和青蔥等食物到黑市以物易物。」浩二郎說。

「從泉大津啊。還有人從更遠的地方來呢。」

「從更遠的地方？」

「因爲有人在後面控制啊。賣的人也很辛苦，一個住得比一個遠。」

「有這種事？」

「我剛說這是昭和幾年的事情啊？」

「昭和二十一年春天。」

「剛好是取締最嚴格的時期啊。」

「這樣啊。」

「取締很早就開始了。戰爭結束那年的九月底，有的黑市規模甚至達到一百攤上下。既然是黑市，一定會有人接管。這些人收取保護費，勢力越來越壯大。不過也因爲他們太過醒目，當局開始盯上他們。」

有誰忍心責備那些爲了多活一天大排長龍買食物的人。就這樣，民眾的需求逐漸高漲，使得黑市的交易更加活絡。那些在背後操控的人並非直接把違法進貨的物品拿出來賣，而是利用一些容易引人同情的弱勢者，像鄉下姑娘、戰爭寡婦、兒子被抓去當兵的母親等，叫他們擺攤賣這些物品。

「他們暗中操作技巧越高明，取締就越困難，到最後雙方沒完沒了。」

黑市的取締一天比一天嚴格。造成黑市生意興隆最大的原因是食糧不足，但最該負起這個責任的政府所採取的策略卻是拜託佔領軍提供物資。但佔領軍的回應是：看到黑市以及農村私盤交易如此猖狂，實在無法想像你們缺乏糧食。結果，佔領軍反而回過頭來要求政府動用警察的力量，嚴格取締黑市交易。

「後來大阪府警請求佔領軍的MP提供協助。確實有些賣家仗勢東西好賣，常常漫天喊價。戰爭剛結束時，白米一升五十錢，同年九月卻暴漲到四十圓。農家們開始集資去搜購民間的自用米。說的好聽點是保有米，其實就是囤積米。當時一塊發糕要價五圓吧，一般人在工廠工作一個月也才兩三百元，實在不便宜。」

換算成現在的金額，大概是兩千五百圓買一塊發糕。

「眞的好貴。」由美不禁驚嘆。

「黑市是政府和佔領軍沒有積極作爲下的產物。可是人民又不得不以物易物，否則活不下去啊。靠取締沒有辦法根本解決問題。」

「但是，警察反而加強取締對吧。」浩二郎說。

由美看著浩二郎的側臉，覺得他的眼神總是充滿認眞熱情。

「那是一場大規模掃蕩。我當時聽到消息，他們一口氣逮捕了九百五十人。」

「這可不得了。」浩二郎皺眉。

由美無法理解，但曾做過刑警的浩二郎知道，這樣的逮捕人數非同小可。

「當時，沙也香女士的父親理查杉山就是替ＭＰ做通譯。」

話題總算繞回理查杉山。

「昭和二十一年七、八月政府頒布廢除令，幾個黑市就這樣消失了。我想當時杉山先生應該時常被找去幫忙，別說大阪車站周邊，規模十分驚人。」

「您和杉山先生什麼時候認識的？」浩二郎問道。由美來回看著浩二郎與六心門。

「事情是這樣的。」六心門準備進入正題前，又點了一瓶紹興酒。

昭和二十一年年初，三名喝到滿臉通紅的美兵在大阪北部一間酒館酒醉鬧事。那是一間老闆急就章用木板搭建的小店，裡面已經被那幾個彪形大漢破壞得亂七八糟，店裡幾名男客早已被打趴在地上。

老闆拿這幾個醉漢沒轍，急忙報警。

趕來現場的警察急忙制止，但因爲語言不通，最後反而火上加油。

「我得知有人鬧事，趕到現場看狀況，心想運氣好的話，說不定可以趕在其他家記者之前發稿刊登消息。」

當他抵達這家店，才知道自己的想法多輕率。

「眞的是將近兩公尺高的彪形大漢，他們抓起店裡的椅子、桌子、酒瓶亂摔。警察的臉也被打了好幾拳，血流滿面。沒人阻止得了他們。」

這時，一名就體格來說絕非敵手的日本人趕到現場。他就是理查杉山。杉山用英文大聲制止，其中一位美兵露出獰笑，擺出打拳擊的姿勢朝他逼近。

「我心想他一定會被打慘，所以對他大喊：『快跑！』」

但杉山並沒有打算逃跑。

「美兵每一拳都揮空，根本碰不到他，就像跳獨舞一樣，結果美兵越來越火大。大概是美兵的動作太滑稽了，轉眼間周遭開始出現圍觀人潮。」

大家都圍過來看，沒多久，MP的吉普車來了。MP把那名拳頭空揮無數次，氣喘吁吁的美兵帶離開。

「美兵被帶走後，杉山先生和MP交談，這才恍然大悟，這人是佔領軍軍方的人。」

六心門很想採訪杉山。他想知道杉山身爲日本人卻又替佔領軍做事的心境，一方面也想知道他對現在的日本有什麼看法。

「說得好聽是想知道杉山先生的想法，但老實說我心裡打的主意是，只要接近杉山先生就可以打聽到佔領軍內部的消息。」

六心門假裝自己也是現場受害的客人之一，以當面道謝他相助爲藉口接近杉山。

「我想請他喝一杯，結果被拒絕了。於是我說，不然我們去別家店喝吧。」

依然拒絕邀約的杉山反而讓六心門對他越來越好奇。六心門實在很想和他談談，只好表明自己是爲了採訪才來這裡。

「我對佔領軍通譯的工作很有興趣，交換條件是我答應不寫美兵鬧事的報導。」

「杉山先生答應了嗎？」

「他說，他和ＭＰ一起行動時，常惹來日本人的白眼，假如我能寫篇以正視聽的報導，就願意接受採訪。附帶條件是必須匿名。」

杉山說，他父親是貿易商，娶了美國人客戶的女兒，之後生下了他。父親希望他身心堅強，讓他學習空手道。十三歲那年春天，他隨著父母從神戶赴美。之後他開始訴說與ＭＰ一起行動的心情。

「他能識破美兵出拳的動作，是因爲入伍前曾在美國的大學當過業餘拳擊手。他還笑說，因爲學過空手道，熟練的速度比一般人快。」

「原來如此，後來你們就認識了。」浩二郎再次詢問，日本少年拯救遭美兵襲擊的島崎智代並造成一名美兵受傷的事件，和六心門聽杉山談起的事件是否一致？

「在那個紛紛擾擾時代，我很少聽過其他如此的美談。」

「您的意思是，這是同一件事？」

「我聽到的是這樣。你們聽沙也香女士說吧，應該會更清楚。」

3

「父親他不太喜歡提起當時那件事。」沙也香說完，喝一口溫熱的烏龍茶。

「令尊他過世多久……」浩二郎趕緊拿起茶壺，把茶倒入空杯。

「他去世十一年了。」

「這樣啊，享壽……」

「八十歲。」

沙也香出生於杉山三十五歲那年，也就是戰爭結束後五年。他們曾暫時回美國居住，直到沙也香念高中時，舉家搬回日本，就住在現在神戶的這個家。

「我沒有結婚，所以在日本和父親一起生活了三十年。」

「令堂呢？」

「現在也住在一塊。」

「這次跟您提到那麼久遠以前的事，您一定嚇了一跳？」浩二郎溫和地看著沙也香。

「是的。聽六心門先生說，有一位專門尋找回憶的偵探要找我，問我意見如何。」沙也香面露微笑。

「您和六心門先生什麼時候認識的？」

「父親去世時，我通知六心門先生葬禮舉行的時間。因爲父親慎重保管的通訊錄上有他的大名。」

「我不知道杉山先生身體欠安，接到通知時嚇了一大跳。」六心門接著沙也香的話。

「二十四年前我退休的時候，我把我的書《黑市的酸甜苦辣》——就是你們看的那本書，送一本給杉山先生。當時剛好有熱心人士願意幫我轉送。後來我們就連絡上了。當我知道他在故鄉神戶和妻子、女兒住在一起，我很高興。不過我們的聯絡僅止於此，大概就是互相知道對方住在哪裡，過得如何等等。接到弔唁通知的三年前，我們聯絡過一次。」

「沒錯，三年前。我們家收到一封國際郵件。」

「國際郵件？」浩二郎覆誦。

「從密西根州的沃倫寄來的。收件人是我父親的名字。」

「是令尊在佔領軍當通譯時認識的朋友嗎？」

浩二郎身體前傾。他的期待感連一旁的由美也感受到了。

「寄件人的名字沒有出現在父親的通訊錄上。」沙也香從包包中拿出一封國際郵件，攤開對折兩回的信紙後，遞給浩二郎。

由美湊過來看著浩二郎手中的信紙。信紙上的英文字跡充滿個人風格，對原本就英文不好的由美而言，簡直就像無字天書。浩二郎也一樣，對由美露出困惑的表情。

「不好意思，我們……」由美對沙也香露出苦笑。

「沒錯，我的英文也不好。只知道寄件人是法蘭克・A・穆倫。」浩二郎抱歉地說。

「法蘭克・A・穆倫是位二十三歲的男性。」沙也香不知是不是有點緊張，又喝了一口茶。

「二十三歲，好年輕啊。」

「那位年輕人寫信來說，他父親有事相託。」
「有事相託？」
「沒錯，寫得十分懇切。」
沙也香清咳幾聲，從浩二郎手上接過信紙，一邊看著信，講解內容。

親愛的理查杉山先生

您收到這封信時想必十分驚訝。但是有些事情我必須轉達給您，也有些事情需要請教您。今年六月我即將啓程前往日本，去京都的K大學留學，學習日本的傳統文化。去日本留學，是我自幼的夢想。

照道理，夢想就快實現，我應該高興到渾身顫抖，但正好父親罹病，現正住院接受治療。幸好醫生說他病情穩定，暫時沒有生命危險。臥病在床的父親知道我打算放棄留學後，對我說千萬別放棄實現長年夢想的機會。

但我心中仍遲疑不決，所以只回他：「我知道了。」暫時不做決定。父親看到我的態度，或許是猜到我心中的想法，他對我說，希望我去日本見一個人。他說，這件事情非常重要，攸關我祖父的好友愛德華．H．史坦巴哈一生的清譽。我完全不知道這件事的來龍去脈，直到父親身體狀況轉好時，才告訴我事情的始末。

一九四六年春天。祖父身爲佔領軍憲兵，留駐日本大阪。

祖父說，他對京都這個城市多少還有點認識，但對大阪則十分陌生，剛調去那裡時心裡有些忐忑。他來到日本後，看到那些用紙和木頭搭建的房子幾乎都被燒夷彈燒毀，不管被調到哪，眼前所見都一樣慘不忍睹，心情十分沮喪。正因如此，總是和他一起行動的搭檔、長他一歲的愛德華，對祖父來說是非常重要的夥伴。

當時，祖父他們的任務就是支援日本警察取締違法市場，但這個問題非常棘手。在美軍內部，傳出有警察和管理市場的頭頭私下交易，導致違法擺攤的案件層出不窮，永遠取締不完，警方無法完全杜絕黑市交易。

祖父們和轄區警察一同前往視察，但表面上看不出他們有私下交易的關係，市場的頭頭見到他們也是畢恭畢敬地鞠躬，表現出通情達理的模樣。但是，店鋪依然擺滿違法商品，市場買賣仍然活絡。前來買東西的人絡繹不絕，物價不停上漲，似乎沒有極限。

最後他們決定，除了按部就班一件件舉發、取締之外，別無他法。那天，祖父他們也是抱著這樣的心情搭著吉普車，開在通往大阪車站的河堤邊上。

爲何要走河堤邊？因爲即使在河堤這麼狹小的地方都有人擺攤。開車的祖父發現前方有一名拉著手推車的少年迎面而來。那名少年身形矮小孱弱，有氣無力地拉著手推車。市場頭頭有時會利用年幼的孩子當作擋箭牌，叫他們販賣管制品。

不過，祖父他們並不打算爲了這點小事停下來，他們想說待會吉普車和少年擦身而過時，用目測檢查他的貨物就可以了。接著，吉普車稍微靠邊開，和少年擦身而過。這時，少年的手推車車輪滑出河堤，瘦弱的少年無力阻止，手推車就這樣往河川的方向滾落。

祖父急忙停下吉普車。

車子還沒完全停妥，坐在副駕駛座的愛德華早已衝下車，沿著河堤斜坡往下衝。祖父也跟在他後頭追了上去，但斜坡上只見翻倒的手推車，不見少年蹤影。兩人再往河川走去。愛德華大喊：「在那裡！」他走下斜坡，看見那名少年浮在水面上。

愛德華立刻抱起那名少年，把他抬到較爲平坦的草叢上。他拍他的臉頰，沒有反應，心想少年恐怕是跌倒撞到頭順勢滾到河川裡。愛德華解開他身上國民服的釦子。愛德華嚇了一跳，原來他救的人不是少年，而是少女。愛德華一瞬間猶豫了一下，開始對少女施行人工呼吸。當他嘴對嘴吹氣時，少女立刻恢復意識。

大概是少女誤會了，開始大吼大叫，然後昏了過去。

霎時間，發生一件令人意想不到的事。

一名穿開領上衣的少年用木刀敲打愛德華的頭部。

愛德華反射性地從少女身上跳開，栽了一個筋斗，倒在草叢中。聽說流了大量鮮血。

祖父本想抓住少年，但愛德華不知爲何抓住他的手臂。祖父判斷愛德華的意思是，與其逮捕暴力犯，不如趕快帶他去看醫生。於是祖父把愛德華扶到吉普車上，開車前往有軍醫留守的新大阪飯店。

日本警察聽到風聲後，立刻趕去現場。祖父也一同前去。當然，沒有人認爲凶手還在現場，趕去那裡是爲了做現場採證。

但讓人跌破眼鏡的是，在血跡斑斑的現場，那位日本人居然閉著雙眼，正襟危坐地待在原地。

祖父跟警察説，他就是打傷愛德華的凶手。少年立刻被帶走，接受偵訊。祖父作爲證人以及身爲憲兵的一員，參與整個偵訊的過程。

當時的通譯就是您，理查杉山軍曹。

祖父看到少年的臉龐非常稚嫩。少年自報姓名叫Kodyuna Toshiige，年齡十五歲。他很快就招認，說自己拿憲兵隊員的木刀毆打對方。他接著說，他沒有逃離現場，而是在原地等我祖父他們回來。至於動機，這位少年主張，他看到美兵想要污辱日本女性，無法坐視不管。

警察很快地決定要將少年移送法辦時，頭包著繃帶的愛德華現身了。愛德華對杉山軍曹說，這名少年什麼也沒做，希望能立刻釋放他。愛德華知道杉山軍曹除了能解決語言上的問題，又能理解日本人的心情，避免與日本警察發生不必要的摩擦，所以請求將此事全權交由他處理。

爲什麼愛德華要做出袒護少年的證詞？祖父多次詢問愛德華。但是愛德華始終不願說出眞相。一九四九年，兩人回到母國後恢復平民身分，各自擁有自己的事業。

祖父開了一間保全公司，他的友人愛德華則是繼承家業，經營一間貿易公司。九年後，祖父被愛德華叫到他的病床邊。愛德華自從在日本受傷後，一直爲其後遺症所苦。這個傷也是導致他身體逐漸不聽使喚的原因之一。祖父去探病時，看到友人痛苦的模樣，氣到渾身顫抖。當然，他生氣的對象是那名日本少年。爲什麼當時要袒護那名少年？假如當時沒有袒護他，那名少年應該會受到嚴格的制裁。

祖父再次提出疑問。這時愛德華用著虛弱的聲音說：

「他只是想保護自己國家的少女而已，不是他的錯。」

祖父心想，可是，愛德華想要拯救溺水的少女啊，若要說沒錯，愛德華更是無辜。

祖父忿忿不平地離開病房。

半年後，愛德華身亡。

直到最後，祖父都無法得知愛德華內心眞正的想法。

這件事祖父一直難以釋懷，使得他對日本這個國家一直存有芥蒂。

我不曾和祖父說過話。

我對日本文化感興趣，大多來自父親的影響。父親的書房有介紹武士道相關的書籍、時代劇的錄影帶。讓我有機會接觸這些東西的人也是父親。他特別強調，武士道的書是愛德華送給祖父的。但我不懂，父親聽聞祖父過去那段難受的經驗後，爲什麼仍對日本如此友善？而且，既然父親希望我去日本留學，爲何又告訴我這段過去？

當我這麼問父親，他拿出一張照片給我看。照片中的女生開心笑著，身上穿著像是大學畢業的畢業服。父親說，這是愛德華的未婚妻年輕時候的照片。我心想，即使給我看照片又如何？我又不認識她。

我問，這張照片和父親是親日派這件事又有何相干？

我父親說，當初他問祖父那件事的始末時，祖父也是拿出這張照片給他看。祖父說，愛德華前往日本赴任時，不時將這張照片放在胸口口袋。

祖父不停搖頭說：那名日本少女長得像她啊。

祖父只說這句話。

會不會有那麼一瞬間，愛德華把溺水少女當作自己的未婚妻？但這又意味著什麼？父親沒有多做說明，只說後來他對日本這個國家產生濃厚興趣並被深奧的文化所吸引，很大一部份來自那位持木刀少年的影響。父親希望我去日本時拜訪杉山先生，他想知道那位少年後來過得如何。這是他的心願。

父親查出杉山先生的地址。然後，我才寄出這封信。

非常希望能和您見面，當面請教關於愛德華事件一事。

4

由美和浩二郎搭上接近末班的普通車。車內空蕩蕩，只有幾個喝醉酒的上班族坐沒坐相地攤在座位上。他們坐在靠近門邊的座位，每當停車時，夏夜的熱風就會吹進車廂來。

「六心門先生從通譯理查杉山先生口中聽到的暴力事件，應該就是智代女士遭遇的事件沒錯吧？」由美用手帕擦拭額頭的汗水，對浩二郎說。

「老實說，我嚇了一大跳。」

「因爲沒想到會是同一件事？還是……」

「都有。一方面佩服妳的敏銳，居然找到六心門先生。不過這麼說來，智代女士不是被襲擊，而是獲救。」號二郎盯著對面的車窗說。

「雖然戰爭已經結束，但當時每個人看到外國人都嚇得要死，沒辦法。」

由美的祖母回想當時，也覺得怕得要命。之後，祖母的外國人過敏症一直沒有改善。

「話是這麼說沒錯，但幫助智代女士的那名少年該怎麼接受這個事實？」

「他爲什麼不逃跑。」

「雖然他年僅十五歲，但我猜他完全明白自己在做什麼，並帶著某種覺悟。如果法蘭克在信中寫得沒錯，他應該有充分的時間可以逃跑才對。」

根據六心門的說明，新大阪飯店似乎提供給佔領軍使用，他們來回的路程至少需要十幾分鐘，再加上安排醫生看診等各種手續，警察抵達現場時至少已經過了三十分鐘。六心門說，黑市來來往往人那麼多，只要混進去就能隱匿蹤跡。附近多的是流浪兒，或穿著開領上衣、短褲的少年。

「我覺得他是個堂堂正正的好男孩。」由美在新聞上常看到許多男人明明犯錯，卻推託搪塞，一想到這些人的嘴臉，她就一肚子火。

「這名少年確實很有正義感。而且他不是基於憎恨美兵的理由才拿木刀襲擊對方。從他對待智代女士的方式來看，實在讓人難以想像他只有十五歲，應對十分沉著冷靜。」

「若不是這樣，也不會讓人過了六十年還想和他當面道謝。」

由美感覺得出智代對他存有愛慕之心。即使是剎那間、只有一次的相會，人還是可能墜入情網。

「我可以感受到他的溫柔。」由美看著浩二郎的側臉。

「溫柔嗎?希望智代女士能和他見上一面。」

「眞的，好希望他們能見面。不過關於線索……」

法蘭克在信中寫道，幫助智代的少年名字叫做「Kodyuna Toshiige」。沙也香以這個名字做對照，翻遍她父親的日記、筆記本，就是找不到相符的名字。六心門也滴水不漏地調查過報社的保存資料，但找不到該事件的紀錄。他還透過以前的管道搜尋警方資料，也不見有關十五歲少年對美兵施暴的記述。

「或許聽在美國人耳裡，這個名字的發音就像Kodyuna Toshiige吧。」

「日本人的名字根本不會有dyu這個發音，這個線索有跟沒有一樣。」

「不，現在狀況越來越明朗。法蘭克在信中也提到，不止是MP，任何人只要打傷美兵，即使小孩都會被判重罪。但被害者愛德華卻否認少年涉案。換句話說，少年被無罪釋放的可能性很高。至少目前我們已經知道那麼多了。」浩二郎看著由美的眼睛。

兩人臉靠太近，由美趕緊撇過臉看前方。

「浩二郎大哥。」又過了兩站後，由美開口。

「怎麼？」

「愛德華給法蘭克看的那張照片，我不太懂那張照片有什麼意義。」

「照片中的女性長得和愛達華的未婚妻很像啊。」

「這我也知道啊。」由美噘嘴道。

「這就是男人恣意妄爲之處。」浩二郎說到這，門又打開。他等走進車廂、穿白襯衫的男性找到座位坐下後，繼續說。「大概有一瞬間，愛德華對智代女士產生邪念。」

「這麼說，愛德華他……」

「沒錯，只要從這個角度想，就能理解少年出手幫智代女士的判斷是正確的。」

「可是，法蘭克的祖父明明就在旁邊……」

「所以只有一瞬間。畢竟朋友就在一旁看著，愛德華不可能做出過頭的行爲。但當他知道那名少年是女性的瞬間，覺得她長得和自己的未婚妻相似，我猜就在那一剎那，他的心情有些動搖。」

「這麼說來，愛德華是因爲內疚才袒護那名少年？」

「我覺得是如此。因此，法蘭克的父親才會對日本的武士道那麼感興趣吧。」

「怎麼說？」

「愛德華拖延時間讓少年有機會逃跑，沒想到少年坐在原地冥想。愛德華知道這件事後，大概在他身上感到某種精神，很想知道究竟是什麼樣的思想依附在這年僅十五歲的小孩內心。」

「就是武士道？」

「我猜他大概從少年身上看到類似自律的思想。兩相對照之下，他更覺得自己的行爲十分卑劣醜惡。」

「原來愛德華心裡這麼想的。」

「很了不起。假使他還活著，我倒很想跟他見面說幾句話。還有，我現在想見到那位少年的心情越來越強烈了。」浩二郎說完，一副悶悶不樂的樣子。

「怎麼了嗎？」由美有點擔心該不該問。

「這名叫Kodyuna Toshiige的少年要是知道愛德華眞正的爲人，他會怎麼想呢？他打傷愛德華，使他長年飽受病痛折磨，最後抱病而死。假如愛德華是有意污辱日本少女的卑劣外國人，少年的行爲就是正義。但愛德華理解武士道，或許一時迷惘曾有不潔的想法，但本質上是個尊重生命的男性。」浩二郎深吸一口氣，他的肩膀與由美並肩，上下起伏。

所以人眞的會在瞬間墜入情網，連愛德華也是——

由美心想，一邊別過身體，怕自己心臟的鼓動聲會被浩二郎發現。

「愛德華眞的有萌生邪念嗎？」

「嗯？」浩二郎愣了一下。

「沒事，不要理我，喃喃自語而已。」

「你覺得他沒有邪念？」

「沒事的，浩二郎大哥。我又不懂男人在想什麼。」由美將雙手當扇，搧著臉頰。

電車發出巨大的鐵軌摩擦聲與煞車聲。鐵軌微微往右彎曲，京都車站就快到了。

5

早上六點，由美被女兒由眞打來的電話叫醒。

「妳果然忘記了。」

由美驚覺女兒說話的語氣儼然像個小大人了。學校一放暑假，由美就把九歲的女兒寄養在大原老家的媽媽那裡。她心想，才二十天就有這麼大的變化？

「忘記什麼？」由美問。

「妳昨天又很晚回家了吧？」

「我問妳忘記什麼？媽媽很多事情要忙啊。」

「妳聲音聽起來像剛睡醒。」

「夠了沒啊。」

「返校日啦。」

「返校日？什麼時候？」

「如果是明天的話，我就不用那麼早打給妳啦。」

由美看日曆，八月十號畫了一個大圈，下面寫著：要去接由美。「抱歉，我馬上過去。幾點以前要到學校？」

「八點五十分。」

「好，媽媽騎KATANA過去一定趕得上，還可以一起吃個早餐。」

「太好了，只要不是味噌湯、魚和醬菜就行了。」由眞低聲說完後，後面傳來母親的聲音：「和食對身體最有益了。」

「媽媽最喜歡奶奶做的早餐了。」

「我偶爾也想吃吐司、熱牛奶還有炒蛋啊。」

「妳叫奶奶聽一下。」

「好，等一下。」

「喂？」母親很快接起電話。

「媽，眞不好意思。」

「沒關係，我做的東西大概不合由眞口味。」

「都是我偷懶，害她胃口被養壞了。」

「這也沒辦法，妳一個人要賺錢養家啊。我想說，趁她來的這段時間，訓練她吃和食，以爲過一陣子她就會習慣了，沒想到她這麼挑食了。」

電話那頭傳來由眞咕噥抱怨的聲音。

「好吧，我現在過去接她，叫她準備一下。」

「騎車小心點，哪有人像妳騎那麼大台機車的。」

「好啦，待會見。」由美掛斷電話，整理頭髮，拿了兩頂安全帽出門。

妳一個人要賺錢養家啊。母親這句話不知怎麼一直迴盪在她腦海中。

由美像是要抹消這句話似的，一跨上KATANA，立刻大力催動引擎。

由美和由眞走進學校附近一間咖啡店。時間來到七點半多。從咖啡店走到學校不用十五分鐘。由眞果然如她在電話中說的一樣，點了有奶油吐司和炒蛋的早餐套餐，飲料是熱牛奶，但她想要加一點由美的咖啡進去。腸子向來不好的由眞即使夏天也不喝冰牛奶。營養午餐給的牛奶也都要含在嘴裡小口小口地喝。

「妳現在還不到喝咖啡的年紀。」

「這叫咖啡歐蕾啦。」由眞嘟嘴。

由美也常這樣嘟嘴。她覺得由眞越來越像自己了。由美並不討厭自己。儘管還不到自戀的程度，但她對自己開朗的性格挺有自信。不，精準地說，應該是努力讓自己有自信。

做護理師這門職業，心理建設很重要。有時秉持好意向別人搭話，換回來的可能是冷言冷語。即使如此還是得持續做下去。但是，任何照護都沒有一百分的標準答案，就算自己心裡有一套滿意的標準，也沒有足夠時間一視同仁地施行在每一位病患身上。哪怕只有一瞬間，只要心生膽怯，或許有天抬起頭來會發現自己已經完全喪失自信，再也站不起來了。由美深知這個道理，所以不時鼓舞自己。

她曾聽說即使是專業的職棒選手，很少有打者的打擊率可以超過四成。她常告訴自己，只要持續維持三分的滿意程度，最後就能達到自己滿意的結果。

當然，性命交關的事情一定要做到十分滿意，追求完美才行。

「而且幼稚園的小孩也會喝咖啡啊。」

「那是咖啡牛奶。」由美覷了由眞的杯子一眼。

「人家也敢喝黑咖啡。」

「是嗎，那妳喝看看。」由美把自己的杯子挪到由眞前面。

由眞表情略帶困惑，手指穿過咖啡杯把手。

「算了啦，很苦哦。」

「苦才好喝啊。」由眞的視線落在杯中黑色液體，小心翼翼地啜了幾口。「喔，好好喝喔。不過這杯是妳的，還妳。」說完，她趕緊喝一口加了砂糖和咖啡的牛奶。

「女孩子要老實一點才會得人疼。」由美微笑道。由美知道，其實只要想開點，要求三分滿意就足夠時，內心就會產生從容感。甚至可以坦率地把「辛苦」、「害怕」這些字眼說出口，最後再淡淡地丟下一句「這也是沒辦法的事」。

醫院的後輩們看到這樣的由美，覺得她「很強」。

「媽媽工作很辛苦嗎？」

「呃？爲什麼這麼問？」

「因爲我看妳常常沉思。」

「才沒有呢。」

「如果是戀愛方面的煩惱，隨時可以找我談心哦。」

由美緊張了一下，因爲她感受到由眞銳利的眼神。她一直以爲還是小孩的九歲女兒，眞的長大了。「說什麼傻話，爲什麼我要跟妳談心？」

「別看我這樣，很多人找我談心。大概我比較成熟，班上的男生個個都像個小鬼頭。」

「妳少臭美了，小笨蛋。」

由美自從將島崎智代的案子取名爲「少女椿的夢想」之後，一顆心老是七上八下的。而且她隱約覺得這個狀況在佳菜子的事件中和浩二郎一起行動過後變得更加嚴重了。與浩二郎一起經歷佳菜子性命垂危這種緊要關頭的時刻，由美心中某種壓抑的情緒突然獲得釋放。她有好幾次腦中閃過這個想法：浩二郎對三千代的體貼，是丈夫對弄壞身體的妻子的同情，並非愛情。每次，她都得想辦法揮開心中這個邪念。

這種事怎麼可能對九歲的女兒吐露。

「幾點放學？」

「奶奶會來接我，妳不用來。她說偶爾也想出來街上走走。」

「好，那妳快去學校。溫差很大，小心不要感冒了。」由美將咖啡喝完。

「知道了，又不是小孩子，放心吧。」

說完，由真又噘了一次嘴。

6

由美想著反正都遲到了，乾脆打電話給剛復班的佳菜子，告訴她自己先到飯津家醫院一趟，探視智代的狀況後再進公司。

她不想看見浩二郎和三千代同時出現的畫面。

走進病房，病床上的智代正戴著耳機聽音樂。

「由美小姐。」智代急忙把耳機拿下，按下隨身聽的停止鍵。

「沒關係的。」

「這是醫生借給我的。」智代拿起耳機給她看。

「您在聽什麼？」由美從旁邊拉了一張摺疊椅坐下。

「醫生說，聽一些老歌對我有幫助。」智代讓由美看卡式錄音帶的標題。

上面寫著〈戰中戰後的懷念歌謠〉，其中包含〈長崎之鐘〉〈溫泉鄉悲歌〉〈蘋果之歌〉〈青色山脈〉〈夜晚的月台〉〈懷念的藍調〉〈東京Boogie Woogie〉〈小白花盛開時〉〈柿子樹山坡的老家〉〈請問芳名〉。

「小姐這麼年輕，這些歌應該都沒聽過吧？」大概身體狀況不錯，智代對由美露出微笑。昨天她幾乎睡了一整天，現在的表情和前天比起來彷彿變了一個人似地精神許多。

由美還在當護理師時曾在某場研討會中聽過一則研究說，老歌可以活化腦部，提振精神。她一直沒有實踐的機會，但現在看到智代的面容，心想或許這眞的有效。她本來想回說，我現在已經不是年輕小姐了，但又作罷。在七十五歲的智代眼中，三十四歲的由美確實還只是個孩子。

「裡面有我聽過的曲子。」

「哦，眞的，哪首？」智代眼神發亮，拿出歌詞本給由美看。

「您現在在聽哪一首？」

「我最喜歡的曲子，不知道重複聽幾次了。」

「是〈蘋果之歌〉嗎？」由美只聽六心門彰描述過這首歌的背景，但不知怎麼，腦中卻自然浮現出黑市的景象。

「不是，那首歌印象太深刻了……」

「太深刻？」

「當時我們的確很努力地過日子，但印象中，逞強的成分居多。」

「您的意思是，當時妳們是被迫要表現地這麼努力？」由美以爲當時從收音機播放出來的〈蘋果之歌〉能療癒所有人的心，聽到智代這麼回答有些意外。

「這首歌的旋律很好聽，佐藤八郎作的詩也很可愛。只是……」智代說，她感覺周遭的大人們似乎都期許女生要像歌詞中的女生一樣，天眞開朗有朝氣。

「您是說，雖然歌詞中說道『蘋果眞可愛、可愛呀蘋果』，但蘋果也有不可愛的時候？」

「沒錯，特別是當時才十幾歲的我們。」

「原來是這樣。」由美覺得自己似乎能理解智代的心情。蘋果在當時被用來作爲女孩的象徵。面對焦黑一片的廢墟，成天悲嘆的大人們，心中浮現鮮紅色蘋果的形象，希望能爲枯燥無味、沒有色彩的生活增添一點色彩。

由美想，這些女孩們被期許要成爲蘋果般的存在，壓力必定不小。

「或許是我想太多了。但每次聽到〈蘋果之歌〉腦中就會出現許多畫面，包括有苦難言的痛。」

「對了，您在聽哪一首呢？」由美想知道智代喜歡哪首曲子。

「〈請問芳名〉。」

「噢，這首啊。」在雄高負責的案件「折紙鶴的女人」中有出現這首曲子。她聽雄高說，他在上野遇到經營酒館的砂原謙，靠著說出同名電視劇的詳細劇情而獲得對方的信賴。

「妳聽過？」

「我忘記什麼時候了，在早上的連續劇看到。」

「新版的對吧？不過作者一樣是菊田一夫。錄音帶上印著那句名台詞哦，妳看。」

由美翻開歌詞本閱讀：「忘卻本應遺忘。發誓忘卻卻忘不了的心，何其悲哀。」

智代聽到由美直白地念出劇中旁白，不住莞爾。

「京都腔的〈請問芳名〉也挺有味道的。」

「智代女士眞是的，別取笑我。」

「很棒的台詞。我第一次聽到這句話，應該是二十歲的時候。」

「您當時應該也很迷這齣劇吧，兩人不斷擦身而過。」

在燒夷彈如雨下，大家不知逃往何方時，一對男女偶然相遇。他們約定半年後在銀座的數寄屋橋再會。兩人分開前未告知對方姓名。之後，因爲女主角發生了一些事情，兩人一直無法相見。由美記得看這齣晨間劇的時候，看到男女主角不斷擦身而過，只能在心裡替他們乾著急，怨嘆命運的捉弄。

在戰爭時期，活過今天也不知活不活得過明天，兩人相約假如之後還活著，要每半年來這座橋相會。由美想像智代年輕時，看到這麼浪漫的劇情，心中不知作何感想。

突然，她豁然開朗。

那位男性在她十四歲時救了她。她對他的愛慕之心，不正和〈請問芳名〉相似。

「我應該見不到他了。」

「什麼？」

「再怎麼說都過了六十多年了。不過，我覺得很不可思議，每次只要聽到〈請問芳名〉這首歌，明明是好幾十年前的事，我就覺得好像是昨天才發生過一樣……他的長相，至今仍深深烙印在我腦海中。」

「您是說，幫助您的那位少年？」

由美不相信有人可以記得六十多年前見過的長相，因此再次確認。

「當然。」智代的表情充滿自信，

「智代女士要不要試著畫畫肖像畫。您會畫畫嗎？」可能嗎？由美滿心期待地問道。

「肖像畫？可是我不會畫畫。」

「我可以拜託懂畫畫的人畫，您只要描述特徵就好。好嗎？」

「好，我試看看。」智代看著由美說道，臉上神色似乎更加快活。

「眞的很開心吶。我剛好要打給由美小姐時，手機就響了。俗話說無巧不成雙，而且還可以和由美小姐擠在車內雙雙對對。」坐在副座的茶川大助開心說道。

由美和智代談完，立刻聯絡浩二郎。浩二郎對由美的想法有些遲疑，但一聽說智代一副躍躍欲試的樣子，立刻贊成進行這場超越時空的挑戰。於是，浩二郎馬上連絡茶川，請他介紹會畫肖像畫的人。結果茶川堅持自己就是肖像畫的達人。

茶川說他現在就有空，所以由美開著偵探社的輕型車前到祇園的茶川家接他。

「茶川先生眞的會畫畫嗎？」由美一邊操作方向盤一邊斜眼覷了茶川一下。

「不管是科搜研還是鑑識課，說到畫肖像畫，沒有人比我茶川更在行。因爲用拼貼照片效果不好，大家都知道畫肖像畫就要找茶川大師。」

將許多肖像照片的髮型、眼睛、鼻子分別切割，從中尋找符合目擊者印象的部分再拼貼回去，這種照片通常會流於刻板。比較起來，只靠目擊者強烈的印象，畫出稍微變形的肖像畫，更容易用來認人。茶川滔滔不絕地說明。

「那我就放心了。」由美知道不趕快應付他一下，茶川的自吹自擂可不會停止。

「我唯一擔心的就是時間經過太久。」茶川神情轉爲嚴肅。

「她本人說，她記得十分清楚。」

「我了解她說的是眞的。只怕已經經過美化了。」

「你是說，她下意識地把他美化成美男子嗎？」

「不，她沒『下意識』才是最大的問題。」

茶川說，若知道目擊者有美化的作爲，只要稍加修正就可以畫出接近實物的圖。但若目擊者本人沒有下意識美化或人爲添加的意圖，反而容易畫出完全不像的圖。

「你是說，她信以爲眞的模樣，其實只是她的想像？」

「很有可能對吧？」

「確實如此。畢竟只是個十四歲的女生……而且又幻想自己是故事中的女主角。」

由美將從六心門和杉山沙也香聽來的情報說給茶川聽。

「已經快找到人了，才發現事情的立場完全相反是嗎？」

「是的，原以爲是加害者的人變成被害者。所以，我沒把這件事告訴智代女士。」

「不想公開的事件和懷念的回憶同時發生，光是這樣我想她心境就已經夠複雜了。眞難抉擇，我覺得還是不要告訴她好了。」

「話說回來，茶川先生會把肖像畫畫好吧？若畫得好，我們找人一定順利多了。」

「那我責任可大了，不過既然是由美小姐拜託，我一定會助妳一臂之力，不不，兩臂之力也可以。」茶川說完便大笑。

「你剛說正好要打給我，什麼事啊？」

「跟浩二郎說也可以，不過這個案子是由美負責的嘛。」

浩二郎名字出現的剎那，由美心臟跳動速度加快。自己太過頭了。由美一邊驚訝自己居然還保有少女情懷，一邊決定忽略這種感覺。

「難道是護身符的事？」

「沒錯。」

「終於解讀完成了？」由美詢問時，載著兩人的輕型車正好停下來等紅燈。

「今天是『五十日』嗎？難怪這麼塞。」

在京都的生意人流傳一個習俗，每五天要收一次款。只要遇到五十日，一整天都會塞車，也比平時容易遇到紅燈。（註一）

「還不夠用來當成線索，必須要再調查一下才算完成。不過差不多了。」

「好想知道啊。」由美發出撒嬌的聲音，踩下油門。

「護身符袋的部分，現正交給研究家徽的專家調查，要不了多久對方就會回覆了。真正的問題是裡面那張紙。」

「有寫字的那張紙吧？」由美知道護身符裡面有一張半紙（註二）大的紙，上面還有寫字。而且裡面的字剛好從正中間被切成兩半，只剩半邊。

「那張紙是和紙，我用儀器分析，知道它是有點古老的玩意，不過年代不夠久遠——而重點就在這裡。」

「太複雜了，茶川先生，請說白話好嗎？」

「那張和紙頂多屬於江戶時代，字跡的墨水也是差不多年代。」

「重點在哪裡啊？江戶時代對我來說，只覺得是很久以前的事情。」

「這個嘛，一邊開車一邊說有點危險，畫完肖像畫後，我們喝冰啤酒再……」

「又來了。」

由美斜眼瞪對方一眼，茶川害臊地用右手摸摸頭，面露微笑。

7

茶川畫的肖像畫連由美這個外行人都覺得畫得很好，有掌握到許多特徵。不過更讓由美訝異的是，智代居然能精神奕奕、流暢地回答茶川的問題。

三角形的臉型，下顎有點寬，但下巴呈銳角。招風耳，耳垂不大。高聳的鼻樑。兩撇眉毛從眉心像海鷗展翅一般往兩邊延伸。下唇比上唇薄，緊閉。頭髮比三分頭再長一點，鬢角整齊。瞇瞇眼，看起來像在微笑。

「其他還有什麼特徵嗎？」茶川問的同時，手上的鉛筆仍不停東修修西修修。

「……這個嘛。」坐在床上的智代抬頭望著天花板。

「比如說黑痣、胎記之類的，都可以。」

「啊……」

「想起什麼了嗎？」茶川的頭往智代方向探了探。

「他的右下巴有一條五公分左右的疤痕。」

「像被割到的傷痕？」由美出聲。

註一：翻開日曆見五或十就要去收錢，故稱『五十日』。
註二：和紙的規格，橫二十五公分，直三十五公分。

「我從下面稍微瞄到一眼而已。不過我記得傷痕是從下巴往喉嚨的方向……我明明記得他右手的傷，為什麼現在才想起他下巴也有傷痕。」智代似乎連自己也不敢相信。

由美想起剛才在車內和茶川聊到，這個事件對智代來說雖然屬於懷念的回憶，但同時也包含不想對外人公開的片段。

由美腦中浮現智代拜訪偵探社時描述的那個畫面。

智代以爲被美兵羞辱，羞愧到全身顫抖，這時少年出手相救，並扶著她的背起身。說完這段體驗，智代便取出裝著氰化物的瓶子。那時的她心中應該交織著兩種心情：抱著必死的絕望，以及初次被男性擁抱的惶恐。對她而言，當時的景象雖然令人懷念，但也有不願回想的片段，所以一直把它藏於內心深處。不，或許對當時處於多愁善感年紀的智代而言，這段回憶大多是美好的，所以才能完整封存少年的風貌至今。

「正面看不到傷痕嗎？」茶川在智代指著肖像畫下巴之處，淡淡地畫上一道傷痕。

「……或許。」

「這個特徵太重要了，妳想得起來很不簡單。偵探們一定覺得幫助很大。」

「多虧大師的幫忙，完全照我說的畫出來，眞的畫得很好。」智代對茶川露出微笑。

「稱不上大師。」

「茶川先生幹麼害羞啊，你不是說，你畫肖像畫無人能出其右？」由美不住調侃臉紅又笑得靦腆的茶川。

茶川畫完肖像畫沒多久，飯津家醫師走進病房。這是飯津家暗示時間到的暗號。由美和茶川拜訪智代時，飯津家答應他們可以繪製肖像畫，但前提是遵守一個條件。他當時靜靜地說明爲何他必須這麼要求。「心肌的問題和我之前說得差不多。但更嚴重的是，她的腎功能下降得太快。現在雖然持續觀察，不過不排除小塊血栓脫落的可能性。總之，只要她太過疲累，隨時可能丟掉性命。我認爲最好不要超過兩個小時。」

由美才剛對飯津家醫師說智代氣色看起來很好，因此一時她無法理解飯津家醫師的話。她知道腎功能下降會立刻反映在氣色上。那時的飯津家看著由美難以置信的表情，側著頭並感慨萬千地加了一句：「看來人眞的是靠『氣』運作的生物啊。」

「很謝謝你，有這麼多特徵還找不到的話，那我這個偵探也太不稱職了。接下來就請您靜候佳音。」

「這幅畫能給我一張嗎？」智代不好意思地來回看著由美和茶川。

「沒問題，我影印一張，順便幫妳放大，做成一張海報好了。」

「太好了。」智代綻開笑容，閉上眼睛對開玩笑的茶川微微點頭。

8

由美和茶川一起坐在四条烏丸的居酒屋內。由美不太想和茶川獨處，所以打給浩二郎，但沒連絡上，只好改請雄高來這裡會合。

「實相大哥因爲佳菜的事件被警方傳喚，之後又有事情要處理。」雄高坐下後說，他從店員手中接過毛巾。四人座的日式座位桌上只放著小菜和盛生啤酒的啤酒杯。

「你們等很久了嗎？」

「由美小姐說想等你來再點啊，沒辦法。」茶川不甘不願地說。

「會不會打擾到你們啊。」

「不會啦，雄高偶爾也要放鬆一下啊。」由美對茶川瞥了一眼。

「本來應該是實相大哥過來才對。」

「沒關係，沒關係，茶川先生才不會在意這種小事呢。」由美遞過菜單一笑。

「眞拿由美小姐沒辦法，今天我請客，你們兩個不要客氣，儘管點。」

由美和雄高盡情點菜。由美喝薑汁汽水。雄高因爲待會還要拍戲，所以點了烏龍茶。幾杯黃湯下肚的茶川，大概是肖像畫受到認可，興致相當高昂。隨著酒越喝越多，大笑次數也隨之增加。

「浩二郎看到我這幅大作，應該會嚇一跳。」心情大好的茶川從背包中取出肖像畫。

「這張肖像畫畫得眞好，很有味道。」雄高望著肖像畫說。

「很棒吧，連我都覺得太厲害了，畫成這樣。」茶川噘起下唇，夾雜著嘆息道。

「還有哪裡不滿意嗎？」

「本鄉老弟，你要不要猜猜看，我接下來擔心的地方。」

「接下來擔心的地方……你是指這幅畫尚未完成。」

「說未完成也對，接下來，我須更愼重處理。」茶川動作誇張地把雙手交叉在胸前。

「啊，我懂了，茶川先生。」由美高聲道。

「說說看？」

「是不是歲月的痕跡？」

「正確答案。智代女士和這個男生會面已經是六十多年前的事了。我還得在他臉上增添歲月的痕跡，這可就難了。」

「不是畫幾條皺紋這麼簡單吧？」雄高問。

「沒錯，歲月的痕跡說穿了就是一個人的生活態度。那人之前渡過什麼樣的人生最後都會寫在臉上。以我看過無數犯罪者長相的經驗告訴我，所謂歲月的痕跡就像某種無法擺脫的氣質，緊緊跟在人的臉上。」

「無法擺脫的氣質？」由美被「無法擺脫」這句話吸引。

「不管本人再怎麼掩飾，善怒的人看起來就像魔鬼，貪婪的人看起來就像野獸，這和容貌五官無關。一個人只要進入那條道路就再也出不來，就像被恆星引力拉住的行星。」

「貪婪的恆星周圍圍繞的，也都會是貪婪的人嗎？」

雄高的比喻又比茶川的比喻更複雜。

「這就是同類相吸。同一山丘的貉注定要住在一起，一起行動。」

「講得充滿深意，太難懂了。」

「簡單的說，如果沒有笑口常開的話，就不會長得好看。」

「這道理我也懂啊。可是，我已經失去看人的自信了。」由美對兩人說明自己沒有看穿綁架佳菜子的磐上本性，導致後面一連串的事情。

「由美小姐，磐上是例外，沒辦法，不能怪妳。」茶川拿起見底啤酒杯旁的芋頭燒酒就口。

「為什麼？磐上就比較特別嗎？」

「倒也不是特別，他太純粹了，全神貫注追求著藝術。」

「我倒是認識很多技藝一流，但和社會常識脫節的人。」雄高拿起一串串燒。

「演藝圈裡面可能更容易出現這種類型的人。不管怎樣，這些人比較特殊，由美小姐就算沒能看穿磐上的本性，也不用氣餒。不過由美小姐挑選男人的眼光我就有意見了，像我這麼優秀的人，怎麼可以連續拒絕邀約呢？」大聲喧嚷起來的茶川大笑。

順著茶川的玩笑話，由美趁機提出這次和他喝酒的理由：

「因為有件事還必須請教這位美男子。」

「護身符袋裡那張紙是吧。」茶川露出一副我就知道的表情，又喝了一口燒酒。

「到底怎麼回事？為什麼說這是江戶時代的東西，但年代不夠久遠。」

「那張紙寫著『本字壹號』，還有墨印，被印章之類的東西蓋過。文字只有一半，因為這是符節。」茶川說明，本字壹號是在室町時代，日本和明朝貿易時使用的「勘合符」，也就是符節。「但那張紙是江戶時代的東西，所以上頭的文字不是真正的『本字壹號』。而且本字共有一百號，哪那麼剛好是壹號，感覺就很像贗品。」

「原來是贗品，為什麼將把假的東西放進護身符袋？」雄高一臉遺憾地喝烏龍茶。

「重點就在這裡。很自然地讓人懷疑，為什麼要把這種東西當作護身符？再者，為什麼它長得和寺廟門口賣的紀念品不同？它真的被當作護身符嗎？感覺比較像是代代相傳的傳家寶。」

茶川從由美描述的故事以及智代回憶中的少年樣貌推斷，那名少年可能志願從軍後沒多久戰爭就結束了，導致心裡產生一股無處宣洩的失落感。正當他對敵國有滿腔的憤怒，徬徨度日時，碰巧遇到智代的事件。

「總之，他既然志願加入軍隊，就表示已經抱著必死的覺悟。由此可知，他帶在身邊的護身符絕對不是一般紀念品。我知道有些軍隊會要求阿兵哥身上要隨身攜帶辨識身分的物品，因爲出去一趟可能再也回不來了。」

「如果眞是這樣，這只護身符對我們來說就是非常珍貴的情報。」

「假如這是室町時代的東西，我就能拍胸脯保證他的祖先是做勘合貿易的。」茶川半嘆息地說完，又點了一杯燒酒加冰塊。很明顯他喝酒的步調加快許多。

「你的意思是，如果這東西年代更久遠一點，反而更好下判斷嗎？」雄高嘆道。

「我還以爲找尋回憶，越新的東西越好找呢。」由美也同意雄高的說法。

「就算是贗品，會把勘合符當作護身符的人，應該是住在海邊的居民。『本字壹號』是與明朝交易時合符節用的……」茶川酒喝多了，說話開始含糊不清，身體開始晃動，眼睛充血。「……這麼說來，應該是比京都還西邊的地方。我想瀨戶內海的機會最大。中世以後，那裡是朝廷每年運送貢品的重要水路。一開始只有運送貢品，後來也用來運送貨物、商品。民間開始出現擁有船隻的平民，懂得行船的人才應該也都往那裡聚集。尾道、鞆、因島的備後、安芸等地方的港口，當時應該都已經建造起來了。」

一口氣說這麼多話，茶川深深嘆一口氣，手伸向酒杯。

雄高看到他半闔雙眼，朦朧恍惚，抓住他的手。「茶川先生，不要再喝了。」

「沒關係，再讓我喝點。」

「你喝太多了啦。」

「再差一點點，我就找出答案了……」

「……茶川先生。」

雄高看由美一眼。由美了解雄高的心情。茶川先生並非偵探社的人，但拚命地替智代尋找那名少年。雄高對這件事的驚訝表現在他眼神上。

「只要知道家徽出處，就能找到發行護身符之處，我的肖像畫就派上用場了。」

茶川說完，往旁邊應聲倒下。沒多久，他開始鼾聲大作。

「怎麼辦？」雄高來到茶川身邊。

「沒辦法，誰叫他喝這麼猛。」由美替四腳朝天的茶川把脈，觀察面容，輕輕舉起他的手、腳，再瞬間放開，觀察他的肌肉反應。

「茶川先生，你沒事吧？」

「喔喔……有美人照顧我啊。送我回家好嗎。」茶川握著由美的手，闔上雙眼。

「不要緊，應該只是太累。」由美對一臉憂心的雄高說。

「茶川先生真的很厲害，懂很多，又很有毅力。」

「是啊。」

「他每次都說不用酬勞，請他喝酒就好。」

「現在這種世風，真的很難想像還有這種人呢。」

「我感覺他似乎很喜歡實相大哥。」雄高直盯著一臉平靜、吐息沉穩的茶川。

「你幾點要拍戲？」

「凌晨三點在大覺寺。」

由美的手表顯示快要十二點。「演什麼角色？」

「今天演屋形船的船夫。爲了拍到大澤池的晨靄，三點就要集合。」

「那我們走吧。」由美拍拍茶川的臉頰，茶川蠕動幾下嘴角，沒打算起身。由美和雄高只好一起扶起他。

付完帳走出店內，由美攔一台計程車。計程車車門打開，兩人合力把茶川扛進車內。喝得爛醉、任人擺布的茶川歪七扭八地躺在後座，嘴裡不斷嚷著由美的名字。由美跟司機報茶川家的住址，麻煩他送茶川回家。由美目送載著茶川的計程車離開，轉頭看雄高一眼，只見雄高呆望著計程車的車尾燈。

由美迎著風伸一個大懶腰，和雄高一起默默地看著路上來往的車流。

「嗳。」過了一會兒，由美出聲，頭後的馬尾隨暖風搖曳。

「什麼。」回過神來的雄高大聲回應。

「怎麼？你在想什麼？」

「沒有……」

「好像不太對勁哦。」由美抬頭看著雄高。

「茶川先生眞是一個好人。我只是在想，多虧實相大哥，我才能認識大家……」

「發生什麼事了嗎？有話直說。」由美追問。

「實相大哥眞的很有魅力……在這裡遇到的每個人都很棒。所以……」

「到底什麼事啊？」

「我很喜歡回憶偵探社。」

「大家都是啊。不管對回憶偵探的工作，或是對實相浩二郎大哥都很……」由美頓時語塞。她知道若把喜歡說出口，情緒可能會潰堤。

「我拿到角色了。」

「眞的？角色是指像電視時代劇的配角之類的？」

「大河劇。」

「太厲害了！時代劇的殿堂啊。」

「上次我從東京回來後拍戲，正式開拍時，主角突然問我一句：『掌舵的，身體好點了嗎？』我很自然地回答：『多謝。』根本忘了鏡頭。上次拍戲請假時，聽說那位主角問工作人員，上次那位船夫呢？他說，他拿到大河劇的主角，想帶我一起過去。」

「一定要告訴浩二郎大哥，大家一起慶祝一下，恭喜你了！」由美握住雄高的手。

「由美姊，這次是我實現長年夢想的好機會。」

「當然！」

「所以我不想錯過。就算是從隨從演起……」

「千載難逢的機會啊，沒什麼好煩惱的，你努力那麼久就是爲了這一刻。」

「拍攝時間大概要十個多月，不過大概要被綁一年以上。」雄高有氣無力地說。

「因爲要一直跟著劇組拍戲嘛，那也是……」由美正要說「理所當然」時才發覺雄高的煩惱——以後不可能像現在一樣，一邊拍戲一邊在回憶偵探社工作。「這件事你還沒對浩二郎大哥提起？」

雄高微微點頭。浩二郎若知道雄高得到大演員賞識，一定很高興，然後馬上對雄高當頭棒喝，要他不用猶豫。雄高也知道浩二郎的個性，所以才對由美傾訴。

由美看到雄高眉間的皺紋，感受到他掙扎的心情。

「暫時先把委託人的回憶放下。想辦法讓自己成爲別人的回憶也不錯啊。」

「讓自己成爲別人的回憶？」

「嗯，成爲看大河劇觀眾的回憶啊。」由美拍一下雄高的背。

「『看到本鄉雄高演大河劇，正是我人生最煩惱之時。我記得當我看到他那麼努力精進演技時，心裡好感動，最後終於果決地做出決定。』你就好好地當一個這樣的演員。」

「由美姊的意思是，不管演隨從還是什麼，只要全心投入在演戲上，當一個好演員，就是我最好的報答方式嗎。多虧由美姊提醒，我豁然開朗了。」

「沒錯，這是最好的報答方式。」由美又用手掌拍一下雄高的背。

「今晚船夫這個角色，我也要拿出我最好的表現。」

絲毫不帶涼意的盆地熱風吹拂而來，揚起雄高的頭髮。

9

浩二郎與妻子三千代坐在琵琶湖畔一間家庭餐廳內。桌上擺了一本名叫《湖風》的雜誌。那是一位滋賀縣退休名叫穴井的警察，和一群住在草津的同好出版的同人誌。穴井當時打撈浩二郎兒子浩志遺體，他近期看到俳句同好會的成員藤村知足在雜誌上刊登一首引起他注意的俳句，便把同人誌連同一封信寄給浩二郎。

三千代一坐下，就打開不知已翻過幾回的《湖風》，盯著知足的文章。

琵琶湖某岸原本可以游泳，現在爲了保護蘆葦，兩年前開始禁止游泳。夏天的琵琶湖熙熙攘攘，只有這一角，不知是不是早秋輕風吹拂，顯得特別寂寥。我在一片綠色蘆葦中，發現一束雞冠花。

蘆葦之岸　少女上供　鮮紅花朵
湖面起風　悲戚搖曳　雞冠紅花
宛如生根　雞冠今仍　花開燦爛

藤村知足

那裡正是七年前發現浩志遺體之處。根據穴井的調查，在此之前和之後，此地未曾有過溺水死亡的紀錄。穴井在信中寫道，若俳句中少女獻花代表供奉，表示她可能知道令公子的事件，於是我自己多管閒事地進行調查了。接著，穴井還安排藤村知足和浩二郎見面。

下午一點多，穴井與知足一起現身餐廳。今年春天進入五十五歲，從警察一職退休後改爲務農的穴井，雖然才退休沒多久，但比起當巡查部長的時期，皮膚更加黝黑。理短的頭髮上，白髮的數量變得更多。相較之下知足皮膚白皙，介紹自己從事酪農業。

「我全心投入工作，盡量不想兒子的事……但三不五時還是會浮上心頭。」

打招呼過後，浩二郎警惕自己般地說。

「本來我也不想提起這件事，怕造成你的痛苦，但實在忍不住，只好聯絡你了。」

「謝謝你還記得我兒子的事，感謝。」浩二郎一低頭，一旁的千代也一起行禮。「恕我冒昧，我們直接來看藤村先生作的俳句吧。」浩二郎盯著桌上翻開的同人誌。

「那時，我爲了思索吟詠秋天的俳句，剛好也來這裡找題材。就坐在後面窗邊的位置。」知足往浩二郎背後的位置瞄一眼。

「我看到外頭的蘆葦十分翠綠，但苦於不知怎麼把它化爲詩句。」知足說，他非常不擅長推敲詩句。爲此他想出一個辦法，那就是持續觀察吟詠的對象。「就在這時，一名高中生年紀上下的女生拿著雞冠花束出現了。在一片翠綠的蘆葦之中，那束供奉用的紅花顯得特別鮮豔。看到這個景象，我才寫出雜誌上這首俳句。」知足視線落在浩二郎手中那本同人誌上的詩句。

「那束花看起來像供奉用嗎？」三千代問知足。確認的語氣帶點緊張。

「錯不了。」穴井替知足回答。

「這樣啊。」浩二郎身體前傾。

浩二郎透過過去與穴井交流的經驗，知道他這人絕不會說大話。當時，其他的搜查官都草率地以自殺案件處理兒子的事，唯有穴井獨排眾議，拚命搜尋目擊情報。

「擔任同人誌的編輯委員後，我看到藤村先生的詩句，忽然恍然大悟。」

「恍然大悟？」

「沒錯。藤村先生作的俳句有個特徵，就是忠實描述眼見景象。當我讀到『宛如生根雞冠今仍　花開燦爛』，隱約覺得他想表達，有人頻繁地更換花束，彷彿花生了根。」

「是這樣嗎?藤村先生。」浩二郎問藤村。

「是。不過，第三句是很後來才寫出來。之前，我三度前往那片湖邊的蘆葦叢觀察，原以爲早該枯萎的雞冠花依然鮮紅地開著。看來有人專程將舊花回收，擺上新的。」

「知道這件事後，我們兩人一起在湖邊蘆葦叢附近埋伏。藤村先生的詩是上個月作的，其實我們都沒把握能否順利再看到那名女性。」穴井順著知足的話尾說下去。

「然後呢，你有見到那名女性嗎?」

「有。」穴井深深點頭。

原來那名女生一個月中有幾天從自家庭院摘花送來這裡。

「那名女性拿花供奉誰呢?」

最重要的是，她知不知道浩志的事件?但她現在是高中生，就代表浩志死去時，她還只是小學生左右的年紀，不太可能是浩志的好友。假如不是朋友，那她獻花的理由爲何?浩二郎努力在心中尋找合理的答案。他內心抱著一絲希望，期待那女生雖不是浩志的朋友，但可能是事件目擊者，所以前來供花。

「這就不得而知了，實相先生。」穴井看著浩二郎和三千代。

穴井確實和這個女性見過面，也說過話。但她絕口不提獻花的理由。

「我長年在警界服務，對查問的功夫還算有自信。但她口風眞的很緊。」

「她眞的是高中生嗎?」

「她有點頭回應，應該沒錯。」

「那邊除了我兒子的事件，沒有其他的死亡意外。假如她是來對我兒子的事件表達哀悼，表示事件發生時，她還只是小學生。就算她是事件的目擊者，也不至於特地來供花……」浩二郎側著頭說。

「沒錯。所以我很慎重地詢問她。畢竟我也調查過了，在她供花的地方，除了實相先生的兒子之外，沒有發生其他不幸事件。」

穴井向女生表明自己以前是警察，曾處理一名高中男子在湖岸自殺的事件。

「她說什麼？」三千代著急地問。

「她默默低頭，什麼也不說。」

束手無策的穴井只好請她用點頭或搖頭的方式回答，盡可能地問出情報。

供奉花束的是妳嗎？有人叫妳做的嗎？妳知道曾經有一名高中男生死在這裡嗎？

「她對我的問題時而點頭時而搖頭，雖然動作不大。總結來說，我們知道她是照自己的意思前來供花。不過不知道是從什麼時候開始。而她最近就要搬家，不能再來，所以從上個月起大概每周會來一次。另外，我們從別的問題得知他知道浩志的事件。但一提起那個事件，她又毫無反應。」穴井一邊搖頭，一邊用紙巾擦臉上的汗。

「不過可以肯定，她知道浩志的事件吧？」

浩二郎心想，少女有看見殺害浩志的凶手嗎？

「是沒錯。只是……」

「只是？」浩二郎目不轉睛地問著穴井。一旁的三千代轉頭看一眼浩二郎。

「我想盡辦法，用各種角度切入，但現場似乎沒有第三者。」

「你說什麼？」浩二郎提高分貝。浩二郎一直認爲浩志並非自殺，而是被他人殺害。他曾發誓要逮到殺死浩志的凶手，替浩志報仇，這幾乎成爲他的信念。當時他竭盡全力也找不到的目擊者，現在終於出現，照理說離抓到凶手就差這麼一步了。

「由於事關緊要，所以我特別確認好幾次。當然，對一個目擊死亡現場的小學生來說，可能因爲過於恐懼而喪失記憶……」

「就算是這樣，那她……」

「我問過了。我問她在現場有沒有看到爭吵、拉扯、或有人跑走等，但她都搖頭。」

「那麼我兒子……不，他不可能自殺。穴井先生，浩志絕不是視自己性命如草芥的孩子。」激動的浩二郎用力敲著桌面。

「我知道，打從事件發生，實相先生就一直強調這件事。所以我才這麼注意令公子的事件，即使退休了也——」

「……」

「我想眞的沒有第三者涉入。更重要，那名少女說了一句關鍵的話。」

「什麼？」

「她最後默默地冒出一句話：『他是我的救命恩人。』」

「救命恩人……」浩二郎身體更往前傾。

「他確實這麼說，接著就當場跑走了。」穴井說，之後就再也沒看到她了。他發出嘆息，似乎對女孩做了什麼壞事似，露出十分過意不去的表情。

「救命恩人嗎……」浩二郎盯著岸邊的蘆葦。

「實相先生，你想和她見面嗎？當時我怕引起她的戒心，沒有交叉詢問，但只要想找，還是找得出答案。」穴井很自然地說出警察的行話。

「不，已經夠了。是吧，親愛的。」三千代用濕紙巾壓住眼角。

「什麼？」浩二郎轉頭看三千代。

「那位少女不是說沒其他人看見嗎？還拿花來供奉浩志。這樣就夠了不是嗎？」

「……」

「就算把她找出來又如何。」三千代用濕紙巾摀住臉。

「沒錯，夠了。」浩二郎像在說給自己聽似地低喃。

「什麼意思？」聽到浩二郎和三千代的話，穴井面露訝異。

「穴井先生、藤村先生，非常感謝你們為我兒子的事情奔波至今。我想她應該也有難言之隱。」

「是這樣沒錯，但要是她眞的搬家了……」穴井語氣中帶著困惑。

「我希望從她說浩志是她救命恩人那句話，推測浩志究竟做了什麼。即使只是我一廂情願的想法。」

「一廂情願？」

這大概是穴井還在職的時候，絕對不會用到的字眼。

「既然現場沒有第三者，就代表我兒子的死並非特別的案件。而且從她口中說出救命恩人這四個字，我就能確定我兒子不是自殺。所以我們覺得不繼續追究，可能是最好的選擇。沒錯吧，三千代。」

三千代彷彿全身虛脫般，深深點頭。

這麼多年來她持續憎恨一個假想的凶手，或許也感到疲倦了。

「這樣啊……」穴井浮現半信半疑的表情。

「眞的很謝謝你。」浩二郎深深一鞠躬。

三千代低頭，似乎正在啜泣。

「『宛如生根　雞冠今仍　花開燦爛』，當我拜讀到詩句，我所感受到的不止是那名少女替換花束這麼簡單，還有一種她連心也生了根的感覺。我猜她也有自己的痛苦要承擔。」浩二郎對知足道謝，因爲這句詩療癒了他的內心。

知足眼睛濕潤。

與穴井他們分開後，浩二郎和三千代在湖岸附近散步一會。夏天已步入尾聲，但釣客絡繹不絕，散布各處垂釣。

「事情能這樣解決，眞是太好了。」浩二郎對走在前面、打著陽傘的三千代說。

「哪樣呢？」三千代停下腳步，轉頭並將陽傘側向一邊。

「就像穴井先生說的，還是有辦法追查到那名少女的住處。假如我們直接跟她見面，或許她肯告訴我們眞相。」

兩人一起低頭拜託，或許能打動她的心。

「但你也認同我的想法。」

「是啊。我沒關係的，只要妳下定決心就好。」

「『我需要堅強的心靈』，記得浩志的詩嗎？」

「『我需要堅強的心靈。遭遇困難，寧大勿小。遭遇艱難，寧深勿淺』。」浩二郎彷彿仔細玩味般，一字一句地唸出來。

「你也一樣，忘不了這首詩吧。」

「我感覺這是他內心深層的吶喊。」

「我覺得他說的堅強，是指健壯、健康的意思。」

「像個男子漢嗎？」

「也有這個意思。不過我覺得還包括堅持做對的事情，有一點修行者的味道。」

「修行者？」

「這樣想的話，就能理解他說的『艱難』。」

「嗯。可是，就算是修行——」

普通的高中生為什麼想到要做這種帶有濃厚宗教色彩的事情？

「我猜因為他恨自己看到朋友遭霸凌，卻無法出手相救。」

「他實在想太多了。」

兩人佇立在湖波微微蕩漾的沙岸邊。再往前踏出一步，浩二郎的鞋子就會泡到湖水。

「他很痛苦。所以才會看到那名少女就……」三千代盯著湖面。

「妳在想什麼？」

「和你一樣。」

「……說得也是。」浩二郎撿起腳下的石頭，往湖面丟。漣漪往四周擴散。

沒有第三者。當浩二郎聽到這句話瞬間，腦中已浮現出一段情節。浩志在冬天湖面發現溺水的少女。他下定決心，這次一定要展現堅強的心靈。他脫掉上半身的衣物，投身入水。少女得救了，但浩志他——

浩二郎心想，少女為何在湖中？不知道。既然噤若寒蟬，相信她一定有不得已的苦衷。少女認為浩志是她的救命恩人，前去岸邊供花，但絕口不提事件經過。什麼原因讓她在天寒地凍的日子靠近湖水？或許她遭遇了某些事。

但現在知道這些又如何。對少女來說，浩志是她的救命恩人，這就夠了。

「你看這個。」三千代從包包中拿出一本文庫本。

「《夜航》。聖修伯里的作品？」

「我在浩志書桌抽屜找到的。」

「妳進他房間了？」

他告訴過三千代，在她心情尚未穩定前，千萬不要進去浩志的房間，因為裡面堆滿了浩志的遺物。醫生告誡過，情緒太過興奮或沮喪都是讓她再次接觸酒精的重要誘因。

「一個月以前吧，有偷偷進去一下。放心，我沒喝酒。」

「結果發現這個？」浩二郎看著書的封面畫著一架雙翼小型飛機。

「我覺得奇怪，為什麼他不放在書架，要收在抽屜裡面，所以就拿出來看看，結果發現裡面夾著一張紙條。」

浩二郎打開文庫本，裡面夾著一張對折兩次的紙條。他攤開紙條唸道：「人生沒有解決方法，只有持續向前邁進的力量。你必須創造出那股力量。只要有那股力量，一個人也能找到解決方法。」

「這是浩志的字吧？這是故事中一個段落。他一定很喜歡這段話。」

「他看到朋友被欺負，自己卻無能爲力而痛苦掙扎，一方面又急切希望往前邁進。」

「我一輩子都忘不了那孩子，只是我不想再原地踏步了。就在這時候，穴井先生剛好帶來那封信。」

「原來如此。」

「嗯。」

「那我們就往前踏出一步吧。」

「我會努力的。但搞不好會累到走不動。」

「到時候再翻開這個。」浩二郎拿起《夜航》。

「也對，就讓浩志鞭策我吧。」三千代微笑著回應。

「這下我放心了。」

「知道我不喝酒，所以放下心？」

「這也是。我只是很高興，原來浩志已經擁有堅強的心靈了。」

浩志賭上性命，堅持做對的事情。內心絲毫沒有想要自殺的消極想法。浩二郎知道這點後鬆了一口氣。

「接下來你就全心投入在智代女士的案子上吧。」

「只要有持續向前邁進的力量，事情一定能解決。」浩二郎將文庫本還給三千代時，鏗鏘有力地宣布。

10

兩天後的傍晚，茶川來到偵探社。

「由美小姐在嗎？」

「這不是茶川先生嗎，前幾天在電話中失禮了。」浩二郎將浩志的事情告訴茶川。

「嗯？只有浩二郎在啊。」茶川轉頭環視事務所內部。

「由美在醫院。」

「身體不舒服嗎？浩二郎讓她加班得太凶了，中暑了嗎？你也別這麼過分。」茶川一屁股坐在會客用的沙發上。

「由美身體很健康。是智代女士轉院了。」

「這樣啊。前幾天看到她精神還不錯。」

「以防萬一而已。」

「就算是這樣，我們這邊也要加快腳步才行。」

「沒錯。我這兩天透過朋友，和大阪府警的退休警員協會接觸，認識一些戰後時期當巡查部長和刑警的退休警員，他們轄區剛好是那名少年事件發生點附近。」

「大家年紀都很大了吧？」

「對啊。不過，我還是訪問到十幾個人左右。」

浩二郎透過法蘭克・A・穆倫寫給理查杉山的信，一一爲他們釐清受害美兵的姓名及立場，與在新大阪飯店接受治療等訊息後，成功地勾起他們的回憶。

「太厲害了。從你的表情來看，應該收穫不少。」

「但實際上能否藉此追蹤到那名少年就不得而知，不過確實得到一些線索。」

「我今天也帶了不錯的情報來哦。」

「謝謝。」

「那你收集到哪些情報？」茶川端正坐姿，眼神如孩童般看著浩二郎。

「根據某位巡查部長的描述，當時日本人對美兵動手的案子不多，他隱約記得幾件。雖然大多是小爭吵，但警方爲了殺雞儆猴，以及顧及美軍的面子，通常先把這些人關進拘留所。不過，畢竟那名少年打傷了美兵，大家都在猜他會被怎麼處置。」

「成爲話題人物就是了。」

「當時警方因爲和杉山先生的立場相左，都不敢站出來說話。」

但有幾個人回憶，他們內心其實是爲少年的勇氣喝采。

「少年正式釋放前，有人形式上地將他關進拘留所，但私底下對他鼓勵。」

浩二郎讓對方看茶川畫的肖像畫。對方不記得細部了，但傷痕看起來很像。

「我技術果然寶刀未老吧？」

「是的，多虧那張肖像畫，他們才回想起來，眞的很有效果。」

「我就說嘛、我就說嘛。」茶川大悅，摸摸自己光禿禿的頭。

「他對『Kodyuna Toshiige』這個名字沒印象，只記得少年說過一句話，至今印象深刻。」

「記得少年說過的話！人的記憶眞不可思議。」

「少年似乎把『揍』說成『kurasite』。（註二）」

「原來如此，應該是某個地方的方言。」

「那位警察的親戚……」

「等一下。」茶川伸出手掌打斷浩二郎。

「怎麼了嗎？」

「那名警察的親戚是伊予那邊的人吧？」

「太令我驚訝了，茶川先生，沒想到你連伊予的方言都懂。」

「不，我從來沒聽過。」茶川搖頭否認。

「這名警察的親戚確實住在松山。爲什麼你知道他是伊予的人？」

「今天來找由美小姐就是爲了這件事。護身符袋的分析結果出爐了。」

茶川將護身符袋上的家徽經過掃描和修復過後的照片放在桌面。照片上的圖案看起來既像六片花瓣，又像水車。

「圖案是仿照毛茛科植物——鐵線蓮的花瓣，據說家徽的名稱叫『六瓣鐵線』」

「這個家徽和伊予有什麼關聯嗎？」浩二郎拿起照片問道。

「光靠家徽還沒辦法鎖定。你記不記得護身符袋裡面有一張墨印。」

「聽說是勘合符。」

「我和K縫製的人聊到，把這東西當作護身符的，很可能是古時候靠船維生的族人。據他所知，當時有一支以伊予周邊島嶼爲據點的水軍，他們的旗印就是使用六片鐵線花瓣。」

「伊予的水軍？旗印？」

浩二郎覺得這些字句聽起來有一種與世隔離感。不過，就算脫離現代也沒關係，只要最後找到智代想找的那名少年就好。他腦中浮現智代手上那只藥瓶。雖然內容物已經變質，但裡面裝氰化物。就算少年會錯意，要是他沒救智代，智代一定毫不猶豫打開瓶蓋。救命恩人——

浩二郎腦中浮現這四個字時，耳朵彷彿聽見蘆葦在湖風中搖曳摩娑的聲響。

「那支水軍的名字叫忽那水軍。」

「kutsuna（註二）嗎？」

浩二郎想，聽在外國人耳裡的確可能變成「kodyuna」。

「沒錯。」

「kodyuna和kutsuna有些相近。」

「對，我再請K縫製的人幫我查這條線索。」

「拜託你了。」

註一：「揍」一般口語是「naguru」。
註二：此為忽那的日文唸法。

「下次由美小姐回來時我再過來一趟。對了，浩二郎。我大姊說，蘆葦的『葦』原本讀作『ashi』，因爲會讓人聯想到「惡」（註一），所以後來才改念作『yoshi』（註二）。換言之，人心才是最重要的。」茶川一邊說，一邊離開事務所。

浩二郎看了一下時鐘。雄高曾說有重要的事要談，但這兩天一直見不到面。他這時應該正在片場拍戲。他到底在煩惱什麼？希望不是什麼嚴重的問題就好。

在心中如此祈禱的浩二郎，視線落在茶川放在桌上的六瓣鐵線家徽圖案。

接著，他打從心底希望當時的少年還活著。

11

兩天後早晨，茶川和一位打扮奇特的女性來到事務所。那位女性穿著傳統和服，上面白衣，下面紅色高腰褶裙，乍看像極巫女的裝扮。她一頭長髮往後綁，長度及腰，面容看來年紀大約五十五歲上下，實際上或許更大些。

茶川將帶來的女性晾在玄關，一看到剛歸隊的佳菜子就往她的座位走。

「身體好點沒？」

「都好了，讓您操心了。謝謝您鼎力相助。」佳菜子起身道謝。

「沒事就好。小心一點，不是每個男人都像我這麼紳士的。」

「是。」佳菜子綻放微笑。

「我說茶川啊，你都還沒替我介紹。什麼紳士，我都快聽不下去了。」穿和服的女性大聲地說。

「好好好，歹勢。」茶川把女性帶到會客區，然後悠悠地說：「浩二郎，由美小姐今天又不在啦？」

「智代女士今天安排檢查，她陪在她身邊。」浩二郎回答時顧慮到一旁正顯得不耐煩的女性。

「那本鄉呢，拍戲嗎？眞認眞啊。」

「茶川先生，這位是？」浩二郎看看女性，催促茶川介紹。

「哦，這位是土屋夕紀女士。她是我們家附近算命的。很久以前當過巫女。」

「『很久以前』就不必說了。您好，我叫土屋，請多指教。」夕紀對總算肯介紹她的茶川說了一句後，向浩二郎行禮。

「我是這裡的負責人，我叫實相。」

「她可以從姓名判斷很多事情。上次說的『忽那』很少見，我就試著問問夕紀，不抱太大期待就是了。」

「茶川，你眞多話。」說完，夕紀轉頭面向浩二郎。「忽那這個姓氏最早可以追溯到藤原氏。只是這事情年代久遠，所以有很多版本流傳，現在也搞不清楚哪一個才是眞的。不過，在《忽那嶋開發記》這份文獻中，開頭明載藤原道長的子孫親賢被流放到瀨戶內海

註一：與有惡、壞之意的「悪し」（ashi）同音。
註二：與有好、善之意的「良し」同音。

的中島，也就是現在愛媛縣松山市的中島。」

「愛媛縣嗎？」

從大阪府警退休警員協會打聽到的伊予腔「kurashite」，正好符合愛媛縣的口音。

「有的文獻將『忽那』稱爲kotsuna，寫作『骨奈』，據推測早期的名稱應該就是骨奈。現在的中島又叫做忽那島，以前的話大概叫做骨奈島吧。」

忽那氏開墾這裡的小島，後來逐漸成爲支持藤原氏的重要力量。

「瀨戶內海的小島多如繁星，他們利用特殊的地利，發展出獨特的文化，例如他們研發出一種漁夫專用的掌舵術。但世事無常，這支族人實質上已經在戰國時代滅亡了。」

忽那氏確立海上霸權後，受各方勢力看重，南北朝時代被納入伊予國的守護，河野家旗下。但河野家受到大內、細川、大友、長宗我部氏的壓迫，在豐臣秀吉四國征伐的戰役中，被沒收領土，走向滅亡。忽那氏也因此滅亡。

「有趣的是，忽那氏在南北朝戰亂之際，曾一度投靠朝廷，只是後來又變節投靠足立尊氏。根據歷史，勘合貿易始於第三代的足立義滿，所以忽那家的子孫會把勘合符放進護身符袋裡也是合情合理。」

「茶川，事情沒那麼簡單。」一旁的夕紀轉頭對茶川說。

「沒那麼簡單？什麼意思？」

「水軍的旗印或許是六瓣鐵線沒錯，但據我所知，忽那家的家徽是『杏葉牡丹』。既然用來當護身符，牡丹的可能性應該更大。」

「『杏葉牡丹』的家徽長什麼樣子？」

「把牡丹葉子的部分畫作杏葉形狀，左右對稱，上面是牡丹的包蕾，下面是牡丹花，很漂亮的家徽。」

「所以說，這兩個家徽長得完全不一樣。」茶川點點頭，抬頭挺胸地說。

「你說過，你懷疑裡面的勘合符是假的，所以我覺得……」

「請等一下，您的意思是，不只裡面的勘合符是假的，連護身符袋也是假的。」浩二郎插入茶川和夕紀之間的對話。

「不是這樣。我的意思是，所謂的水軍不是只有忽那家的家族，而是泛指擁有在海上討生活技能的一群人，不是只有懂得行船貿易的人才會繼承忽那這個姓。」夕紀滿腔熱情地回答。

「土屋女士，可否請您說得再明白些？」

「我想說，你可以不要那麼鑽牛角尖。」

「鑽牛角尖？」別說鑽牛角尖了，現在連可能性的範圍都不知從何畫起。浩二郎端正坐姿問道。

「不要因爲勘合符是假的，就認爲和勘合貿易無關。或是因爲勘合符被放進護身符袋，就認爲持有者一定來自靠海維生的家族。把這些框架通通拿掉。」

「原來如此……土屋女士有什麼高見嗎？」

「高見倒不敢當。不過我認爲可以從同時符合這三個條件的地方下手。第一，講伊予方言的地方。第二，護身符袋的家徽不是使用忽那家，而是採用水軍的旗印。第三，護身符袋裡面有放勘和符。先從符合這三點的地方找人。」夕紀稍微喘口氣，繼續往下說。

「假如是像菩提寺這種祭拜祖先的神社所製作的護身符，應該可以從K縫製的人身上得到情報。即使是他們的競爭對手製作的，也可以查得到，我想他們對全國製作護身符的寺廟都有掌握。假使循這條線找不到，再從手工，或是個人的小寺廟下手，一間間找出符合這三項條件的神社寺廟，除此之外別無他法。」夕紀正襟危坐，側眼看著浩二郎。

浩二郎感受到自己的決心正受到考驗。「地毯式搜索……」

「這個要求聽起來有點無理，但或許最快。最好的結果就是少年回到故鄉之後，健健康康地活到現在，就算搬去別處，應該也可以找到相關線索。」茶川靠在沙發上。

「這就是您剛才說的拿掉框架吧？」浩二郎看著夕紀。

「姓氏也是。」

「姓氏？」

「如同我剛才說的，忽那又寫作骨奈，所以可以找愛媛的松山裡面，有沒有人的名字發音近似忽那（kutsuna）或骨奈（kotsuna）。」

「啊！kotsuna！kotsuna念起來更接近kodyuna。」聽到浩二郎實際念出這兩個字的發音，茶川恍然大悟。

「kutsuna和kodyuna聽起來有點格格不入。但如果是kotsuna就十分吻合。而且英語圈的人不太會發『tsu』和『dsu』的音。外國人到我大姊那裡聽都都逸（dodoitsu）（註）的時候，都說成要去聽doudouichu。」

「好，那就從kotsuna下手。」浩二郎一顆心早已飄向瀨戶內海了。

12

隔天，浩二郎從由美前陣子拿到的K縫製顧客名單中，挑選出廣島、山口，以及四國一帶的客戶，帶著這些資料，準備搭下午一點多的飛機。

創業一百多年的K縫製，至今仍保存戰前戰後與他們有往來的神社寺廟客戶資料，包括他們訂製的圖案與素材。浩二郎決定這趟調查先排除這些地方。除此之外，還要考量到有些神社寺廟可能因爲火災或自然災害而消失，或後繼者的問題無法經營。只是這個問題，只能向當地公所和附近的居民一一打聽了。

無論如何，若不親自到現場，事情不會有進展。他的提包中收著瀨戶內海周邊的地圖、少年的肖像畫以及想像少年過了六十年後的畫像、少年的護身符，以及法蘭克・A・穆倫來信的譯本。

關於要不要把信拿給少年本人，浩二郎有些猶豫。畢竟智代的委託是要向他道謝，而不是釐清事情的眞相。

知道眞相不一定比較幸福。

浩二郎眺望窗外。窗外的雲朵白得發亮，刺痛他眼睛，他忍不住閉上眼。

《夜航》。

註：唱出有一定格律的口語詩，搭配三味線伴奏的日本表演。題材以歌詠男女愛情居多。

一瞬間他眼前一片黑，眼瞼內浮現三千代拿在手上的文庫本。不知道調查需要多少時間，他決定先出差五天。雖然三千代已重新振作，但他還是忍不住擔心，拜託佳菜子到他家住幾天。佳菜子大概也怕一個人住，二話不說地立刻答應浩二郎的請託。除此之外，他還沒和雄高見面。雖然這件事掛在他心頭，但現在也只能專心在眼前的案子。

浩二郎睜開雙眼。

沒多久，廣播播放訊息，要大家繫緊安全帶。機身大幅度傾斜。底下已經看得見松山機場了。

離開事務所三個多小時，浩二郎降落在松山機場。從機場搭伊予鐵道，經過大手町站，最後來到高濱港。從高濱港再搭乘渡輪，在中島的本島登陸。中島是由三十幾個小島組成的忽那諸島中的九個有人島之一，也是忽那水軍的根據地。

附近有一間神社，但有列在K縫製的名單上。保險起見，他還是到該神社的社務所一趟。他向神官說明來意，並拿出護身符與肖像畫給他看。神官搖搖頭。浩二郎問這裡有沒有「kotsuna」這個姓，並翻閱樂捐芳名簿尋找，但皆一無所獲。

莫可奈何的他朝下一間T寺前進。從K神社走了四十分鐘左右，終於來到T寺廟門前。這間寺廟和K縫製沒有往來，但住持看過護身符和肖像畫後，說沒有印象。他爬上陡峭的階梯，來到一個高台，眼前出現一片大海與群島，這裡確實是天然的要塞，得天獨厚的地形。毛巾手帕轉眼間就吸飽他的汗水。夏季的太陽依然炎熱，但和京都不能比，這裡的海風吹來涼爽。

步行十分左右，看見一間八幡宮，但依然沒有斬獲。

他只好原路折回。

回過神來，附近天色已是一片朱紅。西傾的太陽發出鮮豔橙色，正要沉進海中。浩二郎看手表，已經是下午六點半。他從提包中取出地圖，尋找事前預約的民宿位置。

進到房間，浩二郎立刻打電話回事務所。

「等你好久了，浩二郎大哥。」電話那頭傳來由美開朗的聲音。

「發生什麼事了嗎？」

「沒事。你一直沒聯絡，讓我很擔心。我還以爲飛機墜機，一直盯著網路新聞看。」

「我一到這裡就立刻調查，沒打個電話，眞抱歉。」

「眞拿你沒辦法，原諒你。對了，進展如何？」

浩二郎從她語氣的變化感受到，一直照顧智代的由美，比誰都對他的調查結果感到焦急。浩二郎老實告訴她，今天全部落空。「今天時間比較趕，明天我會跑更多地方。」

「知道了，不過也不要太勉強。」

「謝謝。智代女士身體的狀況怎麼樣了？」

「檢查並不樂觀。她的心肌無法獲得足夠的營養，加上冠狀動脈硬化狀況很嚴重，有點可怕。雖然可以用冠狀動脈血管成形術治療，但身體受不受得了也是一個問題……」

「當初決定轉院是對的。」

「既然是飯津家醫師的建議，應該可以放心。」

「的確。智代女士有說什麼嗎？」浩二郎問這句話時才發現智代幾乎都是由美照顧。

「她現在情緒起伏不能太大，對心臟不好，所以我不太主動開口。她只說希望自己身體能恢復健康，不希望在醫院和對方見面，問我有沒有景色漂亮一點的地方等等。和對方見面是她與病魔纏鬥的唯一動力。我在一旁看著也覺得難過。」

「一定要讓他們兩個見面才行，對吧？」

那名少年還活著。一定要活著，要是沒活著就糟糕了。這是智代這輩子最後的願望。

浩二郎緊握話筒。

「浩二郎大哥。」由美的聲音聽來有些猶豫。

「怎麼了？」

「我覺得應該要通知智代女士的兒子。」

智代的兒子自從二十年前和有夫之婦私奔以來，一直行蹤不明。當時他三十五歲，現在應該已經五十五歲了。

「我是有打算查出她兒子的下落。」

「智代女士曾說二十年前，她先生用電報和兒子斷絕關係，自此音訊全無。但我懷疑她知道兒子的消息。」

由美說，辦理轉院手續時，必須在住院申請書中填寫保證人和緊急連絡電話、地址等資料。她說智代寫到這裡時，忽然抬起頭遙望遠方。

「妳認爲她看著遠方時，想起自己的兒子。」

「不僅這樣。她後來三不五時總盯著她最寶貝的貼身小包。我的直覺告訴我，那裡面藏著她兒子的住址。」

由美是個直覺敏銳的女性。

「原來如此。但這樣的話，我們必須愼重考慮智代女士的想法。」

「是沒錯，可是她現在依然不打算依靠兒子。」

這就是人心最難掌握之處。一方面對自己做出違心的行爲而痛苦，一方面又不肯坦率說出內心眞正的想法。別人從旁勸說非但無效，反而使當事人更頑固抗拒，最後乾脆封閉心靈。

「想辦法問出地址，讓她和她兒子見面吧。」趁智代還活著的時候——

「我想不出好辦法。」

「太過勉強的話，智代女士的身體也會受不了。」

「沒錯。」

「我知道了，我再想想看。」

「不好意思，你已經這麼累了。」

「哪裡，幸好妳有發現這點。」

「然後……」

「還有什麼事？」

「佳菜今天開始會住在浩二郎大哥家嗎？」

「是啊，我拜託她的。」

「這樣啊……」由美說話聲越來越小。

「怎麼了？」

「畢竟還是會擔心吧。」

「對啊，畢竟剛發生過那種事。雖然抓到凶手，但心理層面的恐懼感還沒消失。」

「……你擔心佳菜？」

「佳菜有什麼不對勁嗎？」

「沒事，她復原得很好。年輕就是本錢，我相信她一定很快就可以轉換心情。」由美說完便掛斷電話。

浩二郎掛上電話的同時心想，由美說話的聲音怎麼和平時不太一樣。

刺眼的陽光喚醒浩二郎。調查已經進入第五天。

他走遍所有的島，挨家挨戶地調查，但結果都一樣。

他打開最後一座島——二神島上民宿的窗戶，潮水香吹進房內。今天也是晴空萬里。

他走到樓下的食堂吃早餐。其他客人都是來這釣魚，一大早就出門了。食堂中只有浩二郎一人。他正在思考今天的路線時，民宿的老闆娘前來搭話。

「這位客人，你好像不是來釣魚也不是來觀光的。」老闆娘露出和善的表情，看起來很好相處。

「是的，我來找人。」

「討債？」老闆娘起了戒心地瞪著浩二郎。

「不，不是這樣的。」浩二郎遞過名片表明身分，並說明自己要找某位女性的救命恩人，希望向對方道謝。

「噢，原來是偵探。」

「我是專門尋找回憶的偵探。無論如何，我一定要找出那個人。」

「他是島上的人嗎？」老闆娘的眼神又轉爲柔和。

「我想是，不過沒有確切證據。」

「那人的名字是？」

「應該叫kotsuna，這部分也還不太清楚。」

「那他是做什麼的？」

「老實說，這也……」浩二郎不好意思地看著老闆娘。

「什麼都不知道怎麼找，太難了。還有沒有其他線索？」

「請妳看一下這個。」浩二郎取出肖像畫。

「哦，畫得不錯。咦，好像在哪裡看過。等一下，我叫我先生和兒子過來看。」

老闆娘把在內場的二人叫來。

「有印象嗎？他叫kotsuna。」浩二郎讓他們看肖像畫。

「會不會是那個人啊？」

「你有印象？」浩二郎激動地問。

「那個造船師傅，幫我們做祭典用和船（註）的那個人？」兒子問父親。

「喔，確實很像那位造船師傅。」

註：西式船舶尚未引進前，在日本使用於漁業或移動用的木造船統稱。

「你們說他是造船師傅？」

浩二郎這時終於了解夕紀說的拿掉框架意思了。

「說是船，其實只是模型，不過也有一個榻榻米那麼大。」

現代人對於和船的需求幾乎消失，據說有些修復古船的造船師傅老早就轉行，改作贈送用的模型木船。

「眞的很像他。」父親大力點頭。

「請問他叫什麼名字？」

「我翻一下青年團的出納簿就知道了。」兒子道。

「快去幫他找。」老闆娘拍了兒子的屁股一下，他馬上跑進房間內。

「不好意思，讓你們費心了。」

「我們這裡的客人大多來游泳或釣魚，而且很少有客人從京都來呢。」老闆娘開心地笑起來，這時她兒子回來了。

「上面只寫小谷船渠，沒寫師傅名字。」兒子左右搖著頭說。

「沒關係，這已經很夠了。小谷船渠位在哪裡？」浩二郎面露微笑。

「照上面的紀錄應該是在吳。」

浩二郎詢問住址，並立刻記下來。

「他不是我們島上的人，不知道爲什麼被請來這裡。」兒子淡淡地道。

浩二郎想，事到如今任何瑣碎的情報都不能輕忽。他趕緊問兒子。「他感覺不像是普通的雇工？」

「此外，我覺得他好像對島十分了解。」

「原來如此。印象很重要，絕不可以小看。」

「這樣嗎？」民宿一家人，每個人都用難以置信的眼神望著浩二郎。

浩二郎前往「株式會社小谷船渠」的所在地，那在廣島縣吳市W町一番地。他先從二神島回到中島，抵達小谷船渠的時候，已經過中午了。周邊有幾棟長得像造船廠的建築，再往前的沿海處可看見海上保安大學的白色建物。

小谷船渠的船塢和事務所合併。浩二郎走進事務所，裡面飄散著不知從哪來的海水味以及鐵鏽味。浩二郎向櫃檯小姐遞過名片，告知自己要找人。小姐和事務所內一名初老男性交談過後，將浩二郎帶到會客室。

「麻煩將這張當作參考。」浩二郎說明這是搜尋對象的肖像畫，把畫交給她。

「我收下了，請稍等。」小姐走出會客室。

浩二郎將提包放在沙發上，環視室內。牆上的架子擺了幾艘精美的模型船作展示。其中一艘是風格獨特的和船。浩二郎走到那艘木造船模型前。那艘船看起來有些歷史，但仍散發檜木的香味。不知是不是手工太細，儘管時代久遠，但不老舊。一旁的木製名牌上寫著「大安宅船」。

浩二郎看著名牌下面的作者姓名，心頭一驚。

小綱利重（Kodsuna Toshishige）。

浩二郎把名牌拿近看，確認自己沒看錯。就是他。

「小綱利重，就是信中寫的Kodyuna Toshiige。」浩二郎忍不住大叫。

終於找到幫助智代的少年——小綱利重。突然湧現的興奮使得浩二郎忍不住顫抖。追尋已久的人物即將出現在自己的眼前。這條超過六十年的回憶之絲雖然僅有細細一線，但確實繫著另一端，並靠著智代的執念，一步步拉到跟前。

有人敲門。

浩二郎起身注視著門。

從門後現身的人，是一位長得和肖像畫一點也不像的五十歲上下男性。男性走到浩二郎面前，拿出名片。「聽說您特地從京都過來一趟，我是這裡的負責人，我叫中谷。」

「冒昧打擾，深感抱歉。我正在找人，但手上的情報實在太過模稜兩可，失禮之處還請多多包涵。」浩二郎十分過意不去地低頭致意。

「哪裡哪裡。我看過這張畫了，非常佩服，居然畫得這麼好。剛才專務也跟我說，畫得眞像。」中谷邀浩二郎坐沙發。

浩二郎和中谷同時坐下。「畫中的人是這裡的人吧？」

「對。」

「我剛才欣賞這裡的和船模型。我之前還不確定他的名字，現在我完全清楚了。」

「他是我的岳父，小綱利重。」

「岳父？」

「是的，利重是我妻子利子的父親，也是這間公司的前任社長。我接任社長時，把公司名稱改了。」

小綱把中谷的「谷」加進公司名稱。

又有人敲門。櫃台小姐端茶進來。

「小綱先生還健在嗎？」浩二郎知道這很失禮，但仍硬著頭皮問。

「他現在賦閒在家，把做模型當作消遣。」

「作工這麼細，不像業餘愛好者。」

「那當然，他原本就是一位造船師傅。」

中谷說，公司內部並沒有做船模型或仿製品的部門，但最近需求不斷攀升，最後決定積極接受訂單，交給以利重爲首的團隊製作，順便替公司做宣傳。

「畢竟有這麼高超的技術放著不用太可惜了。他自己也下定決心，希望從做模型出發，慢慢將自己的功夫傳下去，還可以避免老人痴呆。」

「請您看看這個好嗎？」浩二郎將一張照片放在桌上，那是茶川將護身符袋上的家徽掃描放大後的照片。

「請您翻開剛才那張名片的背後。」浩二郎照中谷所說，把名片翻過來看。名片左上方印著六瓣鐵線以及公司名稱的標誌。

「這是公司的徽章嗎？」

「這是我岳父非常重視的家徽，忽那水軍的旗印。每逢他喝醉都要聽他說一次。」

「忽那水軍的……旗印。」

「請問，實相先生，找我父親的人是什麼來歷。該不會有什麼糾紛吧？」

「這我可以保證。完全沒有利害關係，對方只是單純地想找尋回憶而已。不過，我的委託人現在身體狀況不好，事情迫在眉梢，我希望盡快見您岳父一面。」

「這樣啊……」

「可以見您岳父一面嗎？」

「他現在人在青森。」

13

下午六點半，由美小跑步飛奔出K大醫院，直接攔一輛計程車。她告訴司機開到京都車站後，便盯著手中的名片看。上面寫著Bana Drinco有限公司代表取締役社長的職稱，名字是島崎智弘，住址在靜岡縣富士宮市。

由美取出手機，按下聯絡電話。

「您好，這裡是Bana Drinco，敝姓梅垣。」

「請問島崎社長在嗎？」

「社長不巧外出，請問您有預約嗎？」

「不，我從京都打來的，島崎社長的……」由美頓時語塞，不知該怎麼說好。

「一位叫島崎智代的女士住院了，在京都的K大醫院，我現在人就在醫院。」由美衡量之後決定豁出去說謊。「這名婦人身上的物品中有一張島崎社長名片，我猜想會不會是她的親人。」

「什麼？我是島崎社長的女兒，叫泰子，因爲嫁出去所以改姓。祖母確實是智代，智慧的智，代表的代，沒錯吧？妳說我祖母住院，她身體……」

斷絕關係的兒子雖然音訊全無，但孫女馬上能認出智代的名字，由美覺得事有蹊蹺。但現在沒閒功夫確認這點。由美簡單說明智代的病狀。「她的心臟原本就不好，上個月從三重來到京都，病情有稍微緩和，不過今天早上開始發燒，可能感染肺炎，體力也下降很多，病情堪憂。」

「好的，我立刻聯絡父親。」

泰子說完，由美告訴她自己的手機號碼。

一抵達京都車站，由美立刻聯絡浩二郎。

「這樣啊，智代女士她……」由美說完病情，浩二郎無言以對。

「果然和我想得一樣，她從不離身的貼身小包有她兒子的名片，就像護身符一樣收著。她的燒一直退不下來，醫院給她打點滴，她嘴裡不斷囈語，即使如此手上仍緊緊抓住貼身小包。」待藥效發作，由美趁智代睡著時，把貼身小包從她手上拿開。接著她犯了一個禁忌——打開貼身小包。「對不起，我知道這不對，可是事態緊急。」由美告訴浩二郎自己抱著必死的覺悟這麼做的。

「這事再說。因爲我沒下適當的指示，才逼得妳這麼做，是我不好，對不起。」

「哪是這樣，明明是我不對。」

「妳的處分或我的責任問題，事後再討論。不管任何理由，未經別人同意之下拿走私人物品，這明顯違反規定。可是，現在趕緊讓智弘先生和智代女士相會比什麼都重要。」

「浩二郎大哥，謝謝你。」

「我這邊也終於掌握當時少年的行蹤了。」

「眞的？」由美張大雙眼叫著。

「我想快點見到他。我快到新大阪了，待會直接到伊丹機場坐晚上七點的飛機去青森。」

「從瀨戶內到青森？」

「小綱利重先生就在那裡。」

「原來是小綱利重這個名字！」

「對，就是智代女士想找的那名男性。晚上十點，我和小綱先生約在青森車站附近一家飯店見面。我一定會想辦法讓他和智代女士見面。由美，她兒子那邊就交給妳了。」

「我就算用繩子套住他脖子，都會把他帶去智代女士身邊。浩二郎大哥自己小心一點，不要太勉強，盡力做就對了。」說完，由美才發現自己的話有些矛盾。

至於浩二郎，他十分猶豫該不該將事件眞相告訴對方。智代其實不是被襲擊，相反地，她是因爲溺水被美兵救起來。

由美察覺浩二郎內心的掙扎，替他感到心疼。

「我會努力。只要盡力去做，一定會有好結果。」

「沒錯，我也會盡力。」

由美一掛斷電話，立刻接到智弘打來的電話。

「為什麼我媽在京都？」對方的聲音給人猜疑、陰沉且冷淡的印象。

由美將剛才告知他女兒泰子關於智代女士的病狀重述。接著繼續說：「至於智代女士為何住進京都的醫院，這事情有點複雜，等我們見面後再慢慢告訴你。」

「妳要我去京都？」他聽起來似乎沒有意願。

「島崎智代女士是你的母親。做兒子不在母親身旁照顧她，誰來照顧？」由美為了不讓自己太情緒化，極力避免使用京都腔說話。

「我媽才不想見我。」

「那你呢？以後都看不到母親了，這樣也無所謂嗎？」

「為什麼妳這個旁人要管那麼多……就算是護理師，也不必管那麼多吧？」

「智代女士現在情況很危險，你現在出發，三個小時應該就能到這裡了。」

「我和我媽已經……」

「那又怎麼樣！」由美喊得太大聲，一對路過的年輕男女轉頭看由美。由美躲過那道視線似別過身，繼續詰問：「你母親正處於生死交關之際，你說這什麼話？到京都車站後再打我手機。」

「我不能去。這件事情不勞妳操心。」

「喂……」但電話掛斷了。

由美心中有一個預感——人到了五十多歲這個年紀，內心容易封閉，不肯老實地接受他人勸言。她過去當護理師時，看過好多次這類型的病患與家屬。更何況智代和她兒子還曾經斷絕關係，想必他的態度更加強硬。

所以由美才會直接來到車站。

由美用手機上網，在搜尋引擎中輸入Bana Drinco的住址，確定最近的車站是新富士站後，直接趕去「商務車廂」的櫃檯，查詢到有停靠新富士車站的最近一班新幹線是晚上七點。由美買票之後直接衝上月台。由美擔心，要是不趁這個機會讓兩人見面，智代很可能永遠與兒子斷絕關係。

當然，智代不一定會死，還有復原的可能性。而且，由美當然希望智代恢復健康。正因如此，她希望可以給智代一個機會，讓她彌補這段斷絕了二十年的關係。

她知道自己管太多了。

由美告訴自己：我一定要把他帶回來。

這時，列車緩緩駛入月台。

14

浩二郎搭的飛機降落在夜晚的青森機場。和秋老虎肆虐的四國、大阪相比，這裡的空氣有些涼意，但浩二郎快步走一陣子後，額頭依然開始冒汗。搭乘機場巴士三十五分鐘可抵達青森車站。浩二郎知道自己急也沒用，發車時間不會提早，但他仍忍不住加快腳步。他當刑警時抓強盜犯也沒有這麼著急。

若沒讓我親眼看到小綱利重，我就無法相信這六十多年的時間之牆能被打破。但假如認錯人怎麼辦？想到這裡，他心頭揪結了一下。從由美轉述智代的病情看來，「少女椿的夢想」這個案子已經沒有時間重回原點了。

若不能在她意識恢復前和小綱相會，那就一點意義也沒有了。

浩二郎在心裡著急的同時，另一個重擔是法蘭克・A・穆倫在信裡面所描述的眞相。第一步，先驗明正身。他回想起好久以前在學校學過的刑事偵訊步驟。

這時，他腦中忽然想起警察學校某位老師的話：

「劍道比賽。一方擅長打面，揮竹刀的速度全校最快；另一方擅長打體，但揮刀的速度不怎麼樣。可是最後擅長打體的人獲勝。爲什麼？」

年輕時期的浩二郎以爲劍道首重速度，回答不出老師的問題。

「擅長打體的，知道自己速度不快。擅長打面的對自己的速度很有自信，因此他自恃比自己速度慢的人不敢打他的面。沒想到對方不打體，打他面。不過那一記面打得很普通，要躲一定躲得了。可是擅長打面的沒躲開，反而相信自己的速度可以擋得掉。結果，他來不及。知道自己弱點的人才能變得更強啊，實相。」

弱點啊。浩二郎在心中低語。

浩二郎自身的弱點多到數不清，但現在重點不在此。在「少女椿的夢想」中，小綱利重是最重要的人物。他與智代偶然見過一面，浩二郎一開始勢必要與他周旋一番。想要打破這個僵局，浩二郎必須冷靜地找出問題所在。

不是要和小綱決勝負。誰勝誰負不是重點，而是掌握小綱的人格特質，並讓他和智代見面，這才是浩二郎的任務。假使智代記憶中的少年形象，和眞正的小綱相差不遠，他不像是會逃避問題的人，應該會接受現實，而且體諒智代的心情。

但浩二郎也知道，對於改變一個人的心來說，六十多年的歲月充足過頭了。

換言之，浩二郎現在的弱點就是無法確定小綱的個性。

他必須一見到小綱就快速判斷。用一剎那的時間，判斷六十多年的變遷。

若說要決勝負，這就是了。

但浩二郎依然感到害怕。

小綱很可能不記得智代。若是如此，情況恐怕比認錯人還糟糕。

六十多年的記憶之牆——浩二郎心中莫名的焦躁說不定就是源自於此。

當浩二郎緊咬下唇的表情映在玻璃窗上時，車窗外突然射入一道明亮的光線，前面就是青森車站的巴士停靠站。走下巴士，海潮香撲鼻，但和瀨戶內海不同，打在臉上有一股濃厚的海味。

浩二郎在驛前通上漫步，一邊看著左邊的大海。走五分鐘左右，他看見小綱指定的飯店招牌。與周遭的飯店相比，這是一家較小型的商務旅館。旅館一樓是餐廳，大漁旗（註）圖案的門簾流瀉出燈光。

終於要和小綱面對面了。浩二郎緊握拳頭，指甲吃進掌肉。這是他以前出發逮捕凶手前的習慣。

店內空蕩蕩。浩二郎來回掃視不怎麼寬敞的店內，尋找肖像畫中的男性。而坐在窗邊的短髮男性伸長脖子看著浩二郎。他下顎有點寬，但下巴呈銳角，左右一對招風耳，再加上那兩撇很有特色的眉毛，毫無疑問地就是肖像畫中的男子。若說哪裡不一樣，大概就是刻畫在他臉上的皺紋比肖像畫還多。

浩二郎面前的男子不是別人，正是小綱利重。

浩二郎壓抑高昂的情緒，朝他的座位靠近。

小綱立即起身。「您是來找我的……」

「我是偵探實相，初次見面。」浩二郎遞過名片。「恕我冒昧，您就是小綱先生嗎？」

「是，來，請坐。」小綱伸出關節突出的手，指著前面的座位。

「謝謝，百忙之中前來叨擾，眞不好意思。」

「哪裡，我聽說你還特地跑去島那邊找我。要不要來一點。」

桌上有一盤烤魷魚鬚，旁邊放著一套日本酒的酒壺和酒杯。

「不好意思，我不會喝酒。」爲了省去禁酒誓言的說明，他直接說自己不會喝酒。

「眞可惜，這是人生的樂趣。」大概已經幾杯黃湯下肚，小綱對初次見面的浩二郎露出笑容。「回憶偵探啊，還眞沒聽過有人做這種生意。」小綱看著名片，把酒送入口中。

小綱的右下顎有一道清楚的傷痕。

「其實找人不是我們最主要的目的。我們偵探社主要是幫助當事人尋找他無論如何都想彌補的那段回憶。替當事人找出他們活過的足跡和證據，是我們的使命。」

註：祝賀漁船滿載而歸的旗幟，現多用於裝飾。

「活過的足跡和證據嗎？那麼實相先生，想找我的人是什麼樣的人？和你通過電話後，我也問過我女婿。他只說，你一看到實相先生這人一定會喜歡上他，決不會給你惹上什麼麻煩。」

他說的女婿，正是小谷船渠的社長中谷。浩二郎從中谷口中得知小綱被青森的鐵道連絡船博物館——這座博物館直接用青函連絡船「八甲田丸」當作館體——招聘當建造和船迷你模型的總監。

小綱對專門尋找回憶的偵探很感興趣，聊著聊著就和浩二郎打成一片。

浩二郎趁小綱把酒杯放下時，開門見山地說：「小綱先生，我的委託人正臥病在床。她現在的病況非常危險。」

「我聽說找我的那個人生病了，但不知道情況危險……」小綱的笑容消失，神情嚴肅，眼神銳利得如一支箭直射而來。

「正是。那位女士正和病魔奮鬥，說什麼也要在臨終之前見你一面。」

「女士？對方是女的？」

「沒錯，一位叫島崎智代的女士，我想你應該沒聽過。事情發生在六十多年前的春天，島崎女士從梅田回泉大津的路上，在安治川河邊，被某個少年搭救。」

「六十多前年……那是敗戰後沒多久的事情。」小綱手指離開酒杯，臉上不見醉意。

「是的。據說當時街上一片焦黑，車站前形成販賣各種物資的黑市。街上除了取締非法買賣的憲兵，也常見到美兵來去的身影。」

「確實。說來丟臉，我在敗戰那年志願從軍，到海軍當少年兵，還沒能好好表現就……」小綱說，他十三歲加入吳海兵團，後來進入橫須賀海軍水雷學校就讀，並且成爲海軍少年研究生。歷經不到兩個月的訓練，他成爲「少年水測兵」。小綱咬牙切齒，所謂的水測兵就是待在潛水艦內，聽聲音辨別在水中航行的船舶種類與自艦的距離等情報。

浩二郎心想，原來還有這種任務。

「你這麼年輕就當兵？」

「我們家世世代代在由利島當造船師傅。小綱這個姓，由忽那氏所賜，流傳至今。我們家最拿手的船隻是在勘合貿易中渡海用的的弁才船（註），以及協助忽那水軍打造大安宅船。所以我們才會把忽那水軍的旗印六瓣鐵線作爲家徽代代相傳。由利島現在是無人島。但打從我出生起，我就把海浪聲當作搖籃曲，從我懂事之後就開始在搭和船。我認爲，海水早已滲入我的全身骨肉，一定有報效國家之處，所以志願加入海軍少年兵。」

「海水已滲入你的骨肉？」

「沒錯，深入骨髓。」

「你以忽那水軍的旗印，六瓣鐵線爲傲？」

「當然。」

「小綱先生，請你看這個。」

浩二郎將智代寄放的老舊護身符袋放在桌上，用力地說。

「這是……」

註：流行於中世末期到明治時代的大型木造日式帆船。

「紋路已經消失了，但上面原本的家徽確實是六瓣鐵線吧？」

「……眞不敢相信，這是……」將護身符袋拿在手上，小綱從懷中取出眼鏡，睜大眼睛盯著。「這是我的護身符啊。」接著他摘下眼鏡看著浩二郎。他大概從未想過有朝一日會再看到，小綱驚嚇的視線不停游移，似乎正在追溯過去的記憶。

「委託人當時是個十四歲的少女，她很小心地保管到現在。」

「十四歲的少女……」

「她幫忙家計，每天把家中摘來的蔬菜，用手推車載到黑市換米和鹽。有一次她在回家途中發生意外。」浩二郎喝水潤口。

「意外？」

「她和載著美兵的吉普車擦身而過。她爲了躲避吉普車，失去平衡。這名柔弱的少女無力導正，手推車整台翻倒，她自己滾落河堤，掉進河中。」

「掉進河裡？」小綱皺起眉頭探詢，接著恍然大悟。

「是的，然後……」浩二郎還沒決定。接下來應該是根據智代的記憶描述，還是該轉述法蘭克・A・穆倫信中提到的版本。

「小綱先生，你記得你在安治川河邊，看到一名少女遭到兩名美兵襲擊，然後救了那名少女嗎？」浩二郎下定決心地問道。

「……年輕氣盛啊。」

浩二郎看著他緊握手中的護身符袋。

「你還記得。」

「想忘也忘不了。那起事件都是因爲我的懦弱引起的。」小綱低眉，自己拿起酒瓶，緩緩把酒倒入杯中。

「懦弱？什麼意思？」浩二郎問小綱。

浩二郎遇過許多退伍士兵，老愛大談自己在軍隊的武勇事蹟。小綱在戰後，從令人聞風喪膽的進駐軍手中救出日本女性，這是多麼勇敢的行爲，根本和懦弱完全沾不上邊。

「我想死卻死不了。」小綱帶著呻吟地說。他痛苦地對浩二郎描述：「戰況陷入僵局，比我長一歲的十五歲學長就這樣在海上消失了。人肉魚雷。可是，我只能豎起耳朵聽海中的聲音。沒多久，日本打敗仗……我四處遊蕩，想找地方尋死。我希望能抹消我曾加入海軍這個事實。離開島前，我把忽那水軍的旗印縫在護身符袋上，裡面裝著勘合符。我只是個在海中聽聲音，迎接敗戰的水兵，哪裡有臉回去故鄉？」

的確，智代說少年的裝扮是開領上衣和短褲，很難讓人聯想到水兵。

「或許你不願回想起這件事，但你確實救下那名少女。」

「確實有這件事，但當時的我太不成熟了。」

當時，小綱沒臉回故鄉，一副流浪裝扮，像個遊魂似四處遊盪。他幽幽地說，一開始他想找一個地方了結生命，但找久了肚子也會餓。內心雖然沒有活下去的動力，但本能上還是想找東西吃。有人看上他身手不錯，雇他當黑市的守衛。賺錢並有東西吃後，肚子不餓了，但每天內心都要受到自我厭惡的煎熬，一心想著要怎麼死。

「我每天都活得非常痛苦。但像條破抹布一樣的我，看到日本女性遭人凌辱，也不可能坐視不管。」

作。

「所以你就用木刀。」

「那是我自己做的木刀，當守衛巡邏時就會配在身上。」小綱熟練地做出削木頭的動

「你用木刀往美兵的頭……」

「這也怪我技術不夠嫻熟。我本來瞄準他肩膀，只想讓他昏過去而已。」

「是誤打？」小綱應該沒有殺意，浩二郎只想確認這點。

「我的手到現在還記得木刀敲擊到對方頭部的觸感。」對自己的失敗有氣無力地搖頭，小綱擺出一副頑固工匠的表情。

「但美兵眞的那麼可恨嗎？」關於殺意，浩二郎愼重起見再問一次。

「年輕的實相先生大概不了解，當時軍國少年幾乎都這麼想。」小綱喘口氣，繼續說：「大家都說『揍扁』他。」

浩二郎聽到小綱親口說出大阪府警退休警員說的方言。

「可是，我當時並沒有抱著發洩的心情。我心想，要是這麼做，那女生一定會嚇死。打破美兵的頭，血會噴出來。打肩膀不但不會出血，還可以讓他昏過去。」

「你想先讓美兵昏過去，自己才好搭救少女。」

「少女大叫之後幾乎快昏過去，幸好沒有大礙。這點我很肯定。」

「那名少女就是我的委託人，島崎智代女士。」

「果然是這樣，從你剛才說話的樣子我就察覺了。」

「她本來就很怕自己會遭受美兵襲擊，甚至隨身攜帶一個藥瓶。你應該知道她隨身帶

著藥瓶的意義。」

「應該是少女的覺悟。幸好，她沒用到。」小綱感慨地說。浩二郎拿起酒瓶想替他斟酒，但裡面已經沒酒了。小綱揮動他滿布皺紋的手表示，夠了。

「所以你是智代女士的救命恩人。她當時驚慌失措，別說問你的大名，連道謝都忘了。這件事她一直掛在心上，才來找我，還帶著這只護身符和裝著氰化物的藥瓶。」

「你只靠護身符就找到這裡？」

「是的。靠這只護身符和她的記憶引導。」浩二郎拿出茶川畫的肖像畫給小綱。

小綱接過畫，又戴上眼鏡。「畫得眞好，像到有點令人覺得不舒服。」

「我覺得不只是畫的人技術高超，而是你的容貌一直深深烙印在智代女士的內心深處。因爲你是她永遠無法忘懷的人。」

「就算是這樣……這也不是什麼——」小綱的表情不是害羞，而是猶豫。

「對小綱先生來說是小事，但對智代女士而言，這是她一輩子都忘不了的事。」

「我剛才不是說過了。我打從心底認爲自己是沒用的水兵。只要聽到同伴戰死的報告或風聲，我就心如刀割。所以……」

「想找地方自我了斷。」

「當下我一心只想幫助那名少女。打了美兵之後，我才想到自己。老實說，我當時心想，乾脆就這樣死了算了。」

法蘭克・A・穆倫的信上寫，少年沒有逃走而是坐在原地，留在現場。這代表他已經有死的覺悟了嗎？浩二郎再次觀察小綱的臉，其中幾條皺紋給人一種錯覺，以爲是他在戰爭時期留下的疤痕。

「可是，我實在是『沒用的傢伙（註一）』。」

「你的意思……」

「這是伊予的方言，意思是非常沒用的傢伙。」

「一點也不，怎麼會這麼想。」

「不，眞的很沒用。像我這種男人，不値得她記著六十幾年。我沒資格接受那位女士的道謝。」小綱輕蔑地說完後低頭，接著咕噥道：「我當時眞的鬆了一口氣。」

「鬆了一口氣？」

「是啊，鬆了一口氣。我想總算能死一死了，而且是死於美國人之手。」

「死於美兵之手？」

「在美軍占領的狀況之下，他們大概會跳過法律，直接把我處理掉。我終於可以和戰友一樣死去。我也是拯救了日本少女後戰死的。我當時滿腦子都是這種幼稚、不成熟、卑怯的想法。天啊，我眞是膚淺的男人。」小綱雙手摀住耳朵，低垂著頭。

浩二郎感覺，若說智代是個思想純眞的人，那麼這名叫小綱的男人，也是一條正直的好漢子。

「但結果是無罪釋放。」浩二郎刻意用冷靜的語氣把他拉回現實。

「你連這部分都調查得這麼清楚。」小綱視線落在名片上的偵探兩字。

「爲了能見到你，我可說是卯足全力地調查。」

「我在拘留所睡一晚就被釋放了。我覺得納悶，把人打傷還能不被究責。」

小綱果然不知道頭被他打傷的美兵否認這件事。小綱獲釋後，繼續流浪尋找臨終之地。但自從他認識一對經營酒館的夫婦後，下定決心要活下去。這對夫婦替他找到門路，讓小綱把少年時期學到的造船工夫運用在重建商店街上。

「雖然沒有材料，不過我想辦法用燒剩的樑、柱，東拼西湊地總算把大家的店鋪修好。」

被人需要的喜悅總算戰勝他內心的死亡陰影。

「重建自信後，我腦中浮現一個想法，何不回到故鄉小島，當個造船師傅。中富爸爸和中富媽媽是我的恩人。我現在仍充滿感謝。」

「就是你說的經營酒館的那對夫婦。中富夫婦。」

「他們的店被燒毀，兒子戰死，中富的媽媽，實在是很嗆（註二）——喔，我是說非常非常開朗的人。」他們兩人約在二十年前相繼過世。每逢他們忌日，小綱必定會掃墓，順道到商店街繞一繞。「中富媽媽名叫芙久子。她這人和錢沒有緣分。不過她這裡非常富有。」小綱往自己胸口拍兩三下。

「心靈嗎？」

「眞的，她自我調侃地說：我其他都很窮，只有心靈，簡直就和財閥沒兩樣。」

小綱說，他雙親早逝，由叔叔收養，從小到大從未感受過眞正的親子關係。

註一：此處原文為伊予的方言。
註二：小綱又忍不住使用方言。

「說起來對我叔叔嬸嬸很抱歉，我對所謂的父母恩情一點感覺也沒有。但芙久子媽媽眞的給我不一樣的感覺。自從她過世之後，這種感覺特別深。」

爲了說明芙久子的教導如何造就現在的他，他提到一段過去。有一次，芙久子把做菜用的長竹筷塞給少年小綱，要他吃膳盤（註）上裝在盤子裡的醬燒芋頭。由於盤子離太近，小綱很難夾起芋頭。他想把盤子推遠一點，芙久子坐在他前面大聲說：「不可以動。」

「我是做木工的，手腳還算靈巧，可是筷子這麼長實在不好夾。我想，既然不能移動盤子，那我把椅子往後挪。可是，依然被媽媽阻止。」

「芙久子女士說不要動？」

「她的眼神從來沒這麼恐怖。」

「接下來呢？」

「後來我好不容易夾起芋頭，可是要放進嘴裡時，芋頭就滑掉了。媽媽看到我笨拙的模樣，笑嘻嘻地拿起另一雙長竹筷，把一塊芋頭夾到我嘴邊。然後，她又恢復以往溫柔的眼神看著我說：『怎麼啦，吃啊。』」

小綱不明就裡，頭歪一邊把芋頭吃完。沒想到，這次換芙久子指著自己的嘴巴。

「她叫我餵她吃芋頭。沒辦法，我就夾了一塊芋頭放進媽媽的嘴中。結果她又大笑：『你看，我們兩個人都吃到芋頭了。』實相先生，你了解這是什麼意思嗎？」

「我只知道你們互相給對方吃芋頭。」

「對吧，我也不懂。所以我就老實問媽媽，這麼做有什麼意義？」

「芙久子女士怎麼說？」

浩二郎聽小綱描述芙久子時，聯想到心胸開闊的由美。

「她說，筷子太長，夾不到想吃的東西，實在很痛苦。可是，長筷子若用來當作拿給別人吃的道具，倒是相當方便。互相餵對方吃東西，兩邊都高興。即使外在的狀況和環境不好，人啊，只要有一顆心就能過得快活。我當時想，原來還有這種智慧。然後我才恍然大悟。以前看到芙久子媽媽爲了幫別人忙進忙出的，我忍不住問她，爲什麼要爲了別人店的事把自己搞到這麼累？」

「答案，就在用長筷夾芋頭的道理吧。」

「芙久子媽媽說，這是她媽媽教她的道理，原本似乎是佛經上的故事。我從這件事得到一個啓發。有時候眼前的東西對自己一點用處也沒有，但能拿來幫助別人。當商店街慢慢出現復甦的跡象，我就回島那裡了。所以說，我可以理解那位智代女士的心情。只是，我這人不值得接受她的感謝……」小綱激動地搖頭。

「小綱先生，您剛才不是說，只要有一顆心，就能改變一切。智代女士的病情分秒必爭。請您去見她一面好嗎？這樣她的心情就能獲得平靜。容我說句不好聽的，我來這裡，不是爲了小綱先生的煩惱，而是爲了智代女士的心情。」

「實相先生……」小綱盯著浩二郎。

註：膳（ぜん）。裝一人份餐點的高腳托盤，移動方便，也可多張拼湊變成簡易桌子。通常置於榻榻米上使用。

「我不覺得智代女士與小綱先生見面後，病情就會轉好。這一點都不重要。我只希望取下那顆卡在智代女士心中六十年又重又大的石頭，如此而已。」浩二郎一口氣說完後，拿起水杯喝水。

該告訴他實情嗎——

浩二郎還在猶豫該不該告訴小綱那封信。讓他知道的話，小綱或許會更加貶低自己，不肯和浩二郎一起去京都。但另一方面，浩二郎既不希望讓愛德華繼續當壞人，這讓他有罪惡感。同時，他也不希望抹煞愛德華拯救溺水的異國少女這番好意。

但小綱要怎麼接受傷害善意的美兵，甚至導致對方死亡的過錯呢？從剛才他說話時給人的印象，浩二郎深知他是一位重名譽的清高之人。

雖然事過境遷，但一定會對他造成傷害。這些事，浩二郎心裡都很清楚。即使如此，他仍無法袖手旁觀。每個人都必須背負沉重的負擔活下去。換個角度來看，這份沉重的負擔反而讓人有活著的實感。

告知小綱信中的內容，一定會再加重他心裡的負擔，而且沒有人可以代替他承受。

「實相先生，請讓我考慮一個晚上好嗎？」小綱慎重地開口。

「當然可以。」

「她遭遇如此恐怖的經驗，之後還能好好活到現在，光是這點，我就覺得她很了不起，很佩服她。」

「小綱先生，謝謝你。不枉費我來這一趟。」浩二郎頭快碰到桌子地深深一鞠躬。

「考慮到智代女士的病況，可否先請你把明天的時間空下來。」

「假如決定要見面的話，我一定會設法做到。」

說完，小綱又點一壺熱酒，勸浩二郎也喝一杯，浩二郎禮貌性地拒絕了。

「對，你不喝酒。」

之後，小綱先到飯店登記入住，然後又回來，兩人一邊吃著生魚片，一邊閒聊。閒聊中，小綱說，遭遇困難的時候「智者喜，愚者避」。他回到島上當造船師傅後，從單打獨鬥開始，到後來在吳開一家船渠公司，這當中吃了不少苦頭。當他聊到這段過往時，說出這句格言。

他說道，在不景氣的逼迫下，幸好有女婿援助，才有現在的小谷船渠。那句格言正是女婿的父親，也就是她女兒公公的座右銘。據說小綱自身經營事業時，曾經多次目睹類似的事。每當問題發生，智者總想辦法度過難關，愚者則是怪罪他人然後逃跑。

「這句話眞是於我心有戚戚焉。」

浩二郎看到小綱臉上的深刻皺紋，心中斷然決定。

「小綱先生，我還有一件事情相告。」

「什麼事，我洗耳恭聽。」

「可以請你讀封信嗎？」浩二郎從提包中取出法蘭克・A・穆倫的信，遞給小綱。那封信已由理查杉山的女兒沙也香翻譯過。小綱默默讀信，浩二郎在一旁守候。

15

由美向泰子問路，抵達「Bana Drinco」的時候，已經是晚上九點多。

「抱歉我晚到了。」由美對在公司前等她的泰子致歉。

「哪裡，奶奶的狀況怎麼樣了？」泰子皮膚白皙，圓嘟嘟的臉蛋和智代很像。

「我跟醫院說，有什麼狀況打我手機，我還沒接到電話……至少目前爲止沒問題。」

「這樣。不過，其實我也沒見過她。」

「可是，妳一聽到智代女士的名字就知道她是妳的奶奶。」

「五年前我父親開這間公司沒多久，就收到從三重縣寄來的長期訂購單，上面名字正是島崎。我問媽媽，才知道那是奶奶。」

「原來是這樣啊。」

「當時我才知道父親有這段過去。那時候我已經二十歲了。雖然父親和家裡斷絕關係，但似乎還是有寄送樣品給奶奶。」

由美心想，她五年前二十歲，或許不是智弘親生的。

「樣品就是你們公司賣的水。天然釩離子水。」由美看到公司外面打上燈的海報寫著商品名稱。

「是的，因爲奶奶心臟不好。」釩是人體必要的礦物質之一，由美知道它可預防動脈硬化和高血壓。智弘在電話中回應得那麼冷漠，但實際上很擔心母親的身體。智代也是出於支持兒子事業的心情，才申請長期訂購品。這對母子靠著水聯繫彼此。

搞不好智弘開「Bana Drinco」這間公司的動機，也是受到母親宿疾的影響。智弘只是固執了一點。由美心中確信，只要讓他敞開心胸，就能讓他和智代見面。爲了達成這個目的，泰子的存在不可小覷。

「泰子小姐，妳想見妳奶奶嗎？」

「……要見也是可以。」

「爸爸還在公司裡？」

「是的，剛從採水工廠回來，正在整理傳票。我照一之瀨小姐說的，想辦法拖延他的工作時間。」

「謝謝妳，給妳添麻煩了。」由美對泰子微笑後收起嘴角笑容，打開事務所大門。

「這什麼意思，這麼晚了。而且，妳不是那個護理師嗎？怎麼又變成偵探？」由美遞過名片自報姓名後，智弘大聲斥責。

「這不重要。智代女士——不，你母親現在病情非常危急。請你探望她。」由美伸手往智弘面前一張大桌拍下。

「我在電話中說過了，我媽才不想見我。」

「我知道智代女士長期訂購天然水的事。這是她作爲母親，關心你的表現。」

「妳連這都知道？但我也是爲了賺錢而已。」

「不，這是因爲智代女士感受到你的心意了不是嗎？直到現在，你們母子的情緣仍在。這個世界上多的是住在一起卻彼此仇視的家庭。你們比那些只會做門面的家庭更加爲家人著想。家人遭遇重大事故，卻不去看她，這實在太奇怪了。一個月、一周之後再去就來不及了。現在，一定要現在去。如果你覺得你只是遇到一個瘋婆子在發牢騷，就報警把我抓走好了。」由美雙手交叉胸前，瞪著智弘。

智弘躲開高眺的由美由上往下看的視線，假裝看傳票。

突然，由美後面傳來泰子的聲音。「爸爸，你去見奶奶一面！」

「泰子……」智弘突然抬起頭，視線越過由美看著女兒。

「現在不去的話，可能再也見不到奶奶了不是嗎？」

「……可是啊，泰子。」智弘支支吾吾地望著泰子。

「你是擔心媽媽那邊？媽媽一定會諒解你的。」

「妳媽媽怎麼了嗎？」由美問泰子。

「媽媽她身體不好，正在住院。」泰子回答。

「泰子，這種事沒必要跟不相干的人說。」智弘大怒。

「這個不相干的人，爲了奶奶大老遠跑來這裡啊。」

「……」

「去啦，爸爸。」泰子的聲音迴盪在事務所內。

16

至少對浩二郎來說，這段等待的時間好漫長。

小綱讀信時，除了海鷗展翅般的眉毛與眼角時而上下挑動，身體動也不動。小綱不動如山的姿勢對浩二郎來說很難受。人遭受巨大打擊時，身體會不聽使喚。難道說小綱已陷入這樣的狀態？浩二郎正要出聲關切時，小綱的視線緩緩離開那張信紙。

浩二郎屏息觀察小綱的表情。

「到外面去吧。」小綱眉頭間的紋路化不開地站起身。

「好。」浩二郎追往小綱後頭，結完帳後離開店內。

漆黑的青森灣風平浪靜。

兩人默默走十分鐘後，來到中央碼頭，海水味越來越濃烈。附近倉庫微微洩漏出燈光。眼睛適應後，並不覺得特別暗，但海邊方向一片漆黑，彷彿要被吸進。

「那位女士知道這封信嗎？」在靠海處，小綱停下腳步問道。

「完全不知情。」

「實相先生。你到底想怎麼樣？」小綱眼神悵然。「爲什麼要偏袒美國人？」他說話聲音帶著威嚇，和之前的感覺完全不同。

「我沒有偏袒他們。」

「那都是一派胡言。」

「一派胡言？你是說信中內容？」

「……」小綱沒有回應，轉身面對浩二郎。「你這傢伙是來愚弄我嗎？」

小綱抓住浩二郎的胸口，舉起右拳。拳頭快要在浩二郎左臉頰上擦過的瞬間，浩二郎立刻改變位置，身體往右側開，利用雙方身體的碰撞減輕衝擊，因此攻擊的人應該也受到一定力道的撞擊。

但小綱不放棄，又把浩二郎胸口拉近，舉起拳頭。浩二郎這次不閃躲，臉上承受巨大攻擊，嘴唇破裂。浩二郎瞪著小綱，眼睛連眨都不眨一下。

「氣消了嗎？」浩二郎用手背擦去唇邊的血。「我不覺得愛德華說謊。」他直盯著小綱的眼睛。

「這只是他們的推託之詞。」小綱有氣無力。

「不是。」

「你還說，你這小子！」小綱逼近浩二郎，但沒有再出手。

「你打我，事實也不會改變。」

「你說什麼……」

「你應該很清楚。你剛才說了，在那個時代，對美兵出手絕不可能全身而退。連沒經歷過戰爭的我都能想像你的行爲多麼危險。事實就是你想死，你希望被殺死。」

「你到底想說什麼？」小綱別過臉，看向海邊一波波的浪濤。

浩二郎感覺他氣勢減弱。他知道打人之後，自己的拳頭也會慢慢感到疼痛。想到這裡，浩二郎忽然浮現父親打完自己後，神情哀傷地撫摸著拳頭的情景。

「你獲得無罪釋放的事實，就是證明愛德華所言非假最好的證據，不是嗎？」

「……」

「你一定要知道，幫助智代女士的愛德華是出於善意。」

「太過分了，你啊，明明是不相干的陌生人，卻這樣踐踏我的尊嚴，我的一切。」

「若不改正錯誤，你永遠無法重新開始。」

「我知道，你剛才故意讓我揍你的。你的身手很好，一定閃得開，可是你沒這麼做。我認輸了。你沒錯，長久以來我一直感到困惑，他們爲什麼沒懲罰我。這件事卡在我心裡很久了，讀過信，我才了解。」小綱沒有流淚，但眼睛布滿血絲。「那位女士……」

「我應該會告訴她眞相，儘管會成爲她人生的重擔。」

「實相先生，你這人眞是……」

「明天早上七點有一班巴士往機場。在此之前……小綱先生，請你好好想想，自己的人生該怎麼走。」浩二郎看著小綱。

突然，一陣海風吹來，停泊在港中的漁船船纜激烈搖晃。帶著鹹水的風吹得浩二郎嘴唇陣陣刺痛。

17

不知過幾小時。由美和泰子眺望著夜空，等待智弘的答案。由美坐在小貨車的貨架上，聽泰子說她小時候的故事。父親帶著母親離開三重的時候，泰子才五歲。當母親得知泰子受到生父虐待便找智弘商量。

「我當時還小，不懂世事，只覺得這人當我的新爸爸好像不錯，我開始幻想這位溫柔的叔叔其實才是我眞正的父親。我從小就愛自己編故事。」

「妳從小就常見到現在的爸爸嗎？」

「我後來才知道，我媽在針織工廠工作時，現在的爸爸是那裡主管。聽說他很照顧我。小時候我就常在工廠內附設的托兒所看到他。」

「小孩子就是這樣，對待自己好的人，總是存著一種想像。」

與智代沒有血緣關係的泰子，爲何給人一種長得像智代的印象呢？說不定正因爲泰子的母親長得很像智代，所以智弘才會注意到她。

「他眞的很溫柔，和我的生父比起來，溫柔太多了。當初要離開三重時，我好開心，感覺像要旅行。」

「島崎先生也是下了相當的決心。」

「一定是的。」

「因爲說得殘忍些，他沒有選擇自己的父母而是選了你媽媽。」

正因如此，他或許會覺得與自己的母親相會便是背叛妻子。由美覺得智弘果然如泰子所言是誠實溫柔的男性。

「或許爸爸就是溫柔過頭了。」

「可能。」

她們還聊到泰子的丈夫梅垣。泰子似乎將由美當作大姊姊，滔滔不絕地傾訴。

「我先生也很溫柔，跟爸爸一樣。」

由美看過很多例子。經歷過負面經驗的女性，婚後同樣過得不幸福。她也照顧過很多有這類心理創傷病患的經驗。

「島崎先生是位好父親。我覺得像他內心這麼溫暖的人，一定會和妳奶奶見面。」

「放心，爸爸一定會……」

「一定會的。」

東方露出魚肚白時，智弘從屋內走出來。

「怎麼一直待在外面，快進來。」

「島崎先生！」由美從貨架上跳下來，跑到他面前。

「小貨車坐三個人太擠了，我去把車開過來。」

「謝謝你……」由美哽咽地說。而泰子對由美點點頭。坐進車內打開窗戶，早晨的風輕撫由美臉頰。在如此清爽的心情中，她想起浩二郎。他是誠實的人——所以，浩二郎絕不會背叛三千代。不，正因爲他不是始亂終棄的男性，我才……

「天氣眞好。但京都會很熱呢。」由美揮開心中的陰霾，獨自細語。

18

浩二郎搭乘的飛機從青森機場起飛。他身旁坐著小綱。兩人自從早上簡單打過招呼後便不再交談。抵達伊丹後，他們換搭乘機場巴士。浩二郎打開自坐飛機就一直關機的手機源，立刻接到三千代來電。時間剛過中午十二點。

「智代女士的身體狀況如何？」

「還是一樣。」

「這樣。」本以爲智代病情惡化，浩二郎聽到三千代沉穩的語氣，深深吐出一口氣。

「雄高本來一直在這邊陪著我，剛剛才走……」

「雄高他怎麼了？」

「他接下明年大河劇演出了。」

「他說有話對我說，原來就是這件事。」浩二郎緊咬下唇。

「他說他得趕到岩手縣奧州市集合。」

「今天嗎？」

「嗯。而且要被綁一年約，想跟你打聲招呼，連絡你好幾次都沒成功。他前腳剛走，說再不走來不及了。」

「因爲我在坐飛機。」

「他說，雖然他對回憶偵探的工作還有留戀，但最後還是決定朝自己的夢想努力，不會辜負大家的期望。佳菜還哭得唏哩嘩啦……」三千代話中也帶著哽咽。

「這樣啊，他是這麼說啊。我知道了。」掛斷電話後，浩二郎看著一旁的小綱，靜靜地說：「又有一個人，朝他人生該走的路前進了。」

19

雄高正前往奧州市的主題樂園「江刺藤原之鄉」。

新幹線就快通過富士川鐵橋。窗外可見富士山的雄偉之姿。

他盡可能在醫院待到最後一刻，最終未能與浩二郎見上一面。也看不到由美負責案子「少女椿的夢想」的結尾——島崎智代和小綱利重重逢的場面。

現在，智代身上打著抗生素的點滴，正努力和病魔奮戰中。聽三千代說，由美會帶著智代的兒子和孫女過來。而浩二郎和小綱正從青森趕來醫院的途中。等大家到齊後，再來就是祈禱智代醒來了。

雄高的手機響起。是浩二郎打來的。

雄高急忙走到車廂間的通道。

「實相大哥。」

「恭喜你。」

「謝謝。對不起，無法報答你的恩情。」

「雄高。你要成爲別人的回憶，帶給大家勇氣。沒成功前，不准回來。」那是嚴厲卻溫暖的一句話。

「實相大哥……」雄高低語著。

然後，電話掛斷了。

雄高心中竄起一股暖意，咬緊牙根，忍住淚水。從車廂間通道看出去的風景，不斷流逝成爲過去。浩二郎與三千代、佳菜子、由美的臉在他眼前一個個浮現，一個個消失，雄高知道，這些都將化爲他的回憶。

〈完〉

NIL 08／尋找回憶的偵探們

原著書名／思い出探偵
原出版者／PHP研究所
作　者／鏑木蓮
翻　譯／鄭舜瓏
編輯總監／劉麗真
責任編輯／詹凱婷
總 經 理／陳逸瑛
榮譽社長／詹宏志
發 行 人／涂玉雲
出 版 社／獨步文化
城邦文化事業股份有限公司
104台北市中山區民生東路二段141號5樓
電話：(02) 2500-7696　傳真：(02) 2500-1967
發　行／英屬蓋曼群島商家庭傳媒股份有限公司
城邦分公司
104 台北市中山區民生東路二段141號2樓
網址／www.cite.com.tw
讀者服務專線／(02) 2500-7718；2500-7719
服務時間／週一至週五：09：30～12：00　13：30～17：00
24小時傳真服務／(02) 2500-1900；2500-1991
讀者服務信箱E-mail／service@readingclub.com.tw
劃撥帳號／19863813
戶名／書虫股份有限公司
香港發行所／城邦（香港）出版集團有限公司
香港灣仔駱克道193號號1樓東超商業中心
電話／(852) 2508-6231　傳眞／(852) 2578-9337
E-mail／hkcite@biznetvigator.com
馬新發行所／城邦（馬新）出版集團
Cite (M) Sdn Bhd
41, Jalan Radin Anum, Bandar Baru Sri Petaling,
57000 Kuala Lumpur, Malaysia.
Tel: (603) 90578822
Fax:(603) 90576622
email:cite@cite.com.my
封面設計／蕭旭芳
印　刷／中原造像股份有限公司
排　版／游淑萍
●2016（民105）3月初版
●2019（民108）7月30日初版4刷
售價360元

 ISBN 978-986-5651-53-4

國家圖書館出版品預行編目資料

尋找回憶的偵探們／鏑木蓮著；鄭舜瓏譯
. –初版. – 台北市：獨步文化，城邦文化出
版：家庭傳媒城邦分公司發行，民105
面；公分. --（NIL ; 08）
譯自：思い出探偵
ISBN 978-986-5651-53-4
861.57　　102007743